Der Feuerkristall

RALF ISAU

DER FEUER KRISTALL

Mit Illustrationen
von Helmut Poul Dohle

Thienemann

Für Jérôme, Celine und Maurice

Der Blautopf ist der große runde Kessel
eines wundersamen Quells …
Zuunterst auf dem Grund
saß ehemals eine Wasserfrau
mit langen fließenden Haaren.

Eduard Mörike (1804–1875)

Einführung für den Neophyten

(aus dem »Kodex der Phantanauten«)

Nicht, was einer ist, hat oder glaubt, macht ihn zum Phantanauten, zum »Weltenschöpfer«, sondern einzig seine Phantasie. Deren Zirkel bleibt stets auf ein doppeltes Dutzend begrenzt. Er verjüngt sich durchs Ausscheiden der Einundzwanzigjährigen und Nachrücken von Neophyten, die mindestens im zwölften Lebensjahr stehen. Diesen »neu Gepflanzten« ist zuvor ein Teil des Phantalabiums zugefallen, des Zirkels uraltes Erkennungszeichen.

Jährlich versammeln sich die Phantanauten zu einem Erzählreigen am Grauen See, wenn der Vollmond die Ophiuchiden trifft: In diesem Schauer von Sternschnuppen öffnet sich die Quelle der Erleuchtung bis zum Tag vor der Sommersonnenwende und versiegt wieder beim nächsten Vollmond. Während dieses Monats muss der Neophyt eine Nacht in der Kammer der Weltenschöpfer schlafen und dabei dem Meer der Träume Neuland abtrotzen. Wer diese Gabe besitzt, wird am Morgen danach durch das Untertauchen im Grauen See in das von ihm geschaffene Reich gelangen. Nach seiner Rückkehr erstattet er dem Zirkel Bericht und erbringt einen Beweis der Echtheit seiner Schöpfung. Überzeugt er die Mehrzahl der Phantanauten, gilt er als aufgenommen.

Fortan bedarf sein Neuland des täglichen Erinnerns, um nicht wieder unterzugehen. Der kluge Phantanaut soll seine Geschichte daher mindestens zwei anderen Menschen erzählen und sie überdies zur Weitergabe des Gehörten anspornen. So reift der Schöp-

fer zum lebenslangen Weltenmeister, und derweil sein Werk darüber wächst, wird es die »Welt der Sinne«, unser wirkliches Leben, bereichern.

Das Ungewitter

Bei Steinau an der Straße
Landgrafschaft Hessen-Kassel, 6. Mai 1798

Es gab keinen vernünftigen Grund, warum ein Rindvieh in der Hölle schmoren sollte. Wilhelm war, obwohl der Wald um ihn herum zwitscherte und summte, ganz in seine Gedanken vertieft. Die Sonne blinzelte durch das sanft wiegende Blätterdach und warf ein verwirrendes Spiel aus Licht und Schatten auf den Pfad. Dabei konnte man sich den Zeh leicht an einer Wurzel anstoßen. Trotzdem wandte Wilhelm den Blick vom Weg, sah seinen Bruder von der Seite her an und schüttelte missfällig den Kopf. »Du spielst wieder den Baron Münchhausen und versuchst mir eine deiner Lügengeschichten aufzutischen. Den Zinnober kaufe ich dir nicht ab.«

Jacob grinste nur. »Vielleicht schätzt der Fürst der Finsternis ja einen guten Braten.«

»Darüber macht man keine Scherze.«

»Die Märchenfrauen tun's aber. Erst neulich hat uns doch die alte Trude vom *Teufel mit den drei goldenen Haaren* erzählt.«

Wilhelm verzog das Gesicht. Er war zwölf, sein Bruder Jacob dreizehn. In diesen aufregenden Tagen, kurz vor dem Anbruch eines neuen Jahrhunderts, machten Männer vor allem als Entdecker oder Erfinder von sich reden, die mündliche Überlieferung der alten Volkssagen überließen sie dem sogenannten schwachen Geschlecht. »Du hast gesagt, an diesem Sonntag wollen wir ein Abenteuer erleben, das uns einmal berühmt machen kann. Wozu haben wir sonst den Strick und mein Jagdmesser mitgenommen? Doch wegen der Höhle, oder nicht?«

Jacob rückte die schweren, quer über der Brust hängenden Seilschlaufen zurecht. »Bis heute konnte niemand beweisen, ob unter diesem Wald eine Höhle liegt. Sicher ist nur, dass vor über zweihundert Jahren irgendwo da vorne die Kuh von Jox Mellmann vom Erdboden verschluckt wurde.« Er deutete den Trampelpfad entlang.

»Aber bestimmt nicht, um in die Hölle hinabzufahren.«

»Wer kann das schon wissen?« Jacob lächelte, was ihn seinem jüngeren Bruder noch ein bisschen ähnlicher machte. Beide waren klein, drahtig und ihre welligen, von der Sonne aufgehellten Haare von keinem Kamm zu bändigen. Sie teilten zudem die Begeisterung sowohl für die Natur als auch für phantasievolle Geschichten und Streiche – zum Leidwesen von

Lehrer Zinkhan, dem Steinauer Stadtpräzeptor, der meinte, die zwei Galgenvögel hielten wie Pech und Schwefel zusammen. Tatsächlich traf man selten einen ohne den anderen an. Trotzdem unterschieden sie sich auf mancherlei Weise. Der Ältere war schon immer der Pfiffigere und Unternehmungslustigere gewesen, während Wilhelm seine Nase lieber in Bücher steckte. Er besaß von beiden das sanftere Wesen und vermochte mit Worten zu jonglieren wie ein Gaukler mit brennenden Fackeln.

In diesem Moment fröstelte der Schöngeist. Etwa aus Angst vor dem Schauermärchen des Bruders? Oder lag es an dem kühlen Wind, der mit einem Mal zwischen den alten Stämmen hindurchstrich? Vor nicht einmal einer Stunde hatten sie im Bienengarten der Familie noch über den heißesten Mai seit Jahren geklagt. Die Sonne wollte ihnen schier den Grips im Kopf versengen, weshalb sie nur in ihren dünnen Leinenhemden und Kniebundhosen aufgebrochen waren. Sogar auf Strümpfe und Schuhe hatten sie verzichtet. Aber nun war es plötzlich empfindlich kühl geworden und das Zwielicht im Wald wurde rasch schwächer, als dämmere bereits die Nacht. Dabei war es erst früher Nachmittag.

Wilhelm wandte den Blick nach oben. »Hörst du das?« Die Wipfel rauschten und wisperten, als wollten sie die beiden Abenteurer auf eine Gefahr hinweisen.

»Vielleicht warnen uns die Elfen oder Trolle, weil wir an der Schwelle zu ihrem Reich stehen«, frotzelte Jacob.

»Witzbold.«

Ehe er etwas erwidern konnte, zuckte ein Blitz über den Himmel. Im grellen Licht zeichneten sich die Baumkronen wie Scherenschnitte ab. Gleich darauf ließ ein Donnerschlag den Waldboden erzittern. Die Brüder blieben wie auf ein geheimes Zeichen stehen und sahen sich mit eingezogenen Köpfen um.

»Hatten wir nicht eben einen strahlend blauen Himmel?«, wunderte sich der Ältere.

»Sieh mal da!« Wilhelm deutete aufgeregt nach oben. »Das ist doch unmöglich.«

Durch das Blätterwerk fielen große, weiße Flocken.

»Nein«, murmelte Jacob verwirrt, »die Frau Holle macht ihr Bett.« So pflegten die Hessen zu sagen, wenn es schneite. Er zitterte.

»In einem heißen Mai wie diesem?«

»Irgendwie unheimlich.«

»Jetzt hör endlich auf mit deiner Unkerei, Jacob!«

»Ich mein's ernst, Bruderherz. Im Bienengarten hatten wir ein Wetter wie im Hochsommer. So etwas ist nicht normal.«

Aus den wirbelnden Flocken wurde ein dichtes Schneegestöber. Das Unwet-

ter nahm mehr und mehr bedrohliche Ausmaße an. Heftige Böen peitschten den Wald. Ringsum knarrte und ächzte das Geäst. Blätter und ganze Zweige wurden abgerissen und sausten den Brüdern um die Ohren.

Plötzlich mischte sich ein anderes Geräusch unter das Knacken und Knarzen. Es kam schnell näher und klang, als sei das Himmelsgewölbe in Millionen Scherben zerborsten, die nun auf den Wald herabregneten. Jacob fiel ein hühnereigroßer Eisbrocken direkt vor die Füße.

»Das ist Hagel. Schnell unter den Baum da!«, schrie er und lief auch schon auf eine gedrungene Buche zu.

Wilhelm folgte ihm, wohl wissend, dass ein Blitz im Wald seltener vom Stamm auf den Schutzsuchenden übersprang als auf freiem Feld. Die Gefahr, vom Hagelschauer erschlagen zu werden, war hier wohl weitaus größer.

Während sie hastig auf die Buche zueilten, schlugen um sie herum die Eisgeschosse ein. Es war nur eine Frage der Zeit, bis einer von ihnen getroffen würde.

Unvermittelt hörte Wilhelm über sich ein lautes Krachen. Gerade noch rechtzeitig zog er den Kopf ein, um einem faustgroßen Eisbrocken auszuweichen. Hinter ihm fiel ein schwerer Ast zu Boden. Er kreischte vor Schreck und lief noch schneller. Sein Bruder stimmte ins Geschrei mit ein.

Als könnten sie den tödlichen Schauer damit irgendwie beeindrucken, brüllten sie im Spurt aus vollem Halse – und erreichten tatsächlich unverletzt den Schirm der Baumkrone.

So, als habe jemand seine schützende Hand über sie gehalten, hatten alle Hagelkörner sie verfehlt. Wilhelm hielt seinen Bruder am Kletterseil fest. »Bleib vom Stamm weg, Jacob!«

»Wieso? Da sind die Äste dicker und …«

»Wenn in den Baum ein Wetterstrahl einschlägt, könnte er auf uns überspringen! Wir sollten besser fünfzehn bis zwanzig Fuß Abstand halten.«

Jacob verdrehte die Augen. »Lass mich raten: Das hast du in der *Oekonomischen Encyclopädie* vom alten Krünitz gelesen.«

»Du etwa nicht?«

»Manchmal könnte ich dich würgen für deine neunmalkluge Art.«

»Und ich dich für deine Gedankenlosigkeit. Wer hat uns den Schlamassel denn eingebrockt …?«

Ein Blitz und ein ohrenbetäubender Knall brachten Wilhelm zum Schweigen. Der gleißende Strahl bohrte sich kaum zehn Schritte von den Jungen entfernt in den Boden. Sand und Eiskristalle wurden hochgeschleudert. Aus der Einschlagstelle schossen blaue Flammenbänder hervor, wie Feuerschlangen auf der Suche nach Beute.

Die Jungen wichen entsetzt zurück. Wilhelms Haut prickelte und es stach am ganzen Körper, als sei ein Heer von Ameisen über ihn hergefallen. Erschrocken drehte er sich zu Jacob um, dem sämtliche Haare zu Berge standen. Obwohl auch ihm der Schreck in den Gliedern steckte, fing er plötzlich an zu lachen.

»Findest du es lustig, dass wir fast erschlagen worden wären?«, fragte Wilhelm erbost.

Die Heiterkeit trieb Jacob das Wasser in die Augen, während er sich krümmte, den Kopf schüttelte und auf Wilhelm zeigte. »Entschuldige, Guy, aber ich mache mir gleich in die Hosen. Du siehst zum Piepen aus.« Für die Brüder war es eine Art Spiel, wie eine Geheimsprache, Namen auf Französisch auszusprechen. Aus Jacob war so Jacques und aus Wilhelm Guillaume geworden. Nicht zuletzt aus Bequemlichkeit hatten sie diese schließlich auf die Kosenamen Jacko und Guy zusammengestutzt – das Versenden »geheimer« Nachrichten wäre sonst zu mühselig geworden.

»Wart's ab, bis du in den Spiegel blickst«, erwiderte Letzterer. Auch seine Mundwinkel zuckten jetzt vom unterdrückten Lachen.

Jacob atmete ein paarmal tief durch. »Der Hagel hat aufgehört. Das Ungewitter scheint weiterzuziehen.«

»Da wäre ich mir nicht so sicher. Es schneit immer noch.« Mit einer raumgreifenden Geste deutete Wilhelm auf den weiß bepuderten Waldboden, wobei er den Blick seines Bruders auf die Einschlagstelle des Blitzes lenkte.

Dessen Kopf ruckte ein Stück vor. Seine Augen verengten sich, ein sicheres Zeichen, dass er irgendetwas entdeckt hatte – er war ziemlich kurzsichtig. »In dem Loch glitzert etwas.«

»Warte lieber noch ein bisschen. Die Gefahr, vom Wetterstrahl getroffen zu werden, ist noch nicht vorüber.«

Anstatt auf seinen Bruder zu hören, lief Jacob unter dem Schirm der Buche hervor zu dem Krater, den der Blitz hinterlassen hatte. Einen Moment lang stand er wie zu Eis erstarrt mit vorgebeugtem Oberkörper da, umwirbelt vom Schneegestöber, und spähte ins Loch.

»Das musst du sehen!«, rief er.

»Ich bleibe lieber hier, wo ich nicht erschlagen werde.«

»Dann entgeht dir aber was.«

»Wieso? Hast du Jox Mellmanns Kuh gefunden?«

»Jetzt sei nicht albern, Guy. Das hier ist viel besser. Außerdem brauche ich deine Hilfe, wenn ich da runterklettere.«

»Was willst du ...?« Wilhelm schnappte nach Luft. Dann aber war seine Neugier stärker als die Furcht. Er stapfte durch den Schnee zu seinem Bruder. Als er das Funkeln im Krater sah, vergaß er vor lauter Staunen die Kälte an den nackten Füßen.

In ungefähr zehn Fuß Tiefe ragte etwas Metallenes aus dem aufgerissenen Erdreich. Ein goldener Glanz lag darauf, als reflektiere es die Sonnenstrahlen, was angesichts der schiefergrauen Schneewolken aber undenkbar erschien.

Wilhelm schüttelte den Kopf. »Wie hast du das von der Buche aus sehen können? Es liegt ziemlich tief unten.«

»Keine Ahnung. Ich habe etwas Blitzen gesehen. Vielleicht hat es mir ein Lichtzeichen gegeben.«

»Kannst du nicht ein einziges Mal ernst sein?«

»Das bin ich, Bruderherz. Irgendeine Ahnung, was das ist?«

»Vielleicht ... ein Amulett?«

»Ein Schmuckstück, das im Dunkeln so strahlt? Man sieht in dem Schneegestöber ja kaum die Hand vor Augen.«

Jacob nickte. »Möglicherweise liegt da unten ein Schatz. Stell dir vor: Wir wären mit einem Schlag alle unsere Sorgen los. Nie mehr Armenhaus, nie mehr hungern, Mutter könnte endlich wieder lachen.«

»Geld kann ihr auch nicht den Mann wiedergeben«, sagte Wilhelm traurig. Ihr Vater, der Amtmann von Steinau, war im vorletzten Jahr an einer Lungenentzündung gestorben und hatte die Frau und sechs Kinder so gut wie mittellos zurückgelassen.

»Jetzt hör schon auf, Trübsal zu blasen, Guy. Wir wollten unser Abenteuer – jetzt haben wir's. Hilf mir mal mit dem Strick.« Jacob zog sich das zu großen Schlaufen zusammengelegte Seil über den Kopf und reichte seinem Bruder ein Ende. »Am besten, du bindest es da drüben an dem Bäumchen fest.«

Während Wilhelm mürrisch zu der schlanken Fichte oberhalb der Fundstelle stapfte, schlang sich Jacob die aus Hanffasern gedrehte Leine um den Leib. Nachdem er seinen Bruder angewiesen hatte, sie gespannt zu halten, begann er mit dem Abstieg.

Vorsichtig kletterte er über den Rand des Kraters. Das Loch war ungefähr fünf oder sechs Schritte tief. Möglicherweise hatte sich unter dem Waldboden ein Hohlraum befunden, der durch den Blitzeinschlag eingestürzt war. Als Jacob nur noch mit Mühe über den Rand hinwegblicken konnte, sackte sein Kopf plötzlich nach unten.

Wilhelm erschrak. Er spürte das Gewicht seines Bruders am Seil und stemmte sich dagegen. »Was ist passiert?«, presste er zwischen zusammengebissenen Zähnen hindurch.

»Alles in Butter. Der Grund hat nur nachgegeben«, drang von unten Jacobs Stimme herauf.

»Du kommst besser wieder heraus, sonst wirst du noch verschüttet.«

»Wer nicht wagt«, antwortete es mit angestrengter Stimme, »der nicht gewinnt. Ich hab's! Meine Güte, was ist denn das?«

»Könntest du bitte später staunen? Mir ist das Loch nicht geheuer und außerdem frieren gleich meine Füße fest. Ich ziehe dich jetzt hoch ...«

»Warte noch! Vielleicht liegen noch mehr von den Dingern hier herum.«

Wilhelm stöhnte.

»Nein«, drang kurz darauf Jacobs enttäuschte Stimme zu ihm herauf, »scheint das einzige Kleinod zu sein.«

Getrieben von Sorge um den Bruder, aber auch von wachsender Neugier zerrte Wilhelm am Seil. Diesmal leistete der Kletterer keinen Widerstand, sondern half sogar nach Kräften mit. Wenig später tauchte sein Kopf wieder über dem Kraterrand auf. Er sah aus, als sei er in dem Loch um fünfzig Jahre gealtert.

Erschrocken vergaß Wilhelm das Seil, sein Griff lockerte

sich und es schnurrte ein gutes Stück zwischen seinen Fingern hindurch, ehe er wieder fest zupackte.

Jacobs Kopf war erneut verschwunden, aber seine Stimme scholl dafür umso lauter herauf. »Um Himmels willen, lass mich nicht los!«, schrie er aus Leibeskräften.

»Was ist passiert?«, keuchte Wilhelm vor Anstrengung.

»Unter mir hat sich der Höllenschlund aufgetan.«

»Wenn du weiter solchen Zinnober erzählst, dann lasse ich dich …«

»Ich lüge nicht«, schnitt ihm Jacob das Wort ab. »Da klafft ein bodenloses Loch unter mir.«

»Und? Kannst du schon die feurige Glut sehen? Winkt dir jemand mit seiner Forke zu?« Den beißenden Spott konnte Wilhelm sich nicht verkneifen, weil er die Schilderungen seines Bruders immer noch für einen seiner phantasievollen Scherze hielt. Gleichwohl schwang in dessen Stimme etwas Panisches, das ihm Anlass zur Sorge gab. Vielleicht schwebte Jacob tatsächlich in Gefahr.

Wilhelm legte sich ins Zeug. Stück für Stück zog er das Seil herauf und bald konnte auch sein Bruder von unten wieder mithelfen. Diesmal erschien zuerst dessen Hand über dem Kraterrand. Sie tastete sich durch den Schnee, fand eine Wurzelschlinge und ließ sie nicht mehr los. Bald darauf kam auch wieder sein Kopf zum Vorschein. Mit vereinten Kräften gelangte er in Sicherheit. Erschöpft drehte Jacob sich auf den Rücken und schloss die Augen.

Der Fremde

Bei Steinau an der Straße
Landgrafschaft Hessen-Kassel, 6. Mai 1798

Jacobs Mund spie Atemwölkchen aus wie ein kleiner Vulkan. Während er, immer noch am Boden liegend, blind den Knoten der Rettungsleine öffnete, rieselten weiße Flocken auf ihn herab. Sie schmolzen sofort auf seinem rot glühenden Gesicht. Das Knirschen von Schritten im Schnee ließ ihn die Augen öffnen. Sein Bruder war neben ihn getreten und musterte ihn besorgt.

»Warum hast du mich bloß losgelassen, Guy?«, fragte Jacob.

»Du sahst aus wie ein alter Mann. Dein Haar war plötzlich schneeweiß.«

»Ist ja wohl logisch, wenn es schneit.«

»Ich finde, heute ist überhaupt nichts logisch. Wenn im Mai der Frühling wie ein Sommer ist und es plötzlich schneit wie im Winter – wann hat es das jemals gegeben?« Wilhelm half seinem Bruder auf die Beine.

Dessen Rechte schob sich in die Hosentasche und kam mit dem geheimnisvollen Gegenstand wieder zum Vorschein. Er wischte ihn an seinem Hemd ab und hielt ihn hiernach dicht unter Wilhelms Nase. »Vielleicht haben die Wetterkapriolen etwas damit zu tun.«

Solche Äußerungen war der Jüngere von seinem großen Bruder nicht gewohnt. Sie mochten zwar beide die alten Volkssagen, in denen allenthalben Wundersames geschah, aber in Wahrheit glaubten sie nicht an die magische Kraft von Amuletten oder verzauberten Gegenständen. Im Stammbaum der Grimms gab es nicht wenige Prediger und Pfarrer, weshalb der Aberglaube in der Familie nie hatte Blüten treiben können. Entsprechend argwöhnisch musterte Wilhelm das Metallstück.

Es war gewölbt und schmiegte sich so perfekt in Jacobs Handteller, als sei es dafür gemacht. Die Hohlseite glänzte wie poliertes Messing. Wilhelm schnappte sich das Teil, bevor es sein Bruder verhindern konnte, und drehte es um.

Die bauchige Außenseite war matt, abgesehen von einigen geheimnisvollen Markierungen. Im Schnittpunkt zweier ins Metall gegrabener Bogenlinien blitzte ein winziger rubinroter Kristall. Weitere Striche und daneben angebrachte Runen ließen die Gravur wie die Maßeinteilung eines fremdartigen Geräts aussehen. Was damit gemessen werden sollte, war Wilhelm allerdings ein Rätsel.

»Sieht aus wie die Scherbe einer zerbrochenen Bronzekugel«, murmelte er, wobei er auf die großen Zacken an den Rändern deutete.

»Vielleicht von einer Art Astrolabium, wie es früher für die Navigation auf See benutzt wurde«, mutmaßte Jacob.

»Ich würde die Scherbe zu Hause gerne genauer untersuchen«, sagte Wilhelm und wollte gerade die Finger darumschließen, um sie einzustecken, doch sein Bruder war schneller. Flink wie die Zunge eines Frosches zuckte seine Hand vor und holte sich das Teil zurück.

»Ich hab's gefunden, also darf ich es auch behalten. Du kannst mein Assistent sein, wenn ich es erforsche.«

Wilhelm fühlte sich mit einem Mal betrogen, spürte sogar brennenden Zorn, was ihn ziemlich beunruhigte. Gier war dem sanften Jungen normalerweise fremd. Er teilte fast alles mit seinen Geschwistern, vor allem mit dem großen Bruder, dem er immer nachgeeifert hatte. Woher kam das plötzliche Verlangen, den geheimnisvollen Gegenstand unbedingt besitzen zu wollen?

Weil er sich mit Jacob nicht streiten mochte, trat er nun selbst an die Einschlagstelle des Blitzes heran. Vielleicht hatte der Erdrutsch ja noch weitere Preziosen freigelegt.

Wilhelm erschauderte. Dort, wo zuvor der Grund des Kraters gewesen war, klaffte jetzt ein schwarzes Loch. Wie tief dieses ins Erdreich hinabreichte, war im Zwielicht des Schneegestöbers nicht zu sehen.

»Du hast recht«, flüsterte er bang. »Es sieht tatsächlich wie das Tor zur Hölle aus.«

Jacob trat neben ihn und nickte. »Zumindest zu einer großen Höhle. Das würde erklären, warum hier 1584 Jox Mellmanns Kuh vom Erdboden verschluckt …«

»Warte mal!«, fiel ihm Wilhelm ins Wort und deutete auf eine Stelle an der gegenüberliegenden Kraterwand. »Siehst du das Blitzen dort?«

»Ja, jetzt, wo du's sagst. Da scheint noch eine Scherbe zu liegen. Ich steig noch einmal runter und ...«

»Nichts dergleichen wirst du tun. Diesmal bin ich an der Reihe.« Wilhelm bückte sich nach dem Ende des Stricks und band ihn sich um die Brust.

»Hat mein kleiner Hasenfuß Guy plötzlich Mut bekommen?«, spöttelte Jacob.

»Ich bin kein Feigling, sondern nur besonnen. Im Gegensatz zu dir. Wehe, du lässt mich fallen!«

Während der Ältere das Seil um eine junge Linde auf der anderen Seite des Kraters band, kontrollierte Wilhelm noch einmal den Knoten. Er saß fest. Anschließend tastete er nach dem Hirschfänger am Gürtel. Das Erbstück des Vaters war fast eine Elle lang, also beinahe schon ein Schwert. Obwohl kaum zu befürchten stand, sich da unten gegen Erdelfen oder Trolle verteidigen zu müssen, verlieh ihm das Jagdmesser doch ein Gefühl der Sicherheit.

»Wegen mir kann's losgehen«, rief Jacob. Er hatte sich das Seil um den rechten Unterarm geschlungen und hielt es mit beiden Händen fest umklammert.

Wilhelm stieg etwas versetzt zu der Fundstelle über den Kraterrand. Sollte das Erdreich unter seinen Fußsohlen abrutschen, würde es das Klcinod nicht sofort verschütten. Doch diesmal ging alles gut. Ohne Schwierigkeiten gelangte er neben das Glitzerstück. Erst als er die Hand danach ausstreckte, erwies sich sein Arm als zu kurz.

Er stemmte die Füße ins weiche Erdreich, lehnte sich weit über das schwarze Loch unter ihm zurück und lief so einen Schritt nach links. Wieder reckte er den Arm. Seine Fingerspitzen berührten das golden schimmernde Metall.

Plötzlich rutschte er ab und sackte nach unten.

Reflexhaft griff er ins Erdreich, um irgendwo Halt zu finden. Dann straffte sich auch schon das Seil und hielt ihn fest.

Mit schreckgeweiteten Augen starrte er in den finsteren Schlund, der ihn zu verschlingen drohte. Als er den Blick an der Kraterwand emporwandern ließ, durchfuhr ihn ein Schauder.

Das funkelnde Metallstück war nicht mehr da!

Er wollte gerade seine Wut über den Verlust des schon sicher geglaubten Kleinods herausschreien, als er merkte, dass ihm beim Griff ins Erdreich, zusammen mit viel Sand und kleinen Steinen, auch das begehrte Teil zwischen die Finger geraten war.

»Tut mir leid«, hörte er von oben seinen Bruder rufen, »aber der Schnee hat den Boden aufgeweicht. Deshalb ist der Kraterrand unter dem Seil weggebrochen.«

»Mir geht es gut«, rief Wilhelm und er meinte es auch so. Selten hatte er eine solche Hochstimmung gefühlt wie gerade jetzt, wo er seinen glitzernden Schatz in der Hosentasche verstaute.

»Hast du die Scherbe?«

»Ja.«

»Sieh dich mal um, ob du noch mehr Bruchstücke findest.«

»Bist du von Sinnen? Hilf mir herauf. Oder soll es mir so ergehen wie Jox Mellmanns Kuh?«

Mit großen Augen bestaunten die Brüder ihre Beute. Wilhelms Scherbe ähnelte der von Jacob, wenngleich ihr Zackenrand anders geformt war. Beide zierten je ein funkelndes rotes Juwel und ein Geflecht aus golden schimmernden Linien.

»Darf ich mal was ausprobieren?«, fragte Jacob und hatte seinem Bruder das Metallstück schon aus der Hand genommen.

»Das ist meins!«, protestierte der.

»Keine Sorge. Du bekommst es wieder. Ich will nur sehen, ob die Scherben zusammenpassen.«

»Dazu sind die Zacken und Kerben viel zu verschieden. Sie müssen ...« Wilhelm verstummte, weil die Metallstücke in den Händen seines Bruders förmlich miteinander verschmolzen. Schneller als das Auge sich hatte Gewissheit verschaffen können, schienen die Ränder der Teile hierzu ihre Form verändert zu haben.

»... erst zueinanderfinden«, sagte Jacob lächelnd.

Obwohl sich Wilhelm innerlich dagegen sträubte, fühlte er sich erneut betrogen. Es kam ihm so vor, als wolle sein Bruder mit dem Taschenspielertrick auch das zweite Kleinod ergaunern. »Gib mir meine Scherbe zurück«, zischte er.

»Tät ich ja gerne, aber sie wollen nicht mehr auseinandergehen.«

»Lügner!« Wilhelm riss ihm die beiden Teile wütend aus der Hand und versuchte, sie voneinander zu lösen. Es gelang ihm nicht.

»Sie halten zusammen wie Pech und Schwefel«, murmelte Jacob.

Als Wilhelm die Worte vernahm, die der Lehrer Zinkhan sonst immer auf sie, die unzertrennlichen Brüder Grimm, angewendet hatte, hielt er jäh inne. Mit einem Mal wurde ihm bewusst, zu welchen Gefühlen er sich hatte hinreißen lassen. Es hätte nicht viel gefehlt und er wäre Jacob an die Gurgel gegangen. Dabei war er ihm immer das Liebste auf der Welt gewesen, ein noch kostbarerer Freund sogar, als es der Vater gewesen war. Unvermittelt spürte Wilhelm brennende Scham. Er schlug die Augen nieder und hielt dem Bruder die verschmolzenen Teile hin.

»Behalt du sie.«

Jacob nahm ihm die Scherben aus der Hand, betrachtete sie argwöhnisch und streckte sie Wilhelm wieder hin. »Nein, besser du verwahrst sie für uns.«

»Für uns?«

Er lächelte. »Sie sind wie wir: einander ähnlich und zugleich sehr verschieden, aber doch unzertrennlich.«

»Dann sollten wir sie vielleicht beide in den Schlund zurückwerfen. Ich habe das Gefühl, ihnen wohnt etwas inne, das uns verändern könnte. Und nicht unbedingt zum Besseren, fürchte ich.«

»Auf keinen Fall!«, rief plötzlich eine dumpfe Stimme aus unmittelbarer Nähe.

Die beiden Jungen fuhren herum und erschraken sich fast zu Tode. Wilhelm zuckte ein aberwitziger Gedanke durchs Hirn: Werde ich jetzt den kennenlernen, der die Kuh von Jox Mellmann geholt hat?

Eine dunkle Gestalt kam auf sie zu. Während sie über den verschneiten Waldpfad eilte, stoben die Flocken nur so um ihre weit ausschreitenden Füße. Zunächst waren im nebelhaften Schneegestöber nur ein Dreispitz und ein wallender Mantel wahrzunehmen – beides in Schwarz. Dann aber schälte sich ein blasses Gesicht aus den Schatten des Huts, besser gesagt, nur die obere Hälfte davon, denn die untere hatte der Fremde bis zur Nasenspitze mit dem Umhang bedeckt.

Er blieb vor den zitternden Jungen stehen. Seine dunklen Augen fixierten den Gegenstand in Jacobs Hand, während er unter Umgehung der förmlichen Vorstellung sofort zu einer bedrohlich klingenden Warnung anhob.

»Wollt ihr den Fluch noch verschlimmern, indem ihr das Phantalabium derart missachtet?«

Die Brüder wechselten beklommene Blicke.

»Wer seid ihr überhaupt?«, fragte der Mann barsch. Seine Stimme klang ziemlich jung.

»Mein Name ist Jacob Grimm«, antwortete ebendieser und deutete auf den zitternden Bruder. »Das ist Wilhelm.«

Der Fremde ließ endlich die Hand sinken und lüftete damit den »Schleier«. Dem Gesicht nach konnte er kaum älter als zwanzig sein. Es sah bei Weitem nicht so schroff aus, wie die Worte klangen, die aus seinem volllippigen kleinen Mund kamen. Oval geformt, die Wangen üppig, der Blick von einer sehnsüchtigen Traurigkeit erfüllt, weckte es den Anschein, einem Mann zu gehören, dem es an nichts fehlte, der aber trotzdem von einer unstillbaren Sehnsucht getrieben war.

Wilhelm nahm seinem Bruder die zusammengefügten Scherben ab und reichte sie dem Fremden. »Gehört das Ihnen? Sie sind böse auf uns, weil Sie glaubten, wir wollten es für uns behalten, Herr ...?«

»Brentano«, murmelte der junge Mann abwesend. In seinen Augen funkelte es begehrlich, während er die Rechte zitternd nach den dargebotenen Bruchstücken ausstreckte. »Mein Name ist Clemens Wenzeslaus Brentano de La Roche.« Kurz bevor seine Fingerspitzen das Metall berührten, zog er den Arm wieder zurück. Stattdessen griff er nach Jacobs Hand, führte sie wie ein Puppenspieler an die des Bruders heran und sagte leise: »Nimm dir dein Teil.«

»Das geht nicht. Sie haben sich miteinander ...«

»Widersprich mir nicht!«, fuhr ihm Brentano über den Mund, wurde aber sogleich wieder sanft. »Tu einfach, was ich dir sage.«

Jacobs Finger schlossen sich wie eine Zange um die obere Scherbe. Mit einem leisen *Klick!* löste sie sich von ihrem Gegenstück. Überrascht sah er den Fremden an.

»Wie haben Sie das gemacht?«, wunderte sich Wilhelm.

»Nicht ich war es, sondern ihr. Es kommt sehr selten und nie ohne tieferen Sinn vor, dass zwei Teile des Phantalabiums auf diese Weise ihre neuen Besitzer erwählen. Ich schlage vor, wir verlassen diesen ungemütlichen Ort, ehe noch Schlimmeres uns ereilt als Hagel und Schneegestöber.« Sein Blick senkte sich auf die nackten Füße der Jungen. »Außerdem seid ihr für diese Witterung ziemlich unpassend gekleidet.«

Brentano deutete einladend auf den Weg und ging voraus. Die Brüder schlossen sich ihm an.

Eine Weile liefen die drei schweigend nebeneinanderher. Die Miene des jungen Mannes wirkte verschlossen. Irgendetwas schien ihn zu bedrücken. Bald wurde es heller um sie herum und dann tauchte vor ihnen ein lichtdurchfluteter Vorhang auf: der Waldrand. Dahinter schwelgte der Frühling im warmen Sonnenschein, als habe es nie einen Wintereinbruch gegeben.

»Ich habe dieses Wort nie gehört. Was ist eigentlich ein *Phantalabium?*«, fragte Jacob unvermittelt. Er warf das so unverhofft zurückerhaltene Kleinod hoch und fing es wieder auf.

»Ich empfehle dir, es etwas respektvoller zu behandeln«, antwortete Brentano streng.

»Entschuldigung«, sagte Jacob kleinlaut.

Weil es nun mit jedem Schritt wärmer wurde, nahm Brentano Hut und Mantel ab; Letzteren legte er sich über den Arm. Darunter trug er einen engen braunen Gehrock, ein Rüschenhemd, braune Kniehosen, weiße Strümpfe und schwarze Lackschuhe mit großen Schnallen. Ein paar Schritte später erklärte er: »Es ist ein Findemittel.«

Die Brüder tauschten fragende Blicke. Mit der Erklärung konnten sie auch nicht mehr anfangen als mit dem merkwürdigen Namen.

»Es findet und verbindet Menschen, deren Phantasie neue Welten zu erschaffen vermag«, fügte Brentano daher hinzu. »Und gleichzeitig dient es zur Orientierung im Meer der Träume. Dazu wurde es einst erschaffen.«

Die Verwirrung der Geschwister nahm zu.

»Meine Aufgabe besteht darin, euch auf das Kommende vorzubereiten und den Schaden zu begrenzen, den ich mit meiner Achtlosigkeit angerichtet habe.« Er lächelte säuerlich. »Ihr versteht vermutlich kein Wort von dem, was ich da erzähle.«

»In Sachen Unbesonnenheit ist mein Bruder Experte«, bemerkte Wilhelm.

»Dann muss er besonders achtgeben, wenn er erst seine eigene Welt erschaffen hat, damit es ihm nicht so ergeht wie mir.«

Jacob schüttelte mürrisch den Kopf. Erkennbar gefiel ihm der Verlauf der Unterhaltung nicht. »Bei allem Respekt, Herr Brentano de La Roche ...«

»Clemens Brentano genügt völlig. Oder besser noch, wir reden uns mit Vornamen an. Den Grund werdet ihr bald erfahren. Ich bin also Clemens.«

Solche Vertraulichkeiten waren mehr als unüblich und es fiel Jacob sichtlich schwer, sich darauf einzulassen. »Herr Clemens«, sagte er betont langsam. »Wer sind Sie? Was erzählen Sie uns da von Traumozeanen ...?«

»Das Meer der Träume«, stellte Clemens richtig. »Alle je von der Phantasie erschaffenen Reiche existieren darin als Inseln. Gemeinsam mit der Erde – unserer ›Welt der Sinne‹ – und den Gestirnen am Firmament bilden sie das Phantaversum. Und was meine Wenigkeit anbelangt: Ich bin neunzehn Jahre alt und Student der Medizin in Jena.« Er deutete auf die blitzende Scherbe in Wilhelms Hand. »Das Teil des Phantalabiums, das sich deinen Bruder erwählt hat, gehörte einmal mir. Leider habe ich meine Schöpfung sträflich vernachlässigt. Das Ungewitter könnte eine Folge meines Versagens sein. Deshalb entzog sich das Phantalabium mir wieder. Erst vor ein paar Tagen schickte es mir einen Traum, der mich in diesen Wald führte, um euch nötigenfalls zu helfen.«

»Wollen Sie damit sagen, die Scherben haben den Schneesturm verursacht?«, fragte Wilhelm ungläubig.

»Du«, verbesserte ihn Brentano. »Sag einfach Clemens und

du zu mir. – Die Antwort auf deine Frage lautet: Ich habe keine Ahnung. Es wäre möglich. Das Phantalabium greift manchmal zu solch drastischen Mitteln, allerdings nur, wenn es wirklich wichtig ist. Es tut mir leid, euch in die Sache hineingezogen zu haben.«

»Was für eine Sache?« Wilhelm beschlich das Gefühl, dieser Clemens sei gar kein Medizinstudent, sondern ein aus dem Tollhaus entlaufener Irrer.

»Das alles wird euch jemand erklären, der sich in diesen Dingen besser auskennt als ich. Ich werde ihm heute noch eine Brieftaube schicken. Er lebt weit im Westen auf einer grünen Insel. Es kann deshalb ein paar Wochen dauern, bis er bei euch eintrifft. Zeigt in der Zwischenzeit niemandem eure Phantalabiumstücke. Habt ihr mich verstanden? *Niemandem!* Wartet damit, bis ein Fremder bei euch anklopft, der sich der ›Erste Phantanaut‹ oder der ›Navigator‹ nennt und von selbst danach fragt.«

»Und wenn wir die Scherben dem Falschen zeigen?«, fragte Jacob.

Die Miene des jungen Mannes verfinsterte sich. »Dann könnte es unser aller Untergang sein.«

Der Navigator

Steinau an der Straße
Landgrafschaft Hessen-Kassel, 5. Juni 1798

Das energische Pochen dröhnte durchs ganze Haus. Wenn jemand auf diese Weise an die Tür klopfte, bedeutete es gewöhnlich nichts Gutes. Vermutlich ein Schuldeneintreiber, dachte Dorothea Grimm. Die Mutter von Jacob und Wilhelm war gerade mit dem Entkernen von Sauerkirschen beschäftigt und wischte sich die rot gefleckten Hände an einem Leinentuch ab. Unterdessen scholl abermals das Hämmern durch die alte Kellerei. Seit dem unerfreulichen Zwischenspiel im Armenhaus nannten die Grimms das heruntergekommene Gebäude am Brückentor ihr Heim.

Auf dem Weg zur Küche wappnete Dorothea sich für eine Auseinandersetzung. Es gab immer jemanden, der ihr den letzten Kreuzer aus der Tasche ziehen wollte. Sie riss die schwere Haustür auf, stemmte kämpferisch die Fäuste in die Seiten und fauchte: »Bei mir gibt's nichts zu holen.«

Auf der Straße standen zwei Fremde, die verdutzt aus der Wäsche schauten und nicht unbedingt wie Geldeintreiber aussahen. Der eine stützte sich auf einen Gehstock, war hochbetagt, seine kurze Statur untersetzt und das zum Zopf gebundene Haar grau, der andere ein Rotschopf, schlaksig und etwa vierzehn Jahre alt. Beide trugen staubige Kleidung, als kämen sie von weither. Die des Älteren war von den Schuhen über die Culotte – die Kniehose – bis zum Rock in Dunkelblau gehalten; nur seine Strümpfe mochten einmal weiß gewesen sein. Der hagere Knabe hatte keine Jacke. Seine braune Hose war lang wie bei den Arbeitern und Kleinbürgern, das Hemd allerdings aus feinem Leinen gearbeitet.

Der kleine Alte räusperte sich. Sein Blick lag auf Dorotheas Händen. Ob er die Kirschflecken für Blut hielt? Er verneigte sich und sagte mit hörbar englisch gefärbtem Akzent:
»Einen recht schönen guten Tag auch. Wir kommen in friedlicher Absicht. Unsere Heimat ist das schöne Irland. Ich bin Sir Condron D'Arcy aus Loughrea und der junge Edelmann an meiner Seite ist Master Alroy Alistair.«

Dorothea Grimm war eine durchaus sanftmütige Person, und da die hochwohlgeborenen Besucher es wohl nicht auf ihr Geld abgesehen hatten, wagte sie ein verhaltenes Lächeln. Sie entschuldigte sich für die »besudelten Hände« und fragte, was sie für die Herren tun könne.

»Eigentlich kommen wir nicht zu Ihnen«, antwortete Sir D'Arcy. Seine Stimme vibrierte wie die tiefste Saite eines Kontrabasses.

Die Witwe spürte wieder den Schmerz, den jede Erinnerung an Philipp Wilhelms Tod ihr zufügte. »Mein Mann ist vor zwei Jahren gestorben«, sagte sie traurig.

»Seien Sie unseres Mitgefühls versichert, Frau Grimm. Aber es ist auch nicht Ihr Gemahl, um den es geht.«

»Dann kommen Sie wegen der Kinder?«

Der Ire nickte lächelnd.

»Hat die kleine Charlotte …?«

»Charlotte?«, stutzte er. »Von einem Mädchen weiß ich nichts. Es handelt sich um …«

»Ludwig!«, stieß sie verärgert hervor. »Natürlich! Der Schlingel frisst ständig etwas aus.«

»Aber nichts, das meiner Aufmerksamkeit bedürfte«, beschwichtigte der Besucher sie.

»Sagen Sie nichts! Dann war es Ferdinand.«

»Äh … Nein. Ich glaube, da liegt ein Missverständnis …«

»Etwa Carl? Das würde mich wundern.«

»Da kann ich Sie beruhigen. Mir wurde mitgeteilt …«

»… dass wieder einmal Wilhelm und Jacob Unfug angestellt haben. Das habe ich mir gleich gedacht.«

Sir D'Arcys Miene hellte sich auf. »Jetzt haben wir die Richtigen! Dem Himmel sei Dank. Ich dachte schon, wir würden sie nicht mehr finden oder kämen zu spät.«

Dorothea wirkte betroffen. »Ist es so schlimm?«

Der Alte nickte. »Ja.« Dann schüttelte er sofort wieder den Kopf. »Nein! Nicht, was Sie denken. Ihre Söhne haben nichts angestellt, Madame. Im Gegenteil, sie wurden wegen ihrer besonderen Begabungen ausgewählt.«

»Von wem? Von Ihnen?«

»Vom Phantalabium.«

»Kenne ich nicht.«

»Das macht nichts. Es möchte die besonderen Talente der Knaben fördern. In den deutschen Landen gehörten vor ihnen so berühmte Männer wie der Geheime Rat Johann Wolfgang von Goethe, Friedrich Schiller und Karl Friedrich Hieronymus Freiherr von Münchhausen zu den Auserwählten.«

»Meinen Sie etwa den Lügenbaron? Du lieber Himmel! Ich weiß nicht, ob meine Jungs in eine solche Gesellschaft passen.«

»Da kann ich Sie beruhigen. Der Freiherr ist letztes Jahr gestorben.«

»Ist vielleicht auch besser so. Sie müssen wissen, ich halte es bei der Erziehung meiner Kinder mit dem Grimm'schen Leitspruch: *Tute si recte vixeres.*«

»›Rechtschaffenheit sei deines Lebens Sicherheit‹«, übersetzte Sir D'Arcy. »Damit sprechen Sie mir aus dem Herzen.

Gegen die Herren Goethe und Schiller haben Sie hoffentlich nichts einzuwenden.«

»Nein. Im Gegensatz zum Lügenbaron wird man sich an sie gewiss auch nach ihrem Tod noch gerne erinnern.«

Bei den irischen Besuchern stellte sich Erleichterung ein und Sir D'Arcy wiederholte sein Ansinnen. »Dürften wir Ihre Söhne sprechen? Ich will nicht drängen, aber es ist wirklich sehr wichtig.«

Um die Sommerhitze draußen zu halten, waren sämtliche Fensterläden der alten Kellerei geschlossen. Nur durch ein paar Ritzen quoll der Sonnenschein herein. Im Wohnzimmer kämpften Kerzen gegen das Zwielicht an und die Standuhr tickte tapfer ihren Takt, als wolle sie die angespannte Stille im Raum vertreiben.

Obwohl oder vielleicht gerade weil die beiden Fremden keineswegs wie Halunken aussahen, traute Jacob ihnen nicht. Er saß beim Kamin auf einem Stuhl neben Wilhelm. Beide beäugten argwöhnisch die Besucher auf dem Kanapee. Dorothea hatte alle in die gute Stube geschickt, damit, wie sie sich ausdrückte, »sie ungestört über die Pläne des Phantalabiums plaudern könnten«.

Woher, fragte sich Jacob, wusste die Mutter von den Scherben, die Guy und er vor knapp einem Monat im Wald gefunden und seitdem versteckt gehalten hatten? Doch wohl von den Fremden. Aber wie hatten die zwei Iren davon erfahren?

Die düstere Warnung von Clemens Brentano war nicht vergessen: Bekäme der Falsche die Scherben zu sehen, könnte dies ihrer aller Untergang bedeuten.

»Mir brennt die Zeit auf den Nägeln, junge Herren. Sagt mir doch wenigstens, ob ihr die Elemente des Phantalabiums noch habt?«, bohrte Sir Condron D'Arcy zum wiederholten Male nach. Seine Hände fingerten ungeduldig an dem silbernen Segelschiff herum, das als Knauf seinen Gehstock zierte.

Die Standuhr tickte, die Brüder schwiegen. Jacob wollte sich lieber foltern lassen, als das Geheimnis zu verraten.

Obwohl man das Misstrauen der beiden fast riechen konnte, schien der junge Alroy Alistair es nicht zu bemerken. Hingebungsvoll kaute er an einem der Kirschmarmeladenbrote, die die Witwe Grimm ihren Gästen angeboten hatte. Sein grauhaariger Begleiter indes sah ratlos aus. Mindestens zehn Minuten lang hatte er auf die Brüder eingeredet. Nun war sein Vorrat an guten Worten erschöpft.

»Dürfte ich Sie etwas fragen, Sir?«, brach Wilhelm überraschend das Schweigen. »Ich will Ihnen nicht zu nahe treten, aber kennt man Sie noch unter einem anderen Namen?«

Master Alistair beugte sich zu dem Alten herüber und wisperte ihm etwas ins Ohr. Sir D'Arcy nickte verstehend, lächelte hierauf die Brüder Grimm an und antwortete: »Ich bin der Navigator. Oder der Erste Phantanaut, wenn euch das lieber ist.«

Jacob atmete hörbar aus. Jetzt hatte mit einem Mal auch er

das Bedürfnis zu tuscheln. Die Köpfe der Brüder rückten zusammen. »Genau wie Clemens vorhergesagt hat. Ich glaube, wir können ihm vertrauen.«

Wilhelm nickte.

»Du meinst Clemens Brentano de La Roche?«, erkundigte sich Sir D'Arcy. Seine Ohren funktionierten offenkundig noch sehr gut.

»Er sagte uns, jemand von einer grünen Insel würde von sich aus nach unseren Phantalabiumteilen fragen und sich Erster Phantanaut oder Navigator nennen«, bestätigte Jacob.

»Clemens schickte mir die Brieftaube mit der Nachricht von eurer Erwählung nach Irland. Der Vogel kam völlig zerzaust auf Brendan Castle an. Es ist ihm – wohl nicht ganz zufällig – ein Donnerwetter in die Quere gekommen. Dummerweise war dabei der Brief nass geworden und die Tinte verlaufen. Deshalb konnten wir eure Adresse nur teilweise entziffern und hätten euch fast nicht gefunden.«

»Sie wohnen in einem richtigen Schloss?«

»Es ist mehr eine Burg. Normalerweise rufe ich dort jeden Sommer die Phantanauten zusammen. Das ist ein Kreis von bis zu vierundzwanzig jungen Menschen, zu denen auch Master Alistair gehört. Sic crzählen sich einen Monat lang Geschichten und erschaffen mit ihrer Phantasie neue Welten. In diesem Jahr muss ich darauf verzichten, den Vorsitz einzunehmen.«

»Wegen uns?«, fragte Wilhelm.

»Eigentlich wegen Clemens«, sagte Alroy. Die Mutter des jungen Adligen stammte aus Hannover, weshalb sein Deutsch trotz des vollen Mundes mindestens so gut war wie das von Sir D'Arcy.

»Korrekterweise müsste man sagen, das eine bedingt das andere«, stellte der Navigator richtig. »Unser Freund Clemens gehörte bis zum letzten Jahr zum Zirkel der Phantanauten. Als er in eurem Alter war, hatte er das Traumreich *Zyklodia* erschaffen. Eigentlich hätte er seinen Sitz im Kreis der Weltenbaumeister erst mit Vollendung des einundzwanzigsten Lebensjahres räumen müssen. Doch der liebe Clemens ist etwas sprunghaft. Zuerst studierte er in Halle Bergwissenschaften, jetzt in Jena Medizin, und über dem vielen Hin und Her hat er *Zyklodia* zunehmend vernachlässigt. Darauf trennte sich das Phantalabium von ihm.«

»Und dann ist das große Unglück geschehen«, sagte Master Alistair kauend.

»Großes Unglück? Meint er den Schneesturm und Hagelschauer?«, wandte sich Jacob wieder an Sir D'Arcy.

»Indirekt schon. Diese Wetterphänomene sind typisch, wenn das Phantaversum einen Riss bekommen hat.«

Jacob glaubte sich verhört zu haben. »Einen Riss? Im Phantaversum? Clemens hat uns erklärt, es bestehe aus sämtlichen Phantasiereichen, der Erde und den Gestirnen am Himmel. Wie kann da eine Schrunde drin sein?«

»Offenbar haben sich Verwerfungen im Gefüge des Phantaversums gebildet. Die einzelnen Welten schwimmen darin wie Froscheier in einem Tümpel: jede ihr eigener Lebensraum, nur ein bisschen Haut trennt den einen vom anderen. Im jährlichen Zyklus wird die Grenzschicht dünn und durchlässig. Deshalb können die Phantanauten überhaupt zur Mittsommerzeit, wenn der sanfte Meteoritenschauer der Ophiuchiden unsere Erde benetzt, in die von ihnen geschaffenen Reiche reisen. Offenbar ist nun wegen der Gedankenlosigkeit unseres jungen Freundes aber genau der umgekehrte Fall eingetreten.«

Jacob verzog das Gesicht. »Sie meinen, ein Frosch ist aus seinem Ei in unsere Welt gehüpft?«

»Eine Kaulquappe«, verbesserte ihn Wilhelm und erntete dafür prompt einen zornigen Seitenblick.

»Ganz richtig«, pflichtete ihnen Sir D'Arcy bei. »Irgendetwas ist in die Welt der Sinne gekommen, etwas, das nicht hierhergehört. Es hat schon einiges Unheil angerichtet und ich fürchte, das ist erst der Anfang. In der kürzesten Nacht des Jahres regnen die Ophiuchiden am dichtesten auf die Erde herab. Der Vorhang zwischen den Welten wird dann für einige Stunden hauchzart. Allein durch sein Hiersein wird das Monstrum ihn in dieser Zeit zerreißen. Damit wäre sämtlichen Ungeheuern, die je erdacht worden sind, Tür und Tor geöffnet.«

Jacob bekam eine Gänsehaut.

»Was für ein Monstrum?«, fragte Wilhelm ungläubig.

Der Alte zuckte die Achseln. »Irgendein Unwesen, möglicherweise ein Riese.«

»Sie meinen, so wie im Märchen von der Kristallkugel?«

»Das kenne ich nicht. Es wäre aber gut möglich. Alle mir zugetragenen Augenzeugenberichte sind sehr ungenau und widersprechen einander. Der eine beschreibt die Bestie als titanenhaften Menschenfresser, der Nächste wieder als kleinen, garstigen Gnom, und es gibt noch eine ganze Reihe anderer Beschreibungen, von denen eine phantastischer ist als die andere.«

»Klingt für mich eher wie ›Das Dietmarsische Lügen-Märchen‹.«

Jacob nickte. »Nächstens erzählen Sie uns noch von gebratenen Hühnern, die mit dem Rücken nach der Hölle durch die Luft fliegen.«

Der Navigator ließ sich von dem geballten Argwohn, der ihm entgegenschlug, nicht aus dem Konzept bringen. Ernst entgegnete er: »Ob nun turmhoher Gigant oder hutzeliges Männlein, verbindet man die Orte sämtlicher Schreckensmeldungen auf einer Landkarte, dann kreuzen sich die Linien immer wieder an einem ganz bestimmten Punkt.«

Jacobs Augenbrauen hoben sich. »Im Wald bei Steinau an der Straße?«

»Nein. Im Blautopf bei Blaubeuren.«

»Sie meinen die Quelle der Blau am Rand der Schwäbischen Alb? Und davon haben Sie im fernen *Irland* erfahren?«

»Ist euch Christoph Martin Wieland ein Begriff?«

»Der Dichter aus Weimar?«

»Ja. Clemens Brentanos Großmutter, die Schriftstellerin Marie Sophie von La Roche, war einmal mit ihm verlobt. Sie lebten seinerzeit nur etwa zwanzig englische Meilen südlich vom Blautopf, in der Gegend von Biberach an der Riss, wo sie viele Leute kennen. Ihren Beziehungen verdanke ich meine Kenntnisse. Beide gehören zur Gesellschaft der Phantanauten – so nennt sich der Bruderbund ehemaliger Weltenschöpfer.«

Jacob stülpte die Unterlippe vor. »Und warum erzählen Sie *uns* das alles?«

»Weil das Phantalabium in dieser schweren Stunde *euch* auserwählt hat. Meines Wissens nach sind nie zuvor zwei seiner Teile gleichzeitig einem Geschwisterpaar zugefallen. Das kann kein Zufall sein. Es ist offenbar eure Bestimmung, den Riss im Phantaversum wieder zu kitten.«

Wilhelm fuhr erregt vom Stuhl auf. »Was haben wir mit diesem Monstrum zu schaffen?«

»Ich vermute, es ist einem von euch entwischt.«

»Mit Verlaub, mein Herr, aber wir haben bis vor einem Monat nicht einmal von der Existenz des Phantalabiums gewusst. Wie können wir schuld daran sein …?«

»Um Schuld oder Unschuld geht es hier nicht«, unterbrach ihn Sir D'Arcy. Seine knubbeligen Hände vollzogen eine beschwichtigende Geste. »Erlaubt mir eine Frage: Habt ihr eine rege Phantasie?«

Die Brüder konnten das nicht abstreiten.

»Und beschäftigt ihr euch häufig mit Sagen, Legenden, Fabeln oder anderen Geschichten, in denen allerlei Wundersames geschieht?«

Wilhelm setzte sich wieder. »Das tun hier viele. Die Märchenfrauen haben bei uns eine lange Tradition.«

»Na also.«

Jacob blinzelte verwirrt. »Wie bitte?«

Master Alistair seufzte. »Der Navigator will auf Folgendes hinaus: Im Phantaversum wird manches auf den Kopf gestellt, das in unserer Welt unveränderlich erscheint. Mal vergeht die Zeit auf einer Insel im Meer der Träume langsamer, mal auf einer anderen schneller als hier. Gelegentlich ist auch beides möglich oder sie läuft sogar rückwärts. Die Phantasie erschafft sich ihre eigenen Gesetze. Oft bringt sie in einem Augenblick ganze Welten hervor, die schon seit Äonen existieren.«

»Gut gesprochen«, lobte ihn Sir D'Arcy. »Deshalb kann auch etwas durch den Riss in die Welt der Sinne gekommen sein, das erst durch einen von euch Gestalt annehmen muss.«

»Ich glaube, die spinnen«, flüsterte Wilhelm seinem Bruder ins Ohr.

Sollte Sir D'Arcy dies gehört haben, ließ er es sich nicht anmerken. »Ich verdanke meinen Schülern einen großen Geschichtenschatz aus aller Welt. Dazu gehören auch einige vom Blautopf. Wusstet ihr, dass er im Volksglauben als bodenlos gilt? In Wahrheit ist er einer der Zugänge zur Quelle der Erleuchtung. Clemens' Großmutter Sophie hatte es seinerzeit bewiesen. Sie war durch den Blautopf ins Meer der Träume gelangt.«

»Und jetzt ist ihm wahrscheinlich ein riesiger Unhold entstiegen, der Menschen frisst«, schlug Alroy ohne viel Zartgefühl wieder den Bogen in die Gegenwart.

Unvermittelt begannen im Wohnzimmer die Kerzen zu flackern und es wurde noch düsterer, als einige ganz erloschen. Gleichzeitig verblassten die sonnendurchfluteten Ritzen der Fensterläden, als ziehe draußen ein Unwetter auf. Ein unheimliches Pfeifen fuhr durch die Räume der alten Kellerei. Jacob hielt den Atem an. Würde gleich ein neuerlicher Hagelschauer auf das Haus niedergehen und es in Stücke schlagen?

»Erst der Angriff auf die Brieftaube und jetzt das«, raunte Sir D'Arcy. Er beugte sich vor und fügte noch leiser hinzu: »Wie es scheint, haben auch andere den Hilferuf des Phantalabiums bemerkt. Es bleiben uns noch sechzehn Tage, um die Kreatur zu finden, die in unserer Welt ihr Unwesen treibt, und den Riss im Phantaversum zu schließen. Die halbe Frist wird allein die Reise zum Blautopf aufzehren. Deshalb müssen wir sofort aufbrechen.«

Jacob schluckte. »Und was passiert, wenn wir dieses Geschöpf stellen? Wie sollen wir es bezwingen?«

Der Navigator lächelte unsicher. »Darüber zerbrechen wir uns später den Kopf. Die Zeit läuft uns davon. Bis Mittsommer wird der Vorhang zwischen den Welten immer dünner und dürfte, so fürchte ich, ein für alle Mal zerreißen, wenn wir das Monstrum bis dahin nicht unschädlich gemacht haben.«

Der Blautopf

Blaubeuren
Herzogtum Württemberg, 15. Juni 1798

Die Sonne stand schon tief und die sommerliche Hitze ließ endlich nach, als die Kutsche mit Jacob, Wilhelm und ihren beiden irischen Begleitern über den Marktplatz von Blaubeuren polterte. Sie waren in den vergangenen zehn Tagen auf der Fahrt vom Hessischen ins Herzogtum Württemberg auf unebenen Straßen durchgeschüttelt, an einigen Dutzend Zollgrenzen kontrolliert und von raffgierigen Herbergswirten übervorteilt worden. Einmal hatte Sir Condron D'Arcy zwei Wegelagerer mit seiner Pistole in die Flucht schlagen müssen und bei einem Achsbruch wären sie fast in eine Schlucht gestürzt.

Die Reise war also ganz normal verlaufen.

Dorothea Grimm hatte ihre Söhne mit einem lachenden und einem weinenden Auge ziehen lassen. Ihr war sehr daran gelegen, die Talente von Jacob und Wilhelm zu fördern, und das zu tun hatte der noble Ire wortgewandt gelobt. Das Thema »Riesen und Menschenfresser« war dabei ausgespart worden.

Unterwegs hatte der Navigator die Zeit genutzt, seine beiden Schützlinge mit dem Kodex der Phantanauten vertraut zu machen. Sie lernten, was ein Neophyt – ein Anwärter – zu tun habe, um in den Zirkel der Weltenschöpfer aufgenommen zu werden, und was er unbedingt unterlassen müsse, damit sich die von Clemens Brentano ausgelöste Katastrophe nicht wiederhole.

Mit dem stets zu Späßen aufgelegten Alroy Alistair freundeten sich die Brüder schnell an. Bald nannte er sie Jack und Bill. Unentwegt erzählte er ihnen irische Fabeln, Sagen und Legenden. Darin wimmelte es nur so von Feen und Kobolden. Väterlicherseits stammte er aus einem schottischen Adelsgeschlecht und würde sich einmal Lord nennen dürfen. Im August wurde er fünfzehn. Obwohl er den Navigator sehr schätzte und durchaus achtete, beflügelte dessen Hang zur Weitschweifigkeit ihn doch zu manchem Scherz.

»Brrrrr!«, tönte es vom Kutschbock und das Pferdegespann kam klappernd vor einem großen Fachwerkhaus zum Stehen: der Gasthof »Ochsen«.

Ehe jemand aus dem Wagen die Tür öffnen konnte, eilte auch schon ein schwergewichtiger Mann mit dunklem schütteren Haar auf die Gasse. Er trug eine fleckige Schürze und auf dem speckigen Gesicht ein beflissenes Grienen. Schwungvoll riss er den Schlag auf. »Grias Godd zsama un herzlich willkomma. Mei Nôm isch Johann Schorsch Unsöld. I bin dô dr Ochs.«

Sir D'Arcy war zu angespannt, um die humorige Begrüßung des Wirts hinreichend zu würdigen, zumal er sie überhaupt nicht verstand. Beim Aussteigen sah er die Brüder verständnislos an. »Ist der Mann Ausländer?«

»Nur Schwabe«, antwortete Wilhelm. »Ein Schulkamerad

von uns kommt aus der Gegend. Der Herr hat uns einen guten Tag gewünscht und uns willkommen geheißen. Sein Name ist Johann Georg Unsöld. Oder auf Französisch Jean Georges. Aus Letzterem dürfte das Schwäbische Schorsch entstanden sein. Er meinte noch, er sei hier der Ochse.«

Jacob kicherte.

»Dr Bua isch a Käpsele«, sagte Herr Unsöld anerkennend.

»Er findet mich gescheit«, übersetzte Wilhelm. Mittlerweile hatten auch die drei Jungen die Kutsche verlassen.

»Ich hoffe doch sehr, er hält sich nicht für ein Rindvieh, sondern allenfalls für die Verkörperung seiner Herberge. Vermutlich ist er der Wirt.«

Der Feiste nickte. »Des isch gwieß wôhr!«

»Er ist's«, sagte Wilhelm.

»Das kann ja heiter werden«, brummte Sir D'Arcy. Mehr als ein sparsames Lächeln und seinen Namen brachte er nicht hervor, ehe er nach einem Quartier fragte.

»Wia lang wellad dr Herrschafta bleiba?«

»Er fragt nach der Dauer unseres Aufenthalts«, übersetzte Wilhelm.

»Bis zum 22. Juni«, antwortete der Navigator. Die Bestimmtheit, mit der er dies sagte, ließ Jacob erschaudern. Es klang so endgültig, als höre die Zeit nach Mittsommer auf zu bestehen.

Das Gasthaus lag nur ein paar hundert Schritte vom Blautopf entfernt. Damit war es der ideale Stützpunkt für die Suche nach dem Ungeheuer. Am Abend ihrer Ankunft blieben die Phantanauten jedoch im Ochsen. Sir D'Arcy wollte keine Zeit verschwenden. Er hatte mit den Brüdern Grimm noch etwas Besonderes vor.

»Einer von euch muss in dieser Nacht dem Meer der Träume Neuland abtrotzen«, erklärte er. Inzwischen war die Sonne untergegangen, ein fünfarmiger Kerzenleuchter spendete ihnen Licht. Die vier saßen im geräumigen Gästezimmer von Sir D'Arcy und Master Alistair um einen rechteckigen Tisch herum. Für die Brüder Grimm hatte der Navigator eine eigene Kammer gemietet.

Wilhelm starrte mit glasigem Blick auf seine schmalen Hände, die vor ihm auf dem Tisch lagen. »Und wenn es keinem von uns gelingt, im Traum eine neue Welt zu erschaffen?«

»Keine Sorge«, sagte Alroy. »Das Phantalabium hat sich euch nicht ohne Grund ausgesucht.«

Der Navigator nickte. »Auf die Gefahr hin, mich zu wiederholen: Es hat kaum zufällig ein Bruderpaar ausgewählt. Denkt daran, wie ihr die beiden Teile gefunden und zusammengesetzt habt.«

»Erst mit Clemens' Hilfe ließen sie sich wieder voneinander lösen«, erinnerte sich Jacob.

»Damit hat es euch etwas sagen wollen«, erklärte Sir D'Arcy. »Euch zwei verbindet ein unsichtbares Band. Das ist eure Stärke. Vermutlich kann die Aufgabe nur durch *gleichzeitiges* entschlossenes Handeln in *beiden* Welten – dem Traumreich des einen und der Welt der Sinne – gelöst werden.«

»Aber dazu müssten wir doch irgendwie miteinander verkehren. Clemens hat Ihnen eine Brieftaube geschickt, aber wie sollen wir uns durch den Riss des Phantaversums hindurch abstimmen?«

»Indem jeder dem anderen etwas von sich gibt. In der Vergangenheit haben sich Haare bewährt ...«

»Haare?«, entfuhr es Wilhelm.

Alroy machte eine unbestimmte Geste. »Schneidet euch jeder eine Locke ab und tauscht sie aus. Wenn ihr sie auf einen Spiegel, einen reflektierenden Gegenstand oder ins Wasser legt und ganz fest an euren Bruder denkt, dann werdet ihr ihn darin sehen.«

»Und mit ihm reden können?«

»Wie von Angesicht zu Angesicht.«

Wilhelm konnte das kaum glauben. Er behielt seine Zweifel aber lieber für sich und wechselte das Thema. »Ich wüsste zu gerne, wer von uns was zu tun hat.«

»Dazu kommen wir morgen früh. Zuerst müsst ihr die Nacht in der ›Kammer der Weltenschöpfer‹ verbringen. So nennen wir den Raum, in welchem sich die Neophyten zur Erschaffung ihres Traumreiches zurückziehen, normalerweise ein Gemach auf Brendan Castle. Aber im Grunde kann jedes andere ruhige Zimmer den Zweck erfüllen. Seid ihr also bereit?«

Schluss mit lustig, dachte Jacob. Ihm war flau im Magen. Wie sein Bruder nickte er.

»Gut.« Sir D'Arcy griff in die Innentasche seines Rocks und zog einen in weiches braunes Leder eingeschlagenen Gegenstand hervor. Während er das Päckchen auswickelte, forderte er die drei Jungen auf, ihre Elemente des Phantalabiums ebenfalls zu zeigen. Bald lagen vier bronzene Teile auf dem Tisch.

»Könntest du bitte den Sockel für die Basis holen?«, bat der Navigator seinen Gehilfen.

Alroy ging zu dessen Koffer und kam mit einer flachen Schale aus schwarzem Samt zurück. Nachdem er den Kerzenleuchter etwas verschoben hatte, stellte er sie in die Mitte des Tisches und nahm wieder Platz.

Sir D'Arcy legte sein Element mit der bauchigen Seite nach unten ins Zentrum der Schale. Schweigend streckte er Alroy die Hand entgegen und der Junge gab ihm sein Metallstück. Ohne zu zögern fügte der Alte es an sein eigenes an. Beiläufig erklärte er, der Navigator werde wegen dieses besonderen Elements auch »Hüter der Basis« genannt. Hiernach verlangte er Jacobs Teil, und nachdem er auch dieses erhalten hatte, verband er es oben mit den beiden anderen. Zuletzt kam Wilhelm an die Reihe.

Jacob traute seinen Augen nicht. Die Scherben formten einen zickzackförmigen Bogen, der kaum mehr daran zweifeln ließ, dass alle fünfundzwanzig Teile zusammen eine Kugel bilden mussten. Aber mehr als die wundersame Passgenauigkeit der vier eher zufällig zusammengewürfelten Elemente erstaunte ihn etwas anderes.

»Sind die Phantalabiumstücke magisch?«, flüsterte er.

»Eher magnetisch«, versetzte Wilhelm.

»Weder noch«, antwortete Sir D'Arcy.

»Warum kippt diese« – Jacob suchte nach dem richtigen Wort – »Konstruktion dann nicht um? Der Bogen müsste doch Übergewicht bekommen.«

»Weil dieser Teil von ›Brendans Sphäre‹ – das zusammengesetzte Phantalabium – nur für unsere Augen wie ein Fragment erscheint. In Wirklichkeit bildet die Kugel zu jeder Zeit eine Einheit, ebenso wie du und Wilhelm immer Brüder seid, egal, ob ihr euch an den Händen fasst oder gerade weit voneinander entfernt seid. In ähnlicher Weise bleibt die Sphäre stets im Gleichgewicht und stabil.«

»Und was kommt jetzt?«

»Wir lassen die Sphäre wie sie ist, bis wir unsere Aufgabe gelöst haben. Für euch ist es jetzt Zeit ins Bett zu gehen.«

»Ich krieg bestimmt kein Auge zu.«

»Das solltet ihr aber. Denn nur wenn ihr träumt, könnt ihr den Lauf der Dinge verändern.«

»Des Nesch isch a mords Drômm«, hatte der Ochsenwirt versprochen und er behielt recht: Das Himmelbett war riesig. Jacob und sein Bruder hatten schon oft die Schlafstatt geteilt. Es machte ihnen daher nichts aus, gemeinsam unter die dicke Daunendecke zu schlüpfen.

Mit dem Einschlafen wollte es zunächst nicht so recht gelingen. Die zwei waren viel zu aufgeregt. Wie erschafft man eine Welt? Sie hatten auf diesem Gebiet bisher keine Erfahrungen sammeln können. Seite an Seite unterhielten sie sich lange darüber, wie ihr Traumreich aussehen könnte. Sie erinnerten sich an manches, was ihnen die alte Trude aus den Ländern der Sagen und Märchen erzählt hatte. An bezaubernden Wundern herrschte dort ebenso wenig Mangel wie an phantasievollen Schrecklichkeiten. Irgendwann forderten die Anstrengungen der Reise doch ihren Tribut und die Brüder schliefen ein.

Jacob schreckte aus dem Schlaf, weil ein böser Zauberer ihn bei den Schultern gepackt hatte, um ihn in ein Tier zu verwandeln. Er riss die Augen auf und sah über sich einen Schemen. Sein Herzschlag setzte aus …

»Es ist ein Albtraum, Jacko. Komm endlich zu dir!«

… und pochte wieder weiter. Er blinzelte. Es war kein Magier, sondern sein Bruder, der über ihm kniete und ihn wach gerüttelt hatte. Die Morgendämmerung setzte gerade ein. Aus der Ferne vernahm Jacob ein seltsam gleichmäßiges Donnern: Bumm … Bumm … Bumm! Er wandte sich seinem Bruder zu.

»Habe ich im Traum gesprochen?«

»Gesprochen?« Wilhelm schlüpfte wieder unter die Decke und lachte. »*Geschrien* hast du! ›König von Ríocht Na Sí, bitte verschont mich.‹ Vor lauter Schreck habe ich ganz vergessen, was *ich* geträumt habe.«

Wieder donnerte es draußen.

»Hörst du das?«, flüsterte Jacob.

»Bin ja nicht taub. Wahrscheinlich ein Gewitter.«

»So regelmäßig? Und ganz ohne Blitze? Mich erinnert das eher an damals, als der Kurfürst in Hanau zu Besuch war. Die Salutschüsse aus den Kanonen klangen ganz ähnlich.«

»Jetzt hat es aufgehört.«

»Es ist vielleicht besser, den Namen meiner Traumwelt nicht zu wiederholen«, murmelte Jacob.

»Jetzt hör schon auf …!« Wilhelm zuckte zusammen, weil jemand heftig an die Tür klopfte. Rasch zog er die Bettdecke bis zur Nase hoch.

Im nächsten Moment stürzte Alroy ins Zimmer. Er hatte einen Kerzenhalter in der Hand. Vor dem Bett blieb er stehen und musterte besorgt die darin sitzenden Brüder. »Alles in Ordnung mit euch zwei?«

Wilhelm deutete mit dem Daumen auf Jacob. »Er hat wohl gerade seine Welt erschaffen. Scheint gründlich danebengegangen zu sein.«

Nun betrat auch Sir D'Arcy den Raum. Er trug ein langes, weißes Nachthemd und reckte erwartungsvoll das Kinn vor.

»Was höre ich da? Wir haben ein neues Traumreich? Wie heißt es denn?«

Jacob starrte den Navigator nur mit großen Augen an und versuchte, das Durcheinander in seinem Kopf zu ordnen. Der kam ihm nämlich wie ein Kochtopf vor, in dem sämtliche jemals gehörten Geschichten zu einem unbekömmlichen Mischmasch zusammengerührt worden waren.

»Ríocht Na Sí«, antwortete Wilhelm an seiner statt.

Abermals erklang aus der Ferne das gleichförmige Donnern: *Bumm … Bumm … Bumm!* Die Butzenscheiben klirrten in ihren Bleifassungen.

»Oh!«, machte Alroy. »Da haut aber einer gewaltig auf die Pauke.«

»Was hat das zu bedeuten?«, hauchte Jacob.

»Offenbar haben Master Alistairs Erzählungen der letzten Tage auf dich abgefärbt«, erklärte Sir D'Arcy.

»Ich meine das Ungewitter, oder was sonst da donnert. Es scheint weder zu regnen noch zu stürmen oder zu blitzen.«

»Ach das!« Der Erste Phantanaut lächelte wissend. »Ich schätze, es zeigt uns, dass du auf gutem Wege bist.«

Jacob blinzelte verständnislos.

»Der Navigator will sagen, du hast dem Monstrum eine Gestalt gegeben«, half ihm Alroy auf die Sprünge.

»Und warum weiß *ich* nichts davon?«

Er zuckte die Achseln. »Das ist doch bei Träumen ganz normal, Jack. Man schwitzt sich die Seele aus dem Leib, schreckt aus dem Schlaf, und gleich danach kann man sich an nichts mehr erinnern.«

»Bald werden wir erfahren, ob deine Schöpfung Bestand hat«, fügte Sir D'Arcy hinzu.

Jacob würgte einen Kloß hinunter. »Sie meinen ...?«

»Ja. Wir binden dir einen Strick um den Leib und dann tauchst du in den Blautopf hinab.«

Die Sonne war noch nicht aufgegangen, als die Grimm-Brüder und ihre irischen Gefährten zur Quelle der Blau aufbrachen. Sie lag nicht einmal vierhundert Schritte vom Ochsen entfernt, gleich hinter dem ehemaligen Benediktinerkloster am nördlichen Ortsrand von Blaubeuren. Sir D'Arcy führte die Gruppe mit forschen Schritten an. Seinen Stock schwang er dabei so ungestüm, als sei dieser mehr als Waffe, denn als Gehhilfe gedacht. Er schien es kaum erwarten zu können, seinen Schützling im Wasser zu versenken.

Jacob brütete auf dem Marsch still vor sich hin. Um seine Stimmung war es nicht sonderlich gut bestellt. Die Vorstellung, sich ausgerechnet in den Blautopf hinabsinken zu lassen, drückte ihm aufs Gemüt. Angeblich sei in alter Zeit an diesem sagenumwobenen Ort jeder Versuch, die Tiefe auszuloten, gescheitert, weil eine Nixe immer wieder das Bleilot gestohlen habe. Jacob hatte keine Lust auf derartige Damenbekanntschaften.

»Betrachte es mal so«, versuchte Wilhelm, ihn aufzumuntern, »du triffst unten im Blautopf vielleicht die Schöne Lau, die der Donaunix verbannt hat.«

Jacob zog den Mund schief. »Du hast gut reden. Dir ist im Schlaf ja nichts eingefallen.«

»Das Wasser soll ziemlich kalt sein. Immer so um die neun Grad, habe ich gelesen.«

»Könntest du bitte damit aufhören, Guy?«

»Ist dir eigentlich aufgefallen, dass die Straße tatsächlich staubtrocken ist? Trotz des Donners ist kein einziger Regentropfen gefallen.«

Jacob knirschte mit den Zähnen. Natürlich war ihm das aufgefallen! Jedes Mal, wenn er über das Rätsel des merkwürdig trockenen Gewitters nachdachte, zwickte es in seinem Magen.

Vor ihnen lag rechter Hand die Klosterschule. Links davon stand auf der anderen Straßenseite ein Fachwerkhaus – die Schleifmühle, die ihre Energie über ein großes Schaufelrad aus der Quelle bezog – und daneben ein zweites Gebäude, das Wasser aus dem Blautopf in das Leitungssystem der Stadt pumpte. Sir D'Arcy führte seine Schützlinge auf einen von Bäumen überdachten Weg.

»Ich denke, du hast von dem Unhold nichts zu befürchten«, unternahm Wilhelm einen neuen Ermutigungsversuch.

Jacob zog eine Grimasse. »Kannst du nicht einfach mal deine Klappe halten, Bruderherz?« Verstohlen blickte er zum Wald, der links von ihnen bis an den Pfad heranreichte. Wer konnte schon wissen, was dort auf sie lauerte?

»Lass gut sein, Bill«, sagte Alroy. Er ächzte, weil er einen schweren Rucksack auf dem Rücken trug. »In die Quelle der Erleuchtung zu steigen ist etwas anderes, als in einem Zuber zu baden. Ich war vor dem ersten Untertauchen im Loch Riach genauso angespannt wie Jack.«

Wilhelm seufzte. »Meinst du, das spüre ich nicht? Ich kenne meinen Bruder vielleicht besser als mich selbst.« Er öffnete seine Gürtelschnalle, zog das Futteral mit dem Hirschfänger vom Riemen und streckte es Jacob hin. »Hier, nimm. Vater hat den Stahl dieser Klinge immer gepriesen. Vielleicht brauchst du da, wo du hingehst, eine gute Waffe.«

Mit einem Mal begriff Jacob, dass sein Bruder nicht aus Gedankenlosigkeit auf ihn eingeredet hatte, sondern aus echter Sorge. Dankbar nahm er das lange Jagdmesser entgegen und befestigte es am eigenen Gürtel. Für einen Riesen mochte die Waffe kaum mehr als eine Nadel sein, aber … Sein im Wald umherwandernder Blick blieb plötzlich stehen, die Füße verharrten mitten im Schritt und ihm stockte der Atem.

»Was ist?«, fragte Alroy.

Jacob deutete ins Halbdunkel zwischen den Bäumen. »Siehst

du die umherliegenden Stämme da? Sie sind umgeknickt wie Strohhalme.«

»Ja. So als wäre eine Windhose hineingefahren.«

»Nein«, widersprach Sir D'Arcy. Seine empfindlichen Ohren hatten die Beklommenheit in Jacobs Stimme offenbar bemerkt. Er stapfte zwischen Farnen hindurch ein Stück weit auf den vermeintlichen Sturmschaden zu, um ihn genauer zu untersuchen. Mit einem Mal blieb er abrupt stehen, drehte sich rasch zu seinen Schützlingen um und legte den Zeigefinger auf die Lippen.

»Pscht!«

Die Jungen liefen zu ihm. Aus der Nähe betrachtet, bestätigte sich, was Jacob zuvor nur erahnt hatte.

Im Waldboden war ein riesiger Fußabdruck.

Wilhelm schüttelte den Kopf und raunte: »Das ist doch … unmöglich.«

»Nein, es ist ein Riese«, flüsterte Jacob.

»Kann jemand von euch den nächsten Fußabdruck ausmachen?«, fragte Alroy leise.

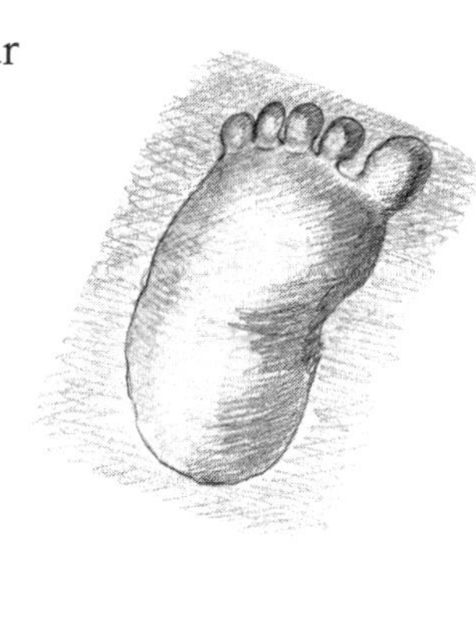

»Mit den richtigen Stiefeln kann er mit nur einem Schritt sieben Meilen zurücklegen«, erinnerte sich Wilhelm an ein Märchen, das Trude ihnen einmal erzählt hatte.

Sir D'Arcy deutete mit dem Stock zum Blautopf. »Vergeuden wir keine Zeit, Freunde. Jacob muss in die Quelle steigen, solange er es noch kann. Vielleicht treibt sich der Riese noch irgendwo hier herum.«

Wenig später hatten sie die Nordseite des Blautopfes erreicht. Sir D'Arcy blieb neben einem Baumstumpf stehen, deutete auf die Wasserfläche hinaus und sagte nicht ohne eine gewisse Feierlichkeit: »Die Quelle der Erleuchtung.«

»Ich hätte nie gedacht, dass er *sooo* blau ist«, staunte Alroy.

»Man sagt, jemand schütte jeden Tag ein Fass mit Tinte hinein«, bemerkte Wilhelm leise.

»Unser Schlauberger hat auf alles eine Antwort«, brummte Jacob. Seine Nerven waren zum Zerreißen gespannt. Erst nachdem er ein weiteres Mal in den Wald gelinst und nichts Auffälliges entdeckt hatte, ließ er den Blick über die Quelle schweifen.

Die umstehenden Bäume umschlossen sie so dicht, als wollten sie ein Geheimnis verbergen. Einzelne Äste ragten sogar über das Ufer hinaus. Jacob schätzte den Durchmesser des Blautopfes auf zwanzig, höchstens fünfundzwanzig Schritte. Er war annähernd rund, sofern man das quer zur Strömung stehende Wehr als südliche Begrenzung ansah. Der Bach wälzte sich über die Stauanlage, floss vorbei an dem Wasserwerk und der Schleifmühle und bog dann nach Osten ab. Bei Ulm mündete die Blau in die Donau.

»Jacob?« Behutsam beendete Sir D'Arcy das bange Umherspähen des Neophyten. Er deutete auf die Quelle. »Das Wasser ist sehr kalt. Wir binden dir eine Leine um den Bauch und zählen bis zehn, sobald du hineingestiegen bist. Solltest du bis dahin nicht in jenem Traumreich sein, dessen Namen wir besser nicht aussprechen, dann ziehen wir dich wieder heraus. Einverstanden?«

Der Angesprochene nickte ohne rechte Begeisterung.

Sir D'Arcy streckte die Hand nach seinem Gehilfen aus. »Bitte den Rucksack, Master Alistair.«

Alroy lud das Gepäck ab und reichte es dem Navigator.

»Ist das denn wirklich nötig?«, murrte Jacob, nachdem der schwere Sack auf seinem Rücken hing.

»Damit wirst du schneller untergehen«, sagte Alroy. Es war nicht auszumachen, ob er wieder nur scherzte.

»Na, da bin ich ja beruhigt.«

»Außerdem«, erklärte Sir D'Arcy ernst, »enthält der Sack Wasser, Proviant, die üblichen Utensilien zum Feuermachen und was ein Phantanaut sonst noch auf Entdeckungsreise so braucht. Auch einen Spiegel, damit du mit Wilhelm in Verbindung treten kannst. Hast du seine Haarsträhne dabei?«

Jacob zog einen Lederbeutel aus dem Halsausschnitt. »Ich trage Guy über meinem Herzen.«

Der Navigator klopfte ihm auf die Schulter. »Die Beklommenheit mit Humor zu bekämpfen, ist nicht das Schlechteste. Denk immer daran: Du wirst spüren, wenn Wilhelm mit dir in Verbindung treten will. Dann nimm dir so schnell wie möglich eines seiner Haare und lege es auf den Spiegel.«

Jacob nickte.

»Gut. Und vergeude keine Zeit. Uns bleiben höchstens noch fünf Tage, den Riss im Phantaversum zu schließen. Du weißt, was du zu tun hast?«

»Ich muss herausfinden, woher der Riese kommt, wie er heißt und vor allem, wie er zu bezwingen ist.«

»Richtig.«

»Und Wilhelm muss ihn dann aufspüren und töten?«

»Ihn umzubringen wäre die schlechteste aller Möglichkeiten, weil dabei das Gefüge des Phantaversums erneut erschüttert würde. Dein Bruder, Alroy und ich werden versuchen, das Monstrum dahin zurückzuschicken, wo es hergekommen ist. Das dürfte dann auch den Riss versiegeln. Und jetzt mach nicht so ein griesgrämiges Gesicht, Jacob. Deine Kraft ist die Phantasie und davon steckt mehr in dir, als du vielleicht ahnst. Andernfalls hätte das Phantalabium nicht dich und Wilhelm ausgewählt.«

Jacob seufzte. Wenn er doch nur selbst daran glauben könnte!

Alroy löste das Sicherungsseil aus der Riemenschlaufe am Rucksack und band es Jacob um den Leib. Danach schüttelte er ihm die Hand. »Viel Glück, Jack. Du schaffst das. Und keine Sorge. Ich lass dich nicht los.«

Hiernach umarmte Wilhelm den Phantanauten und raunte ihm ins Ohr: »Sei vorsichtig, großer Bruder, und stell ja keine Dummheiten an. Du bist ein Teil meines Lebens, auf den ich nicht verzichten mag.«

Jacob räusperte sich, um seiner Stimme mehr Festigkeit zu geben. »Ist schon gut, Guy. Jetzt tu nicht so, als würde ich mich nach dem Tod sehnen. Ich komme wieder und dann bleiben wir für immer zusammen.«

»Versprochen?«

»Großes Ritterehrenwort.«

Sie lösten sich wieder voneinander und Jacob wandte sich dem Navigator zu. »Ich bin so weit.«

Sir D'Arcy klopfte ihm noch einmal auf die Schulter. »Dann gute Reise, Phantanaut. Lass dich einfach ins Wasser sinken und dich von der Kälte nicht abschrecken. Vermutlich wird sie nach ein paar Augenblicken verschwinden. Jedenfalls, wenn alles glattgeht und dein Traumreich keine Eiswelt ist.«

Jacob nickte beklommen.

Damit war alles gesagt. Das Unvermeidliche ließ sich nicht länger hinauszögern. Sir D'Arcy hatte ihm erklärt, er solle seine Kleidung einfach anbehalten. Die meisten Phantanauten beträten ihre Welt ohnehin auf irgendeine Weise verändert, manche im Blech einer Ritterrüstung, einige sogar im Fell eines Tieres – im Reich der Phantasie sei nichts unmöglich.

Während Alroy und Wilhelm die Sicherungsleine mit beiden Händen festhielten, lief Jacob ins Wasser. Erschrocken sog er die Luft ein. Es war kälter, als er es sich vorgestellt hatte. Er schöpfte noch einmal tief Atem und wagte den Schritt ins Unbekannte.

Sofort verlor er den Boden unter den Füßen, das Wasser

schlug über seinem Kopf zusammen, und er sank wie ein Bleilot nach unten.

Eins ... zwei ..., zählte er in Gedanken. Bei zehn würde der Navigator ihn zurückholen. Das Abtauchen kam ihm vor wie ein freier Fall. Konnte der Rucksack tatsächlich so schwer sei?

Drei ... vier ...

Er spürte die Kälte nicht mehr. War das nun gut oder schlecht für ihn?

Fünf ... sechs ...

Das tintenblaue Wasser wurde schwarz. Über sich sah er die rasch kleiner werdende Öffnung des »Topfes«. Aber wo war die Rettungsleine?

Sieben ... acht ...

Jacob spürte Angst in sich aufsteigen. Er wollte um Hilfe schreien. Hatte die Wasserfrau ihn etwa schon abgeschnitten wie die vielen Bleilote zuvor? Würde sie ihn für immer in ihr feuchtes Reich hinabziehen ...?

Neun ... zehn ...

Schwer zu verdauen

Ríocht Na Sí
1. Tag

Als das Gefühl des Fallens gerade beängstigende Ausmaße angenommen hatte, hörte es auf. Jacob landete erfreulich weich, aber es war unerfreulich dunkel um ihn herum. Nicht einmal die Hand vor Augen konnte er sehen. Irgendwie hatte er sich die Ankunft in seiner Traumwelt erhabener vorgestellt, idealerweise so, wie wenn man in der Morgendämmerung von einem majestätischen Adler sanft auf einem hohen Berg abgesetzt wird, unter sich bis zum Horizont das Reich der eigenen Phantasie ausgebreitet sieht und die würzige Luft von Meer, Wald und Blumen atmet.

Stattdessen stank es erbärmlich nach Lebertran. Der fischige Geruch raubte ihm fast die Besinnung.

Er brauchte Licht. Wie gut, dass der Navigator ihn so vorausschauend ausgerüstet hatte. Jacob richtete sich zum Sitzen auf. Der Grund unter seinen Händen fühlte sich feucht an. War das Morast? Wenigstens sank er nicht weiter ein.

Unvermittelt neigte sich der Boden, als säße er auf einer Wippe. Jacob musste sich weit zurücklehnen, um nicht vornüber zu kippen.

Im Dunkeln klapperte etwas an ihm vorbei.

Allmählich normalisierte sich die Lage wieder.

Wo bin ich?, fragte er sich. Er nahm schnell den Rucksack ab, öffnete ihn und kramte blind darin herum. Bald spürte er den Feuerstein auf. Irgendwo musste auch ein Brocken »Katzengold« sein, der wegen seiner lang nachglühenden Funken geschätzte, golden schimmernde Pyrit oder Schwefelkies. Nachdem er die mineralische Knolle ebenfalls gefunden hatte, fehlte ihm nur noch der Zunderschwamm, so benannt nach dem gleichnamigen Baumpilz, dessen getrocknete, mit Salpeter getränkte Mittelschicht besonders leicht entzündlich war. Während er danach tastete, hörte er plötzlich fünf oder sechs kurze dunkle Laute.

Was war das? Etwa ein großes Tier? Die Stimme vibrierte sehr viel stärker als das Kontrabassorgan von Sir D'Arcy. Hektisch suchte Jacob weiter nach dem Zunder. Wo war er da nur reingeraten? Man könnte fast meinen, er sitze auf dem schmierigen Bauch eines schlafenden Riesen. Verrückter Gedanke.

Wieder neigte sich der Boden, diesmal nach hinten.

Endlich wurde Jacob fündig. Er stellte den Rucksack neben sich, nahm den Feuerstein in die Rechte und schlug damit gegen die Schwefelkiesknolle in der Linken. Gelbe Funken sprühten. Sie verfehlten zwar den Zunderschwamm, glühten aber trotzdem lange genug, um ihm einen Schrecken einzujagen.

An seiner Seite, fast zum Greifen nahe, lag ein Knochenmann. Der Schädel blickte aus leeren Augenhöhlen zur Decke des …

Jacob hatte immer noch keine Ahnung, wo er sich befand.

In der Höhle eines gewaltigen Menschenfressers? Ihn überkam ein heftiges Zittern. Das wäre eine zwar wenig ermutigende, aber wohl nicht ganz abwegige Erklärung für den widerlichen Gestank und – sofern er tatsächlich auf dem Leib des Riesen saß – auch für das Schwanken des Untergrunds. Er nahm allen Mut zusammen und schlug den Feuerstein abermals auf das Katzengold.

Ein Steuerrad?

Kein Zweifel. Er hatte im Funkenregen zu seinen Füßen eines jener Handräder gesehen, mit denen Segelschiffe auf Kurs gebracht wurden. Sammelte der Riese vielleicht Andenken von seinen Opfern? Jacob ließ erneut die Funken sprühen, einmal, zweimal, so lange, bis er von seiner näheren Umgebung eine umfassende Bestandsaufnahme vorgenommen hatte.

Da gab es zwar keine weiteren Skelette mehr, dafür aber ein zerbrochenes Fass, einen dreifüßigen Schemel, etliche Spiegelscherben, ein Kleid, eine Schiffslampe, mehrere Taue und einen rostigen Säbel – vermutlich die Waffe des Knochenmannes. Jacob begann zu ahnen, wo er sich befand.

Um sich Gewissheit zu verschaffen, krabbelte er auf allen vieren zu der Schiffslampe und setzte sie mithilfe von Feuerstein, Pyrit und Zunderschwamm in Brand. Schnell breitete sich ein beißender Geruch aus, der Jacob zum Husten reizte. Wenigstens konnte er nun etwas sehen.

Gleich darauf sehnte er sich nach der Dunkelheit zurück. »Ich bin nicht *auf* dem Riesen, sondern mittendrin«, flüsterte er fassungslos. Die schleimigen Wände seiner Behausung ließen kaum einen anderen Schluss zu.

Er befand sich im Bauch eines Walfischs.

Anscheinend verschluckte das Tier mit Vorliebe Schiffseinrichtungen und verschmähte auch nicht – im wahrsten Sinne des Wortes – Seemannskost.

Der Anblick des bleichen Skeletts ließ Jacob vom Boden hochfahren. Hastig wischte er sich die feuchten Hände an der Hose ab. Was sonst als die ätzenden Magensäfte des Wals konnte die Knochen des armen Seefahrers so sauber abgenagt haben?

Er überlegte, ob es ratsam sei, sich mit dem Hirschfänger einen Weg nach draußen zu schneiden. Vermutlich eher nicht. Der Wal könnte es ihm übel nehmen und im besten Fall käme er wohl irgendwo mitten im Meer der Träume heraus. Ohne Rettungsring.

»Höchste Zeit, den Schlauberger um Rat zu fragen«, murmelte er.

Jacob stakste zu seinem Rucksack und mit diesem anschließend zum Schemel. Nachdem er den Hocker hingestellt hatte, kramte er den in einem Messingrahmen eingefassten Handspiegel hervor, wischte ein paarmal mit dem Hemdsärmel darüber und legte ihn auf die Sitzfläche. Zuletzt entnahm er dem Brustbeutel eines von Wilhelms Haaren, das er behutsam auf den Spiegel legte. Die feine, gebogene Linie war im schwachen Lampenschein kaum zu erkennen. Jetzt würde sich zeigen, ob Sir D'Arcy recht hatte.

Zunächst einmal geschah überhaupt nichts. Jacob sah nur den Spiegel, das Haar und sich selbst. Vielleicht liegt es an den ungünstigen Lichtverhältnissen, grübelte er und stellte die stinkende Schiffslampe direkt neben sich.

Alles, was er damit erreichte, war ein Hustenanfall. Um den beißenden Qualm loszuwerden, trug er die Leuchte wieder etwas weiter weg und kehrte zum Spiegel zurück.

»Bitte, Guy, lass mich nicht allein!«, flehte er leise.

Mit einem Mal begann das Haar zu leuchten, es funkelte wie ein winziger Kometenschweif. Im nächsten Moment schien es wie Eis im Sonnenschein zu zerlaufen. Obwohl es sehr dünn war, breitete sich das Strahlen in kleinen ringförmigen Wellen im ganzen Spiegelrahmen aus. Dann erschien ein vertrautes Gesicht.

»Guy?«, rief Jacob. Hinter dem Kopf seines Bruders sah er grüne Zweige. Vermutlich war Wilhelm immer noch am Blautopf.

»Ich kann dich sehen und hören, Jacko. Wohin hat's dich denn verschlagen?«

»In den Verdauungsapparat eines Meeresbewohners.« Jacob schilderte ihm seine misslichen Lage.

»Ziemlich verzwickt«, sagte Wilhelm hierauf und kratzte sich am Kopf. »Warte einen Moment. Ich werde mal den Navigator fragen, was man da machen kann.«

»Beeil dich bitte! Der Gestank in diesem Kerker ist nicht auszuhalten. Ich komme mir vor wie der Prophet Jona im Bauch des Fisches ...«

Jacob konnte seinem Unbehagen nicht weiter Ausdruck verleihen, weil plötzlich der Grund unter seinen Füßen zu beben begann und er der Länge nach auf den schlüpfrigen Boden fiel. Die Magenwände des Wals zogen sich krampfhaft zusammen, entspannten sich kurz und ruckten sofort erneut aufeinander zu. Fass, Taue, Steuerrad, Säbel und all die anderen unverdauten Reste früherer Malzeiten purzelten durcheinander. Der Knochenmann zerlegte sich in seine Einzelteile. Auch der Hocker kippte um und der Spiegel schlidderte wie auf Schmierseife über den glitschigen Untergrund. Dabei wurde Wilhelms besorgte Stimme schnell leiser.

»Jacob? Was ist da los bei dir? Wo bist du?«

Mit einem Mal begriff Jacob, was um ihn herum geschah. Er selbst hatte das Durcheinander mit dem Anzünden der Schiffslampe verursacht. Offenkundig reizte der beißende Qualm nicht nur ihn zum Husten, sondern auch seinen »Wirt«: Der Wal würgte.

»Ich muss das Feuer löschen«, rief Jacob mehr zu sich selbst als zu seinem Bruder. Er krabbelte auf die Lampe zu.

Unterdessen wurde das Pumpen des riesigen Magens schneller. Jacob kam sich vor wie auf einem bockenden Pferd. Er wurde ständig hochgeschleudert und von der Schwerkraft gleich wieder nach unten gerissen. Trotzdem kroch er weiter. Die Lampe war schon zum Greifen nahe. Seine Hand streckte sich aus …

Plötzlich sah er aus den Tiefen des Verdauungstraktes etwas Grünes auf sich zurasen. Waren das die Magenwände, die sich jetzt ganz zusammenschnürten? Oder eine Woge von Galle?

Weil in diesem Moment das Fass über die Schiffslampe fiel und alles in tiefe Schatten tauchte, konnte er darüber keine endgültige Klarheit erlangen. Sicher war nur, dass er wie von einem riesigen nassen Scheuerlappen von der Stelle gewischt wurde. Während er um sich herum einen tiefen, klagenden Laut vernahm, rutschte er mit atemberaubender Geschwindigkeit durch einen schleimigen Tunnel himmelwärts. Wasser schlug ihm entgegen. Es gurgelte.

Kurz bevor der Wal den Phantanauten aushustete, sah dieser ein fahles Licht. Davor zeichneten sich verschwommen in schneller Folge die Umrisse des Rucksacks, des Totenkopfes und zuletzt die des Schemels ab. Letzterer knallte Jacob gegen die Stirn.

Damit schien sein Abenteuer in Ríocht Na Sí ebenso überraschend wie tragisch beendet zu sein. Die Welt zerrann ihm zwischen den Fingern – binnen eines Herzschlags spürte er sie nicht mehr. Das Licht wurde zu Finsternis und das Gurgeln verwandelte sich in grenzenlose Stille.

Überfällig

Blaubeuren
Herzogtum Württemberg, 16. Juni 1798

Die Menge der Luftblasen nahm etwa im gleichen Verhältnis ab, wie Wilhelms Besorgnis wuchs. Krampfhaft umklammerte er die beängstigend schlaffe Rettungsleine und starrte atemlos ins tintenblaue Wasser der Quelle. Nach einer Weile wurde ihm schwindelig und er riss den Mund auf, um Luft zu holen.

»Nicht *du* bist abgetaucht, sondern dein Bruder«, sagte neben ihm Alroy. Er wirkte kein bisschen angespannt.

»Aber müsste er nicht langsam wieder hochkommen? Sir D'Arcy sagte doch, viele Phantanauten seien kaum länger als eine Minute unter Wasser gewesen, obwohl sie in ihrer Welt mehrere Tage verbracht haben.«

»Das ist richtig«, pflichtete ihm der

Navigator bei. Er stand zu Wilhelms Linken und war die Ruhe selbst. »Aber es *muss* nicht so sein. Ihr zwei seid durch ein unsichtbares Band verbunden. Es reicht von diesem Ende der Erleuchtungsquelle durch den Riss im Phantaversum hindurch bis zu Jacobs Traumreich. Dadurch könnte sich die Zeit dort der unsrigen angleichen, vielleicht nicht auf die Stunde genau, aber wir sollten uns auf ein längeres Warten einrichten. Sag mir, was du fühlst!«

»Was ich …?« Wilhelm blinzelte verwirrt. »Unruhe. Verwirrung. Sorge.«

»Sonst nichts?«

»Ich finde, das reicht doch, oder?«

Sir D'Arcy lächelte. »Ja. Es reicht völlig.«

Wilhelm wurde nicht schlau aus dem unerschütterlichen Gleichmut der beiden. Im Gegensatz zu ihnen nahm seine Anspannung mit jeder Sekunde zu. Jacob war überfällig. Bald würde ihm die Luft ausgehen. Wilhelm packte die Angst. Er zog an der Rettungsleine. Einmal, zweimal, bald wie ein Matrose beim eiligen Hissen der Segel.

Die Seilschlaufe, in der eben noch sein Bruder gehangen hatte, tauchte aus dem Wasser auf. Wilhelm erschauderte.

»Du lieber Himmel! Wir haben ihn verloren.«

Alroy legte ihm die Hand auf die Schulter. »Ganz ruhig, Bill. Jack ist jetzt in seiner Welt.«

»Und wenn ein Unglück geschehen ist?«

»Sieh dir meinen Knoten an. Er hat gehalten. Ohne ihn zu lösen, hätte sich Jack nie freimachen können.«

Das war allerdings merkwürdig. Wilhelm untersuchte die Seilschlaufe. Alroy hatte recht. Jacob hätte sie sich nicht einfach abstreifen können. Anscheinend war er tatsächlich in Ríocht Na Sí …

Plötzlich spürte Wilhelm eine seltsame Unrast. Seine Muskeln spannten sich.

»Alles in Ordnung?«, erkundigte sich Sir D'Arcy.

»Nein. Ich fühle etwas. Eine Unruhe, wie ich sie vorher noch nie gespürt habe.«

»So, als wollte dein Innerstes dir etwas sagen, aber du kannst die Worte nicht verstehen?«

Wilhelm nickte. »Ja! Woher wissen Sie …?«

»Es ist dein Bruder. Er will dich sprechen. Schnell, leg eines seiner Haare aufs Wasser und sieh hinein.«

Wilhelm gehorchte. Kaum hatte er das Haar in den Blautopf geworfen, verwandelte es sich. Es strahlte wie ein glühender Kupferfaden. Kleine Wellen breiteten sich aus und nahmen das Licht mit, bis es eine runde Fläche von etwa vier Fuß Durchmesser ausfüllte. »Könnt ihr das sehen?«, flüsterte Wilhelm.

»Nein«, antwortete Sir D'Arcy. »Ihr zwei habt das Weltenfenster geöffnet. Deshalb zeigt es sich auch nur euch. Konzentriere dich darauf, damit es sich nicht wieder schließt.«

Das tat Wilhelm und mit einem Mal erschien Jacobs Gesicht in dem strahlenden Kreis. Es leuchtete, als blicke er in eine Kerze. Seine Umgebung hingegen war kaum zu erkennen. Über ihm schimmerte etwas wie die nasse Wand einer Tropfsteinhöhle. Seine Lippen bewegten sich. Klar und deutlich war sein Rufen zu hören.

»Guy?«

»Ich kann dich sehen und hören, Jacko«, antwortete Wilhelm. »Wohin hat's dich denn verschlagen?«

Jacob zog eine Grimasse. »In den Verdauungsapparat eines Meeresbewohners.«

»Willst du damit sagen, ein Fisch hätte dich verschluckt?«

»Es sieht ganz danach aus.« Jacob fasste in knappen Worten seine Situation zusammen.

»Ziemlich verzwickt«, grübelte Wilhelm. Hatte er jemals eine Geschichte gehört, in welcher der Held in eine solche Lage geraten und wieder freigekommen war? Was sollte er seinem Bruder raten? »Warte einen Moment. Ich werde mal den Navigator fragen, was man da machen kann.«

Jacob drängte zur Eile, während sein Bruder sich Sir D'Arcy zuwandte. Plötzlich verstummte die Stimme aus der Quelle. Wilhelms Blick kehrte sofort zu dem Weltenfenster zurück. Irgendetwas stimmte nicht. Die ungeduldige Miene des Bruders war daraus verschwunden und die Magenwände des Wals bewegten sich heftig. Ein Totenkopf flog vorbei. Wilhelm erschrak.

»Jacob? Was ist da los bei dir? Wo bist du?«

»Ich muss das Feuer löschen«, erscholl es nach kurzem Zögern aus dem Weltenfenster.

»Was für ein Feuer?«

Keine Antwort. Wilhelms Herz raste. Was ging da vor?

»Warum bist du so aufgeregt?«, verschaffte sich die tiefe Stimme des Navigators Gehör.

Wilhelm starrte ihn aus weit aufgerissenen Augen an. »Er ist in Gefahr. Wir müssen ihm helfen.« Und wandte sich sogleich wieder dem Weltenfenster zu, gerade noch rechtzeitig, um zu sehen, wie es erlosch. Er stieß einen erstickten Laut aus und schüttelte den Kopf.

»Erzähle uns, was du gesehen und gehört hast.«

Es bereitete ihm große Mühe, der Aufforderung des Navigators nachzukommen. Mit Tränen in den Augen fragte er: »Ist Jacob ... tot?«

Sir D'Arcy sah ihn verwundert an. »Wie kommt du denn darauf?«

»Weil das Weltenfenster sich geschlossen hat. Es ist einfach dunkel geworden. So dunkel wie ein Grab.«

»Keine voreiligen Schlüsse, junger Freund. Horche in dich hinein.«

Er sah den Navigator fragend an.

»Spürst du immer noch etwas?«, fragte Sir D'Arcy.

»Ich verstehe nicht …«

»Ich rede von deiner Unruhe und Besorgnis, die du vor dem Öffnen des Fensters gefühlt hast. Es ließ darauf schließen, dass dein Bruder zwar in Bedrängnis, aber im Grunde wohlauf ist. Wie sieht es jetzt in dir aus? Ist Schmerz hinzugekommen oder … eine große Leere?«

Wilhelm wandte den Blick nach innen. Nach einer Weile schüttelte er den Kopf. Er litt zwar Qualen, aber es waren eher solche der Ungewissheit über das Schicksal des Bruders und der angstvollen Sorge.

Sir D'Arcy nickte zufrieden. »Gut. Dann lebt dein Bruder noch. Du würdest es nämlich merken, wenn ihm etwas Ernstes zugestoßen wäre. Gib ihm etwas Zeit. Er muss sich in seiner Welt erst zurechtfinden.« Der Alte lächelte. »Was haltet ihr zwei von einem deftigen Frühstück?«

Das Einhorn

Ríocht Na Sí
1. Tag

Das sanfte Wiegen und zärtliche Streicheln an der Wange nahm dem Erwachen seinen Schrecken. So hatte die Mutter ihn immer als kleinen Jungen liebkost, wenn er auf ihrem

Schoß eingeschlafen waren. Jacob seufzte. Er schlug die Augen auf, um ihr Lächeln zu erwidern. Zu seiner großen Überraschung erblickte er dabei nicht Dorotheas Gesicht, sondern den Kopf eines Einhorns.

Jacob schreckte vor dem langen, gedrehten Horn zurück. Hatte das Sagengeschöpf ihm damit die Augen ausstechen wollen? Es stand mit allen vier Beinen tief im Wasser neben der Klippe, auf der er gestrandet war, verfolgte mit Blicken seinen fluchtartigen Rückzug.

Gleich einem Krebs krabbelte er über den nassen Felsen, auf dem er, halb im Wasser liegend, aus der Ohnmacht erwacht war. Seine Augen suchten die Umgebung ab. Wie durch ein Wunder hatte die Schiffslaterne den Hustenanfall des Meeresbewohners unbeschadet überstanden und war dabei nicht einmal ausgegangen. Aufrecht dümpelte sie im Wasser. Was sie Jacob zeigte, ließ ihn nicht gerade vor Begeisterung jubeln.

Er war in einer Grotte gestrandet, einer fast vollständig mit Wasser gefüllten Höhle. Am gegenüberliegenden Ende sah er unter der sanft wo-

genden Oberfläche Licht. Wahrscheinlich besaß der Felsenraum einen Zugang zum offenen Meer. Jacob begriff nur nicht, wie er hier hereingespült werden konnte, ohne dabei zu ertrinken.

Vom Rucksack fehlte jede Spur.

Sein Blick kehrte zu dem Einhorn zurück. Jetzt erst bemerkte er, dass irgendjemand es an den Fels gekettet hatte. Es stieß einen traurigen Laut aus, der wie ein tiefes Seufzen klang – offenbar litt das Tier Schmerzen. Seltsamerweise war die Fessel durchscheinend, als bestehe sie aus Glas oder Kristall. Ebenso auch das große Schloss. Erstere war dem gequälten Geschöpf straff um den Leib gewickelt, Letzteres an einem Wandring befestigt worden.

Jacob empfand Mitleid für das wundersame Wesen. Er kannte solche Tiere bisher nur aus den Erzählungen von Afrikareisenden sowie aus Märchen wie dem vom tapferen Schneiderlein. Keine dieser Beschreibungen gab die Wirklichkeit allerdings auch nur annähernd richtig wieder.

Das Einhorn glich weder den Dickhäutern des Schwarzen Kontinents noch einem feurigen Ross. Immerhin

konnte sich Jacob vorstellen, dass bei der Kreuzung einer Lipizzanerstute mit einem stattlichen Rentier ein ähnliches Geschöpf herauskommen könnte.

Es war groß wie ein Pferd, wirkte ungemein kraftvoll und trotzdem so anmutig, dass einem das Herz aufging. Die Mähne trug es nicht oben am Hals, sondern wie einen dichten Bart darunter. Der Schwanz des Einhorns hingegen glich wieder mehr dem überlangen Pferdeschweif. Sein Fell war so weiß, dass es im Halbdunkel zu leuchten schien, und das Spiralhorn schimmerte wie poliertes Elfenbein. Offenbar handelte es sich um ein Weibchen.

Je länger Jacob die Ebenmäßigkeit des gleichermaßen schlanken wie kraftvollen Körpers bewunderte, desto mehr regte sich in ihm Zorn gegen den Unbekannten, der es hier angekettet hatte.

Oder sah das Einhorn nur so harmlos aus?

Nein! Jacob wischte die Zweifel trotzig beiseite. Die sanfte, warme Berührung des Horns an der Wange war kein Angriff gewesen. Dieses Wesen wollte ihn nicht verletztten. Womöglich hatte es ihn sogar aus dem Wasser gezogen und ihn vor dem Ertrinken gerettet …

Ihm stockte der Atem. Der Bauch des Einhorns befand sich im Wasser. Aber eben – da war er sich ganz sicher – hatte er noch herausgeragt.

»Die Flut kommt«, hauchte er.

Zu seiner Überraschung nickte das Tier.

Er krabbelte wieder etwas näher an das Einhorn heran. »Verstehst du mich etwa?«

Es wiederholte die zustimmende Geste.

»Wer hat dir das angetan?«

Das Einhorn gab einen sonderbaren Laut von sich, der trotz seiner Sanftheit so voll und melodisch wie ein Waldhorn klang.

»Ich kann dich leider nicht verstehen. Kommt man hier, abgesehen von dem überfluteten Ausgang zum Meer, irgendwie heraus?«

Das gefangene Wesen zeigte mit dem Horn in die Schatten zu seiner Rechten. Jacob kniff die Augen zu Schlitzen zusammen. Wenn er nur besser sehen könnte! Es hatte den Anschein, als führe dort tatsächlich ein Weg nach oben.

»Wie hoch wird das Wasser steigen?«, fragte er das Einhorn.

Wieder antwortete es mit seiner dunklen Waldhornstimme.

Er begriff, dass er seine Fragen anders formulieren musste. »Wenn du hier angekettet bleibst, musst du dann ertrinken?«

Das Einhorn nickte, während es seinen Blick ruhig erwiderte. Es kam ihm so vor, als wirbelten in den großen Augen des Fabelwesens feine Goldflöckchen umeinander. Die Sorge um das wundervolle Geschöpf entflammte Jacobs Gefühle.

»Das kann ich auf keinen Fall zulassen. Wir müssen dich da losbekommen.« Er vergaß seine Beklommenheit, kroch auf der Klippe ganz dicht an das Einhorn heran und streichelte ihm den Hals. Dabei musterte er argwöhnisch die schwere Kette. »Hast du eine Ahnung, wie wir die Fessel abbekommen?«

Es neigte den Kopf zur Seite und deutete mit dem Horn zur Felswand, wo dicht über dem Boden das gläserne Vorhängeschloss die Kette und den Eisenring zusammenhielt.

Jacob kletterte über die Klippe zu der Stelle, um sich den Mechanismus genauer anzusehen. Er konnte aber, obwohl das Schloss völlig durchsichtig war, weder Riegel noch Zapfen entdecken. Es gab nur ein rundes Schlüsselloch und darunter einen gravierten Bedienhinweis:

Zum Öffnen Hinkelbeinchen bitte hier einführen

Jacob wandte sich überrascht dem Einhorn zu. »Ein Hinkelbeinchen? Der Knochen eines *Kükens* ist der Schlüssel?«

Das Tier nickte abermals.

»Vermutlich hat jemand das Schloss oder die Kette verwunschen«, murmelte Jacob. So war es jedenfalls oft in den Geschichten der alten Trude.

Wieder bestätigte das Einhorn seine Überlegungen.

»Dann lässt sich wohl auch weder das eine noch das andere zerschlagen?«

Das gefangene Wesen ließ den Kopf hängen.

Voller Unbehagen gewahrte Jacob, dass dem Einhorn das Wasser schon fast bis zum Hals stand. Es konnte wegen der kurzen Kette nicht einmal auf die Klippe klettern.

Abgesehen vom Hinscheiden des Vaters und der geliebten Tante Schlemmer im vorletzten Jahr hatte bisher nichts Jacobs

Gefühle derart in Wallung versetzt. Wie konnte er diesem wundersamen, schönen, stolzen und trotz der Lebensgefahr so tapferen Wesen nur helfen. Er fühlte sich sterbenselend, weil er so machtlos war.

Rasch kehrte er auf die andere Seite der Klippe zurück, blieb wegen des steigenden Wassers aber weiter oben sitzen. Wenigstens wollte er das Einhorn trösten. Sanft legte er seinen Arm um den Hals des Tieres. Während er verzweifelt den Kopf schüttelte, führte er leise Selbstgespräche. »Es muss doch eine Möglichkeit geben, dir zu helfen. Wo bekomme ich nur ein Hinkelbeinchen her?«

Unversehens neigte das Einhorn den Kopf und berührte mit der Spitze des Horns den kleinen Finger seiner linken Hand.

Er strich grübelnd über das glatte Elfenbein und murmelte: »Hier gibt es nicht einmal Enten. Wie soll ich den Knochen eines Kükens beschaffen?«

Wieder legte das Fabelwesen sein Horn an Jacobs Finger und gleich danach – er traute seinen Augen nicht – an den Griff des Hirschfängers.

»Willst du mir damit sagen ... ich soll mir einen *Finger* abschneiden?«

Es nickte. Mittlerweile musste es den Kopf hochhalten, um Luft zu holen.

»Das Opfer kann ich nicht bringen«, keuchte er. Ihm wurde speiübel. Sich selbst verstümmeln? Dazu war er nicht fähig. Verzweifelt sah er sich um. An der Felswand lief ein Grat zu der Stelle hin, die ihn vermutlich an die Oberfläche führen konnte. In die Freiheit. Sein Blick kehrte zum Einhorn zurück.

»Hast du mich aus dem Wasser auf die Klippe gezogen? Mit deinem Horn?«

Es nickte.

Er schüttelte den Kopf. Sagte das Tier die Wahrheit? Eigentlich spielte das auch keine Rolle. Er durfte dieses Geschöpf nicht sterben lassen.

Mit ruppigen Bewegungen streifte er sich das lederne Halsband über den Kopf, zog den Hirschfänger aus der Scheide und schnitt den schmalen Riemen von dem Beutel, der Wilhelms Haare barg. Nachdem er das Säckchen in die Hosentasche gesteckt hatte, band er den kleinen Finger der Linken so fest wie möglich am Knöchel ab, damit er nicht verblutete, wenn ... Er würgte, konnte seinen Mageninhalt aber gerade noch zurückhalten.

Trotzig ballte er eine Faust, spreizte nur den zu opfernden Finger ab und legte ihn auf einen Felsvorsprung. Hiernach ließ er langsam die Klinge auf das Glied herabsinken. Die Kälte des Stahls ließ ihn erzittern.

Mit einem Mal legte sich das bleiche Horn des todgeweihten Geschöpfs auf seinen linken Handrücken und drückte ihn sanft nach unten. Eine wundersame Wärme durchströmte ihn. Sie stieg von der Hand den Arm hinauf, bis sie schließlich sein Herz erreichte. Und hier verwandelte sie sich – nicht in Furchtlosigkeit, aber in Vertrauen.

Er zog die lange Klinge entschlossen über den Finger und trennte ihn so von der Hand.

Der Schmerz war ganz anders als erwartet. Keine Explosion der Pein, als würde ihm der Arm ausgerissen, sondern nur ein dumpfes Ziehen. Hatte das Einhorn ihn betäubt?

Aus großen, traurigen Augen verfolgte es jede seiner Bewegungen. Obwohl das Wasser ihm schon fast in die Nüstern schwappte, blieb es ruhig.

Rasch steckte Jacob den Hirschfänger in die Scheide zurück, klaubte den abgeschnittenen Finger auf und erhob sich. Die immer noch zur Faust geballte Linke drückte er sich gegen die Brust, während er über die Klippe zu dem Vorhängeschloss balancierte. Ihm war schwindelig. Der Schmerz wurde heftiger.

Wankend erreichte er den Grat und kniete sich neben das Schloss. Als er mit dem Hinkelbeinchen nach dem Schlüsselloch zielte, verschwamm es vor seinen Augen. »Reiß dich zusammen«, zischte er und beugte sich weiter vor. Dadurch konnte er die runde Öffnung besser erkennen. Ohne einen weiteren Gedanken an die Herkunft des »Schlüssels« zu verschwenden, steckte er ihn mit der blutigen Seite voraus ins Schloss. Eigentlich sollte es nun aufspringen, dachte er, aber die verwunschene Fessel schüttelte den Bann auf eine überraschend andere Weise ab: Kette und Schloss zersprangen in Millionen Splitter.

Ihm wurde schwarz vor Augen. Er sackte in sich zusammen und verlor die Besinnung.

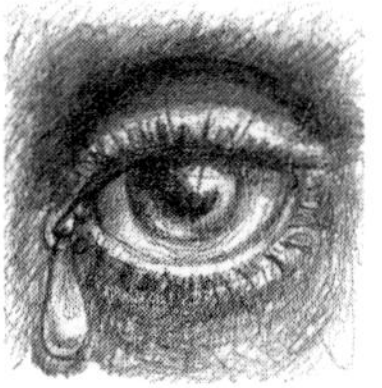

Abermals wurde Jacob von einer sanften Berührung an der Wange geweckt. An seinem Ohr plätscherte Wasser. Nein! Das feuchte Nass umgab ihn bereits von den Fersen bis zum Hinterkopf. Merkwürdig. War er nicht mit dem Gesicht nach unten zusammengesunken? Er hätte längst ertrunken sein müssen. Stattdessen lag er auf dem Rücken und seine verletzte Hand auf der Brust. Wer hatte ihn umgedreht?

Er öffnete die Augen und sah das Einhorn.

Es hatte sich über ihn gebeugt. Aber nicht, um die Begegnung mit seinem Blick zu suchen. Die feuchten, wie Goldstaub funkelnden Augen des Fabelwesens waren auf etwas anderes weiter unten gerichtet, und mit einem Mal rollte eine Träne heraus.

Sofort spürte Jacob, wo ihn der Tropfen getroffen hatte, nämlich genau auf dem Stumpf des abgeschnittenen Fingers. Gleich darauf war der Schmerz wie weggeblasen.

Überrascht richtete Jacob sich auf und bestaunte die sich rasch schließende Wunde. Er konnte zusehen, wie neue, rosige Haut darüberwuchs.

Die melodische Stimme des Fabeltiers lenkte seine Aufmerksamkeit wieder auf die Umgebung. Die Flut stieg weiter. Es war höchste Zeit, die Grotte zu verlassen. Das Einhorn senkte den Kopf und beugte den Vorderlauf.

»Willst du, dass ich auf dir reite?«, fragte Jacob überrascht.

Er fand die Vorstellung irgendwie unpassend. Dieses Geschöpf war weder Pferd noch Packesel. Es strahlte so viel Anmut und Erhabenheit aus wie eine Königin.

Trotzdem nickte es.

Angesichts der nach wie vor bedrohlichen Lage überwand er seine Scheu und kletterte auf den Rücken des Einhorns.

Kaum saß er oben, begann es loszugaloppieren. Es jagte auf dem überfluteten Grat ins Dunkel der Höhle hinein.

Bald ging es steil bergauf. Als das letzte Licht der Grotte hinter ihnen verblasste, begann unvermittelt das lange Horn zu leuchten. Die grüne Glut reichte aus, um den Weg zu erhellen.

Zu Jacobs Erstaunen lief seine Retterin über lange Treppenstufen nach oben. Irgendjemand musste diesen Weg aus dem Fels geschlagen haben. War die zum Meer offene Höhle vielleicht ein Piratenversteck?

Ähnlich einer großen Wendeltreppe schraubte sich der tunnelartige Gang immer höher. Jacob fragte sich, was für eine merkwürdige Welt seine träumende Phantasie da ausgebrütet hatte. War sie am Ende wie ein großer Käse beschaffen, bestehend nur aus Stein und Löchern?

Wie sich herausstellte, erwies sich die Befürchtung als unbegründet. Bald schälte sich vor ihnen eine lange Röhre aus der Dunkelheit. Dann sah Jacob ein warmes, gelbes Licht am Ende des Tunnels. Wenig später stürmte das Einhorn ins Freie. Es lief noch ein Stück weiter, bis es vor einem tiefen Abgrund zum Stehen kam. Dahinter erstreckte sich ein scheinbar endloser Ozean.

Der Ausblick verschlug Jacob die Sprache. »Sehe ich da das Meer der Träume?«

Das Einhorn nickte.

»Ich komme aus einer Welt jenseits davon. Man hat mir gesagt, ich könne ganz einfach dorthin zurückkehren, wenn ich mich in diese See hinabsinken lasse. Stimmt das?«

Wieder bejahte das Fabeltier.

»Das ist beruhigend. Aber vorher habe ich hier etwas Wichtiges zu erledigen. Ein Riss im Phantaversum hat einen riesigen Unhold in meine Welt entkommen lassen. Es scheint, als stamme er von hier, aus Ríocht Na Sí. Ich muss klären, wo er genau herkommt, wie er heißt und was seine größte Schwäche ist. Kannst du mir dabei helfen?«

Anstatt erneut zu nicken, gab das Einhorn einen Laut von sich, der wie das Schmettern einer Posaune erklang. Es wirbelte auf den Hinterläufen herum und galoppierte in die Gegenrichtung davon.

Jacob war kein sonderlich guter Reiter. Er hatte Mühe, sich auf dem dahinstürmenden Tier oben zu halten. Notgedrungen umklammerte er dessen Hals und grub seine Hände unten in den dichten Pelz. Als das Einhorn über eine Felsspalte setzte, kam er trotzdem ins Rutschen. Bald hing er in gefährlicher Schieflage und drohte jeden Moment herunterzufallen.

»Ich falle!«, schrie er entsetzt.

Da umschlang etwas seinen Leib und zog ihn wieder auf den Rücken hinauf. Als er sich umblickte, traute er seinen Augen nicht. Der lange Schweif des Einhorns hielt ihn so fest wie ein starker Arm.

Nun packte Jacob der Übermut. Er ließ den Hals des Einhorns los, setzte sich aufrecht hin und fühlte sich wie ein Welteneroberer auf seinem stolzen Ross. Mit einem Mal bemerkte er in der Ferne eine kleine Gestalt. Sie blickte in Richtung Reiter und verschwand gleich darauf im Boden.

»Hast du das da rechts von uns gesehen?«, rief er.

Das Einhorn schüttelte den Kopf, ohne das Tempo zu verringern.

»Es schien mir ein sehr kleiner Mann gewesen zu sein. In den alten Sagen meiner Welt heißt es, die Zwerge hausen unter der Erde, wo sie nach edlen Steinen suchen. Ist das vielleicht einer von ihnen gewesen?«

Das Fabeltier ließ abermals einige trompetende, leider völlig unverständliche Laute vernehmen.

»Ich kann dich nicht …«

Sein Mund blieb vor Staunen offen stehen, weil das Einhorn gerade auf einen Abhang galoppiert war, der den Blick über ein langes glitzerndes Tal freigab. Es lag inmitten hoher, schneebedeckter Berge und erstreckte sich, dem Sonnenstand nach zu urteilen, in ost-westlicher Richtung bis zum Horizont.

»Ist das ein See, Einhorn?«

Es schüttelte erneut den Kopf.

»Und was funkelt da so?«

Das Einhorn schwieg.

»Wenn es kein Wasser ist, dann vielleicht Steine? Oder funkelnde Kristalle?«

Diesmal nickte es und stürmte weiter den Hang hinab.

Als es die Talsohle erreichte, fiel es in eine langsame Gangart zurück. Besser gesagt, in eine behutsamere. Nun konnte Jacob deutlich sehen, was aus der Ferne wie ein vom Wind gekräuselter See im Sonnenlicht geglitzert hatte.

Es war ein Meer aus Kristallen.

Das Einhorn hatte keine Hufe wie ein Pferd, sondern ledrige Ballen und an jedem Fuß zwei große und ein Paar kleinere Klauen. Daher musste es vorsichtig sein, um sich an den scharfkantigen Steinen nicht die Zehen aufzureißen. Doch es schien dieses Tal nicht zum ersten Mal zu betreten. Zwar gemächlicher als zuvor, doch ohne anzuhalten lief es weiter und fand mit traumwandlerischer Sicherheit immer eine Stelle, auf die es seinen Fuß setzen konnte.

Jacob bereitete das Kristallmeer Unbehagen. Die meisten der glitzernden Steine waren eher klein, manche aber auch so riesig wie Kirchtürme. Dazwischen gab es nichts. Das sich scheinbar ewig hinziehende Tal war eine wilde, wasserlose Öde ohne einen einzigen Baum oder Busch. Hoffentlich dauerte die Durchquerung dieser Wüstenei nicht zu lange, denn er hatte sämtlichen Proviant im Meer der Träume verloren. Nicht einmal die Wasserflasche war ihm geblieben.

Der Prahlhans

Blaubeuren
Herzogtum Württemberg, 16. Juni 1798

Das jähe Zufallen des Weltenfensters bereitete Wilhelm Magendrücken. Er hatte keinen Hunger. Viel lieber wäre er am Blautopf geblieben, um dort auf seinen Bruder zu warten. Aber Sir D'Arcy hielt das für Zeitverschwendung. Jacobs Suche nach dem Geheimnis des Unholds wäre am Ende nutzlos, wenn sie das Monster nicht aufstöberten. Als sie die Herberge fast erreicht hatten, konnte Wilhelm nicht länger an sich halten.

»Angenommen, wir finden den Riesen, wie zwingen wir ihn dann zur Rückkehr nach …?«

»Pscht!«, zischte Sir D'Arcy. »Sprich den Namen von Jacobs Welt nicht aus.«

Wilhelm schluckte. Er musste wieder an das merkwürdige Donnern im Morgengrauen denken. »Haben Sie schon einmal mit Riesen zu tun gehabt?«

»Nein, nie. Aber unser Bruder Jonathan Swift. Genau genommen war *er* im Land Liliput der ›Menschenberg‹. Unangenehme Sache. Ich persönlich hatte mal eine Drachendame zu besänftigen. Das war auch kein Zuckerschlecken. Sie litt unter krankhafter Schwermut, ausgelöst vom frühzeitigen Ableben ihres Gatten und ihrer Kinderlosigkeit. Mit jedem Stoßseufzer fackelte sie irgendetwas ab: Scheunen, Felder, Wälder …«

Alroy öffnete die Tür zum Gastraum des Ochsen. Die Sonne war gerade erst aufgegangen, aber an den Tischen saß schon ein gutes Dutzend Gäste und frühstückte. Manche nahmen ihr Mahl in fester, andere in flüssiger Form zu sich. Der irische Rotschopf steuerte zielstrebig einen freien Tisch in der Nähe des Fensters an. Kaum hatten die Phantanauten daran Platz genommen, kam auch schon der Wirt. Sir D'Arcy bestellte Essen für drei.

Herr Unsöld nickte und wandte sich einem hageren Kahlkopf am Nachbartisch zu, wo er das schmutzige Geschirr abräumte. »Ischs rechd gwä?«

»Ma hodds essa kenna«, antwortete der Mann mit der Glatze und nickte zufrieden.

Wilhelm achtete kaum auf das Gespräch der beiden, doch als sich mit einem Mal die Stimme des Wirts in großem Erstaunen hob, spitzte er die Ohren.

»Mach koi ferz! A Rias hosch gsäha? Isch des gwieß wohr?«

Auch Sir D'Arcy horchte auf. »Was meinte er gerade?«

Wilhelm beugte sich über den Tisch und übersetzte flüsternd: »Er hat gesagt: ›Erzähl keinen Unsinn. Einen Riesen hast du gesehen? Stimmt das wirklich?‹«

Der Fremde nebenan hatte derweil mit wichtiger Miene genickt. »Mit mei oigena Gloddzbebbl.«

»Mit meinen eigenen Augen«, dolmetschte Wilhelm.

Der Wirt zog seinen Mund schief. »I glaub dr brennt dr Kiddel!«

»Er glaubt, ihm brennt der Kittel«, raunte Wilhelm.

»Was?«, stutzte Sir D'Arcy.

»Herr Unsöld hält den Gast für unglaubwürdig.«

»Ach so!«

Dann endete das Gespräch am Nebentisch auch schon wieder. Nur der Wirt grunzte noch: »Hemmlarschgreizdeiflfurzkanonarohr! Dr schwätzd an Scheiss naus.« Und zog kopfschüttelnd von dannen.

Wilhelm lief rot an. »Der Rest ist nicht so wichtig«, murmelte er.

Sir D'Arcy wandte sich an den Kahlkopf. »Entschuldigung, der Herr. Mein Name ist Condron D'Arcy. Ich habe zufällig Ihr Gespräch mit dem Wirt mitbekommen. Ist das wahr? Sie haben einen Riesen gesehen?«

Zur Feude des Navigators konnte der Mann auch allgemein-

verständlich sprechen. Er stellte sich als der Ulmer Kaufmann Lude vor, der gerade aus der Freien Reichsstadt Reutlingen komme und auf der Heimreise sei. Er zierte sich etwas, ehe er zugab, die Geschichte vielleicht ein ganz klein wenig aufgebauscht zu haben. Tatsächlich habe er am vergangenen Abend nur einen kolossalen Schemen am Waldrand gesehen. Aber in Reutlingen sei ihm zu Ohren gekommen, dass etwas weiter südlich tatsächlich ein schrecklicher Riese sein Unwesen treibe. Angeblich hause er zwischen der Echazquelle und Genkingen im *Nebelloch*. So heiße der Eingang zu einer Höhle, erklärte der Handelsmann und fügte raunend hinzu, manche hielten es für das Portal zur Unterwelt.

Als dem Prahlhans nichts mehr einfiel, womit er die Zuhörer beeindrucken konnte, wandte sich Sir D'Arcy an seinen jungen Gehilfen. »Master Alistair, geh bitte nach oben und bereite unsere Abreise vor. Nur leichtes Gepäck, hörst du?«

Alroy zog eine Grimasse. »Und das Frühstück?«

»Das können wir notfalls auch in der Kutsche einnehmen.«

Wilhelm blickte seinem irischen Freund hinterher, während dieser aus der Schankstube schlurfte. Danach sah er wieder Sir D'Arcy an. »Sie wollen zu diesem Nebelloch fahren, habe ich recht?«

»Nicht ich allein. Es wäre äußerst unklug, sich ausgerechnet jetzt aufzuteilen.«

»Ich will aber lieber hierbleiben. Wenn Jacob zurückkommt, dann braucht er vielleicht meine Hilfe.«

Der Navigator beugte sich vor, griff nach Wilhelms Hand und sah ihn durchdringend an. »Genau darum geht es, Junge. Du und dein Bruder, ihr zwei müsst diese Prüfung *gemeinsam* bestehen. Jeder hat seine Aufgabe. Hierzubleiben und die Hände untätig in den Schoß zu legen, könnte schlimmstenfalls Jacobs Rückkehr unmöglich machen. Du musst unbedingt das Wesen aufspüren, das durch den Riss im Phantaversum zu uns kam.«

Sir D'Arcy lehnte sich lächelnd zurück und breitete über dem Tisch die Hände aus. »Und darum gehen wir jetzt auf Monsterjagd.«

Das Nebelloch

Genkingen
Herzogtum Württemberg, 17. Juni 1798

Kaum ratterten die eisenbeschlagenen Räder von der schlammbedeckten Dorfstraße auf das Kopfsteinpflaster vor dem Genkinger Rathaus, da ließ der Kutscher auch schon sein *Brrrrr!* vernehmen. Den erschöpften Phantanauten im Wagen erschien es wie eine Erlösung. Die Überquerung der Schwäbischen Alb hatte ihre kostbare Zeit um weitere anderthalb Tage geschröpft. Wilhelm beugte sich weit aus dem Fenster.

Eine aufgeregte Menschenmenge versperrte dem Gespann den Weg. Kinder krakeelten, Frauen keiften, Männer johlten. Einige schwenkten Sicheln, Dreschflegel, Mistforken, und sogar ein paar Musketen waren zu sehen. Wie ein Fels in aufgewühlter See ragte aus dem Gewoge ein schnurrbärtiger, rotgesichtiger Mann mit goldglänzender Weste heraus. Er brüllte etwas, das die Menge noch mehr aufpeitschte. Wilhelm zog sich in den Wagen zurück.

»Da kommen wir mit dem Gespann nie und nimmer durch.« Er berichtete, was er gesehen hatte.

Die durch das Fenster fallende Abendsonne blitzte auf Sir D'Arcys silbernem Segelschiffknauf, als er entschlossen mit dem Stock aufstampfte. »Dann steigen wir eben gleich hier aus. Wollen doch mal hören, was die Gemüter in Genkingen so erregt. Es würde mich nicht wundern, wenn's dafür einen *riesigen* Grund gäbe.«

Er stieß den Wagenschlag auf und hievte seinen korpulenten Körper etwas umständlich ins Freie. Die beiden Jungen folgten ihm, während er dem Mann auf dem Kutschbock eine Münze zuwarf und ihn anwies, das Gepäck ins Quartier zu bringen. Der Wagen machte kehrt, um sich einen anderen Weg zur Unterkunft zu suchen. Unterdessen verschafften sich die Phantanauten einen Überblick der Lage.

Die Stimmung auf dem Rathausplatz glich einem Pulverfass, an dem bereits die Lunte brannte. Erhitzte Gesichter, so weit das Auge blickte. Die Menschen reckten drohend ihre

Waffen hoch und riefen Dinge wie »Zur Hölle mit ihm!« oder »Er soll bluten!«.

Wilhelm fragte eine Frau, die ein kleines Mädchen an der Hand hielt, nach dem Grund des Massenauflaufs. Sie erklärte mit gehetztem Blick, die Bewohner von Genkingen, einiger angrenzender Ortschaften und Bauerngehöfte wollten gemeinsam gegen den Riesen ziehen. Kaum hatte sie dies gesagt, nahm sie das Kind auf den Arm und lief davon.

»Dacht ich's mir«, knurrte Sir D'Arcy.

Alroy deutete zum Rand des Platzes, wo Männer mit gelben Armbinden eine Kette bildeten. Sie hielten lange Piken oder Flinten in den Händen. »Ich schätze, hier wird es gleich ungemütlich. Sollten wir nicht schleunigst verschwinden?«

Der Navigator grunzte unwillig. »Klüger wär's vielleicht. Aber ich überlasse das Kommando nur ungerne ahnungslosen Trotteln, die …« Seine Hand schnappte plötzlich nach dem Ärmel eines Mannes mit einem langen Prügel, der sich an ihm vorbeidrängeln wollte. »Auf ein Wort, mein Freund. Wir ziehen durch die Lande, um Menschen von scheußlichen Ungeheuern zu befreien. Ich hörte, der Unmut der Leute hier richtet sich gegen einen Riesen. Sind das nur Gerüchte oder hat ihn tatsächlich jemand gesehen?«

Der Mann musterte argwöhnisch den Fremden mit dem auffälligen Akzent. Dann antwortete er aber doch, allerdings in breitestem Schwäbisch. Wilhelm übersetzte, der Riese habe sich am Morgen ein Ochsengespann samt Bauer als Spielzeug vom Acker mitgenommen. In den letzten Tagen seien Vorfälle dieser Art immer öfter vorgekommen.

»Des isch Haufa gnuag!«, wetterte der Mann – es reiche – und schüttelte drohend seinen Knüppel. Dem Geruch nach zu urteilen war er ein Kuhhirt und bevorzugte offenbar handfeste Problemlösungen. Der Riese müsse weg.

»Weg?«, fragte der Navigator, als habe er das deutsche Wort nicht verstanden.

»Den macha mr he«, präzisierte der Wüterich.

»Sie wollen ihn töten«, übersetzte Wilhelm.

Sir D'Arcy nickte grimmig und ließ fragen, ob die zornigen Leute einen Anführer hätten. Der Kuhhirt deutete mit dem Prügel zum Rathaus, wo der Rotgesichtige immer noch die Menge aufpeitschte. »Dr Naze. Doktor Knobloch isch eiser Pillendreher.«

»Eiser Pillendreher?«, wiederholte der Erste Phantanaut verwirrt.

»Das bedeutet ›unser Apotheker‹«, erklärte Wilhelm. »Ich nehme an, er heißt Dr. Ignatius Knobloch.«

Der Mann nickte zustimmend und gab zu verstehen, er müsse dann gleich weiter, um den Riesen abzumurksen.

»Warten Sie!«, hielt der Navigator ihn abermals zurück. »Bitte gehen Sie zu Dr. Knobloch und richten Sie ihm aus, dass soeben Sir Condron D'Arcy aus Irland eingetroffen sei. Sagen Sie ihm, ich werde Ihnen mit meinen beiden Gehilfen die Riesen-Plage vom Hals schaffen.«

Der Kuhhirt maß den Navigator ein zweites Mal mit Blicken, ehe er versprach, nun dem Pillendreher Bescheid zu sagen. Im nächsten Moment war er im Gedränge verschwunden.

Sir D'Arcy schüttelte mit finsterer Miene den Kopf. »Die Mordlust dieser Leute gefällt mir nicht. Der Tod des Riesen könnte eine Katastrophe auslösen. Wenn sich dadurch der Riss im Phantaversum zu einem großen Loch ausweitet, dann wäre allen dunklen Auswüchsen der Phantasie Tür und Tor geöffnet.«

Vom Rand der Menschenmenge erscholl eine laute Stimme. Sie klang so förmlich, als lese ihr Besitzer die Worte von einer amtlichen Mitteilung ab. »Hört her, Leute. Ich bin Hauptmann Schäffle von der Landmiliz. Euer Aufmarsch verstößt gegen Recht und Ordnung. Zerstreut euch sofort, sonst bin ich angehalten, Waffengewalt einzusetzen!«

Wilhelm schauderte. Seit die Große Revolution in Frankreich einem König und unzähligen Adligen buchstäblich den Kopf gekostet hatte, reagierten die deutschen Fürsten sehr empfindlich auf Unruhen jeglicher Art. Mit Waffengewalt hielten sie sich an der Macht. Wilhelm wollte nicht im Kugelhagel sterben, nur weil man ihn für einen Aufständischen hielt. Bange sah er sich nach dem Rufer um und entdeckte ihn unweit auf einem Fass stehend.

Der Hauptmann, ein Hüne von etwa fünfzig Jahren mit fuchsiger Miene, trug eine blaue Jacke, Ärmelaufschläge und Knopfleiste waren gelb. Er hatte die Hände vor dem Mund

zum Trichter geformt. Sein Blick wanderte unruhig über die wogende Menge. Offenbar fürchtete er allen Ernstes, die Leute würden sich zum Kampf gegen den Herzog zusammenrotten. Seine Kompanie hatte inzwischen eine lückenlose Kette um den Platz gebildet.

Die eingeschlossene Menge protestierte lautstark mit wüsten Drohungen.

»Wir sitzen in einem Hexenkessel, der uns jeden Moment um die Ohren fliegen kann«, brummte Sir D'Arcy. Er packte die Jungen bei den Armen und zog sie mit sich. »Kommt, schnell!«

Wilhelm atmete auf. Endlich war der Alte zur Vernunft gekommen.

Der Gedanke erwies sich als Trugschluss. Anstatt mit seinen Schutzbefohlenen aus der Schusslinie zu fliehen, schleppte der Navigator sie geradewegs zum Kommandanten der Landmiliz. Der Hüne tat so, als sehe er den Iren nicht.

Sir D'Arcy drückte die Brust heraus und lächelte betont entspannt. »Ganz schöner Schlamassel, nicht wahr, Hauptmann Schäffle?«

»An jenseits Scheißdregg!«, pflichtete ihm der Offizier in

tiefstem Schwäbisch bei. »Wenn die weida so an Zennober macha, muss i schiaßa lassa.«

»Ein wirkliches Unglück«, milderte Wilhelm die derbe Ausdrucksweise des Soldaten ab. »Wenn die Leute weiter so einen Aufstand veranstalten, muss der Hauptmann seinen Männern Feuerbefehl erteilen.«

Sir D'Arcy stellte sich dem Kompanieführer zunächst förmlich vor, ehe er eine Frage anschloss. »Ist Ihnen bekannt, woran sich der Volkszorn entzündet hat?«

Der alte Haudegen nahm kein Blatt vor den Mund. Er wisse von dem Riesen, gab er zu, halte dieses Gerede aber für eine Art Geheimsprache der Jakobiner, gefährlicher Radikaler, wie er meinte, welche die Französische Revolution nach Württemberg hineintragen wollten. Im Jargon der Unruhestifter sei der Herzog eben der »Riese«. »Abbr i las me net vrdommbeidla«, betonte der Hauptmann zuletzt.

»... aber er lässt sich nicht als dumm hinstellen«, übertrug Wilhelm die Worte ins Schriftdeutsche.

Sir D'Arcy blieb die Freundlichkeit in Person. »Zufällig bin ich Experte auf diesem Gebiet und ich kann Ihnen versichern, dass wir es hier tatsächlich mit einem Ungeheuer von enormer Größe zu tun haben. Glücklicherweise muss uns das nicht schrecken.«

Wilhelm warf Alroy einen fragenden Blick zu, aber der zuckte nur die Achseln.

»Boggmischd«, sagte Hauptmann Schäffle.

Sir D'Arcy runzelte verwirrt die Stirn. »Was hat er gesagt, Wilhelm?«

»Es fällt ihm schwer, Ihre Worte nicht als Scherz aufzufassen, Sir.«

Der Kommandant lachte. »Dr Kärle gfälld mr.«

»Er mag mich«, übersetzte Wilhelm.

Der Navigator schluckte seinen Unmut herunter. »Herr Hauptmann, wollen Sie wirklich ein sinnloses Blutvergießen anrichten? Was, wenn sich am Ende doch herausstellt, dass in der Höhle ein Riese haust? Dann müssten Sie und Ihre Milizmänner ihm ganz allein entgegentreten.«

Im wettergegerbten Gesicht des Offiziers zeigten sich Zweifel. »I, ganz alloi?«

Sir D'Arcy nickte ernst. »Aber nun stellen Sie sich vor, Ihnen gelingt die Bändigung des Unholds. Dann wird man Sie als Held feiern, als Gigantenschreck von Genkingen. Der Herzog verleiht Ihnen einen Orden und befördert Sie vielleicht sogar zum General.«

»Hm«, machte der Hauptmann und rieb sich das Kinn. »Wenn i bloß meh Schießbriegl hädd!«

»Er wünscht sich mehr Gewehre«, raunte Wilhelm.

»Das wird gar nicht nötig sein«, erklärte Sir D'Arcy rasch, »denn der Riese muss unbedingt lebend gefangen werden.«

»Ond wi wellad Se des aschdella?«

Der Navigator legte seine Hand auf Wilhelms Schulter. »Der junge Herr Grimm hier hat während der Kutschfahrt einen famosen Plan erdacht, nachdem ihm Master Alistair« – Sir D'Arcy deutete auf Alroy – »von *Gullivers Reisen* erzählte.«

»Kenn i net.«

»In dem Buch wird beschrieben, wie die Bewohner von Liliput – Winzlinge, die zwölfmal kleiner sind als wir – einen Menschenberg mit Stricken banden. Es ist eine äußerst originelle Reiseerzählung von einem Phanta...« Der Navigator räusperte sich. »Von Jonathan Swift.«

»Jonadhân Schwift? Kenn i net. Isch dr von dr Alb?«

»Nein, aus Dublin.«

»Kenn i net.«

»Wollen Sie nun als Held gefeiert werden oder nicht?«, fragte Sir D'Arcy entnervt.

»Ei wohl, des däd mr scho gfalla.«

»Daran könnte er sich gewöhnen«, übersetzte Wilhelm.

»Abbr Feschtbinde isch kei guate Idee«, sagte der Hauptmann kopfschüttelnd. »Besser dr kriagt a Kügele en Arsch nei.«

Wilhelm schluckte, ehe er übersetzte: »Der Hauptmann möchte den Riesen nicht fesseln. Er hält es für klüger, ihn zu erschießen.«

Die aufziehende Nacht versetzte die Menschen rund um das Nebelloch in Erregung. Nur in den Baumwipfeln glühte noch das rote Licht der Abenddämmerung. Zwischen den knorrigen alten Buchenstämmen flackerten bereits die Fackeln und Stimmen hallten durch den Wald. Nicht allein die Treiber schienen sich so gegenseitig Mut zu machen, sondern auch ihre Hunde. Die Witterung des Riesen konnte den feinen Nasen nicht entgangen sein.

Nordwestlich des breiten Felsportals, das angeblich in die Unterwelt führte, hatte Wilhelm für sein Vorhaben ein vergleichsweise ruhiges und helles Plätzchen gefunden, eine Waldlichtung, von der aus man über die Felder bis nach Genkingen blicken konnte. Doch für die Schönheiten der Landschaft hatte er kein Auge.

Er saß auf einem stattlichen Felsen, den Blick nach unten gerichtet. Seine ganze Aufmerksamkeit galt einem auf Hochglanz polierten Reiseutensil, das im Gepäck herausgeputzter Damen wohl seinen festen Platz haben mochte, bei einem Zwölfjährigen mit derart wilder Haartracht aber eher wie ein Fremdkörper wirkte. Rahmen und Griff des Spiegels bestanden aus rotem Kirschholz.

Wilhelms Hände zitterten vor Ungeduld. Höchste Zeit, das Weltenfenster zu öffnen, dachte er. In den vergangenen zwei Tagen hatte er mehrmals geglaubt, sein Bruder rufe ihn, aber nie war dessen Gesicht im Spiegel erschienen. Vielleicht kannte Jacob längst den Namen des Unholds oder sogar seine verwundbare Stelle.

Wilhelm legte ein Haar auf das Glas. Hoffentlich hatte er diesmal mehr Erfolg. Ohne die Achillesferse des Monstrums zu kennen war der ganze schöne Plan nur die Hälfte wert. Wie lange vermochte man einen Riesen wohl mit Stricken und

Lanzenspitzen zu bändigen? Eine Minute? Eine Stunde? Einen Tag? Sicher nicht viel länger. Nur, wenn sie seine Schwächen ausnutzten, konnten sie ihn dorthin zurückschicken, woher er gekommen war.

Dank der Überredungskünste des Navigators zogen jetzt wenigstens Hauptmann Schäffle und der Apotheker an einem Strang. Zusammen befehligten sie fast fünfhundert Männer und Frauen. In der Landmiliz gab es einige altgediente Recken, die sich schon in mancher Schlacht bewährt hatten. Die Stärke der Bürgerwehr lag vor allem in ihrer Entschlossenheit. Die Leute wollten sich nicht länger von einem Riesen auf der Nase herumtanzen lassen.

»Komm schon, Jacko!«, flüsterte Wilhelm, weil sich im Spiegel einfach nichts regte. Aus den Augenwinkeln nahm er einen Lichtschimmer wahr. Er hob den Blick.

Zwei Fackelträger näherten sich auf dem Waldpfad, der zum Nebelloch führte. Jenseits davon lag ein Hang, auf dem Seile kreuz und quer über den Boden gespannt worden waren, Fußangeln, die den Riesen zu Fall bringen sollten.

Bald konnte Wilhelm im Feuerschein die Gesichter seiner Freunde erkennen. Sir D'Arcys Miene verriet nichts Gutes. Er hatte seit der Ankunft vor dem Genkinger Rathaus unermüdlich auf die beiden Anführer eingeredet, den Riesen so weit wie möglich zu schonen.

»Und? Hat es geklappt?«, fragte Alroy, während er und der Navigator auf die Waldlichtung traten.

Wilhelm erhob sich von seinem steinernen Sitzplatz und schüttelte missmutig den Kopf. »Jacob will genauso dringend mit mir sprechen wie ich mit ihm. Ich kann es fühlen. Aber irgendetwas hält ihn davon ab.«

»Versuche es weiter«, sagte Sir D'Arcy.

»Soll ich euch nicht helfen? Es war immerhin meine Idee ...«

»Du bleibst schön hier«, schnitt ihm der Erste Phantanaut das Wort ab und deutete in Richtung Felder. »Einen Steinwurf von hier stehen bewaffnete Posten, die notfalls auf alles schießen, was ihnen in die Quere kommt. Und das Nebelloch ist ebenfalls umzingelt. Du bist hier also sicher, wenn die Hatz auf das Monstrum beginnt.«

»Wann wird das sein?«

»Jede Minute. Inzwischen ist es dunkel genug. Hauptmann Schäffles Männer stecken gerade feuchtes Reisig in Brand und werden es gleich durch ein Loch in der Höhlendecke werfen. Der Qualm sollte den Riesen schnell ins Freie treiben. Ich habe empfohlen, auch im Wald ordentlich Rauch zu machen, damit der Unhold uns nicht sehen kann. Er wird nur Geschrei, Töpfeschlagen, Schüsse und Hundegebell hören und dorthin zu entkommen versuchen, wo es den wenigsten Lärm gibt, nach Südosten, auf die Ruine der Burg Lichtenstein zu.«

»Und wenn er in meine Richtung läuft?«

»Dann würgst du ihn, bis er umfällt«, frotzelte Alroy. Sein Grinsen reichte von einem Ohr zum anderen.

»Sehr witzig.«

Sir D'Arcy ließ seine Hand auf die Schulter des Rotschopfes sinken. »Und *du* wirst ihm dabei helfen, denn ab sofort bleibst du hier bei Wilhelm.«

»Aber ...«

»Keine Widerrede.« Der Navigator stampfte energisch mit dem Gehstock auf. »Ich will euren Eltern nicht erzählen müssen, ein Riese habe euch platt getrampelt. Halte Augen und Ohren offen, Master Alistair, solange Wilhelm in den Spiegel schaut. Ich muss jetzt wieder zurück, um den zwei alten Hitzköpfen die Mordlust auszureden. Wir sehen uns dann später, sobald das Monstrum gefesselt ist.« Er hob zum Gruß den Stock – der Silberknauf funkelte im Fackelschein – und stapfte in Richtung Nebelloch davon.

»Wie schön, dass wenigstens einer ans Jagdglück glaubt«, murmelte Wilhelm missmutig.

Der Rotschopf lachte. »Vielleicht will er's ja erzwingen – in vier Tagen ist Mittsommer. Aber so, wie ich den Navigator kenne, gibt er nicht viel auf die Launen Fortunas. Er vertraut lieber auf die Macht der Phantasie. Dein Einfall jedenfalls hat ihn ...« Alroy verstummte. Er hatte wohl bemerkt, dass sein Freund ihm nicht mehr zuhörte, sondern völlig abwesend wirkte.

Wilhelms Herz schlug ihm plötzlich bis zum Hals. Er sah auf den Spiegel in seiner Hand. Jacobs Haar – es klemmte unter dem ausgestreckten Zeigefinger – strahlte wie Sonnenlicht.

»Ist das dein Bruder? Ruft er dich?«, erkundigte sich Alroy

aufgeregt. Weil ihm das wundersame Licht verborgen blieb, musste er seine Schlüsse allein aus dem Verhalten des Freundes ziehen. Darüber vergaß er völlig, die Umgebung im Auge zu behalten.

Der Gefragte nickte nur abwesend, nahm wieder auf dem Felsen Platz, legte sich den Spiegel flach auf die Knie und blickte hinein. Dessen Kirschholzrahmen war inzwischen ganz von waberndem Licht erfüllt. Wilhelms Geduld wurde auf eine harte Probe gestellt.

Durch den Wald hallte der blecherne Klang von Töpfen und dazu die Rufe von Treibern sowie das Bellen der Hunde. Nur Gewehrschüsse ließen sich noch keine vernehmen. Hieß das, der Riese war noch gar nicht aufgetaucht? Oder wollte Hauptman Schäffle nur die kostbare Munition für später …?

Wilhelms Nacken verhärtete sich jäh, als das Leuchten im Spiegel nachließ und Umrisse sichtbar wurden. Ein umwölktes Menschenhaupt auf schmalen Schultern, wie es schien. »Jacob, bitte zeig dich mir!«, flehte er. Über sich vernahm er ein Rascheln. Vermutlich der Wind in den Buchen. Gebannt blickte er weiter in den Spiegel. Der lichte Schleier zog sich ganz zurück und Wilhelm erschauerte.

Er sah ein dürres Männlein, das vorsichtig über einen Felsen spähte. Auf den schmalen Schultern saß nicht etwa Jacobs Haupt, sondern ein mit Warzen übersäter Zwergenkopf.

Ein gellender Schrei hallte durch die Nacht. Er kam aus Wilhelms Kehle, aber dies wurde ihm erst allmählich bewusst.

Entsetzt fuhr er von dem Felsen hoch und drehte sich Hilfe suchend nach Alroy um. Der stand mit seiner Fackel etwa drei Schritte neben ihm, die Augen himmelwärts gerichtet, und wirkte wie versteinert. Der Blick Wilhelms wanderte ebenfalls nach oben. Im nächsten Moment war auch er wie gelähmt.

Aus den Baumkronen lugte der Riese auf sie herab. Er musste fünfzehn oder sogar zwanzig Schritte groß sein. Jedenfalls war er ausnehmend hässlich. Sein flaches Gesicht starrte vor Dreck. Es war von zahlreichen Narben entstellt. Zur Verunzierung trugen auch die Furchen auf seiner Stirn bei. Sie waren so schief und tief, als hätte sie ein betrunkener Bauer mit dem Pflug gezogen. Die langen Haare des Unholds glichen eher einem unentwirrbaren Gestrüpp aus Luftwurzeln. Seine glupschenden Augen standen weit vor und die Zähne in dem halb geöffneten Mund weit auseinander. Hinzu kam ein fliehendes Kinn, das die oberen Hauer auf furchterregende Weise entblößte.

Während die beiden Phantanauten noch vor Schreck verharrten, tauchte im Buchengeäst ein baumstarker Arm auf. Der Riese griff nach dem Felsen, der Wilhelm als Sitzgelegenheit gedient hatte, und entriss ihn mühelos dem Waldboden. Wenngleich groß wie ein Ochsenkarren, erschien der Brocken in seiner Hand nur wie ein Fäustling. Ebenso leicht wurde er in die Höhe gehoben.

Für Wilhelm war die Absicht dahinter leicht zu durchschauen. Der hässliche Koloss wollte ihn und Alroy zermalmen. Eigentlich hätten sie nun das Hasenpanier – also die Flucht – ergreifen sollen, aber ihre Beine blieben wie gelähmt. Starr sahen sie ihrem Ende entgegen.

Der Riese ließ sich damit Zeit. Selbst die nahen Stimmen der Treiber, die ihn wohl immer noch in der Höhle wähnten, beunruhigten ihn nicht. Eher schon schien ihn die Situation zu belustigen. Er hatte die Menschlein ausgetrickst und zwei von ihnen würde er gleich wie lästige Käfer mit einem Hinkelstein zerquetschen.

Unversehens beugte er sich zu Wilhelm herab und verlieh seinem Erstaunen mit dröhnender Stimme Ausdruck. »Du bist der Hüter des Tores. Hast du es etwa verschlossen?«

Der Gefragte wusste weder, wovon der Koloss redete, noch sah er sich imstande, auch nur Piep zu sagen.

»Sprich!«, donnerte der Riese und schüttelte drohend den Brocken. »Hast du mich abgeschnitten?«

Hüter des Tores? Abgeschnitten? Die Worte klangen in Wilhelms Ohren wie ein unergründliches Rätsel. Ohne dessen Lösung war sein Leben wohl keinen Pfifferling mehr wert. Während der Felsen drohend über ihm hing, wappnete er sich gegen das Unvermeidliche.

Plötzlich krachte ganz nahe eine Salve von Schüssen. Wilhelm und Alroy duckten sich unwillkürlich, doch die Kugeln zischten weit über ihren Köpfen durchs Blätterwerk. Die Posten am westlichen Waldrand kamen ihnen zu Hilfe.

Wilhelm vernahm lautes Rascheln, das Krachen von Ästen

und dann ein gigantisches Metronom, das im stampfenden Takt donnerte: *Bumm ... Bumm ... Bumm!*

»Es waren keine Salutschüsse«, murmelte Wilhelm benommen, »sondern das Stampfen des Riesen.«

»Salutschüsse?«, krächzte Alroy verwirrt.

»Ich rede von seinen *Schritten.* Ihr regelmäßiges Donnern klingt genauso wie neulich Nacht im Ochsen – wir haben den Riesen gehört.«

Der Rotschopf verzog das Gesicht. »Man könnte fast glauben, er sei vor *dir* geflüchtet.«

»Schön wär's. Die Schüsse haben ihn vertrieben.«

»Jetzt läuft er jedenfalls den Treibern in die Arme.«

»Ich würde eher sagen, er fällt ihnen in den Rücken.«

Ein neuerliches Rascheln ließ die beiden erschrocken zusammenfahren, aber diesmal schlich nicht der Unhold heran, sondern die Männer der Landmiliz stürzten zwischen den Büschen hervor.

»Habt ihr den Riesen gesehen?«, stieß einer aufgeregt hervor.

Wilhelm deutete zum Nebelloch. »Er ist da rübergelaufen. Sie müssen Ihre Kameraden warnen.«

Der Soldat befahl seinen Männern eine weitere Salve abzufeuern, um anzuzeigen, von wo die Gefahr nahte. Unmittelbar darauf schwoll der Lärm aus Richtung Höhle an. Hatte man das Signal verstanden oder war der Riese bereits gesichtet worden?

Wilhelm wollte sofort loslaufen, weil er sich um Sir D'Arcy

und die anderen sorgte. Er konnte nicht fassen, dass die Grenadiere mit Schießpulver und Kugeln hantierten, um zunächst ihre Flinten wieder schussbereit zu machen. Ihm fehlte die Geduld, das Nachladen abzuwarten. Er packte seinen Freund am Ärmel.

»Komm, Al, wir müssen Sir D'Arcy warnen!«

Die beiden rannten los. Längs des Waldpfades erstreckte sich eine Spur der Verwüstung. Der Riese hatte auf der Flucht dicke Äste abgerissen und sogar einige dünnere Stämme umgeknickt.

Trotz dieser beängstigenden Beobachtungen konnte sich Wilhelm kaum auf den Weg konzentrieren. Ihm spukte immer noch das Spiegelbild durch den Kopf. Warum hatte es nicht Jacob gezeigt und auch nicht den Riesen, der sich aus den Blätterwerk herabbeugte, sondern einen schmächtigen Wicht?

Beim Nebelloch waren einige Männer damit beschäftigt, einem verletzten Kameraden zu helfen, der unter dem Stamm einer umgefallenen Buche lag. Sie versuchten, die Jungen zum Bleiben zu bewegen, meinten, es sei zu gefährlich, dem Riesen hinterherzulaufen. Aber Wilhelm und Alroy wollten den Navigator nicht im Stich lassen und liefen weiter, immer den donnernden Schritten nach.

Nach kurzem Anstieg wurde der Weg wieder abschüssig. Bald mussten sie den Hang mit den Fußangeln erreichen. Das Töpfegeklapper, Hundegebell und Geschrei der Treiber kam rasch näher.

Plötzlich bebte die Erde.

»Der Riese ist gefallen«, rief Wilhelm. Er wusste nicht, ob er sich darüber freuen sollte.

Fünf oder sechs weitere Schüsse fielen.

»Sie versuchen, ihn umzubringen«, keuchte Alroy.

Wilhelm lief noch schneller. Der Riese durfte nicht sterben. Es war mehr eine Ahnung als Gewissheit. Das Bild im Spiegel hatte dieses Gefühl heraufbeschworen. Es war der Schlüssel ...

Das schauerliche Gebrüll des Unholds ließ Wilhelms Gedanken stocken. Und wieder knallten die Musketen. Völlig außer Atem hatten die Jungen endlich den Grashang erreicht. Er ragte wie eine spitze Bucht in den Wald hinein. Hunderte von aufgeregten Stimmen riefen durcheinander. Zahlreiche Fackeln tauchten die unwirkliche Szene in ein gespenstisches Licht.

Inmitten des Durcheinanders lag der Riese, gewaltig und wild. Er blutete aus mehreren Wunden und zerrte brüllend an den Tauen, die ihn am Aufstehen hinderten. Ständig warfen

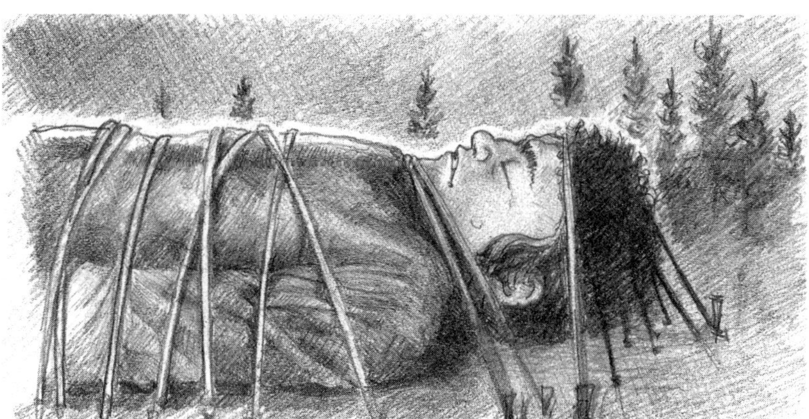

die Jäger neue Stricke über seine Arme, Beine, den ganzen Körper. Die Enden banden sie an Pflöcken und Bäumen fest.

Etliche Seile hingen sogar in seinen struppigen Strähnen. Mit jedem Aufbäumen des mächtigen Hauptes fügte er sich neue Schmerzen zu, weil er sich die Haare auszureißen drohte. Das machte ihn noch wütender, aber je ungestümer er tobte, desto mehr setzten ihm die Jäger mit ihren Piken, Sicheln und Mistforken zu. Auch zahlreiche Hunde beteiligten sich an dem Kampf. Zwischendurch fielen immer wieder Schüsse.

»Kannst du den Navigator sehen?«, japste Wilhelm. Sein Blick hetzte auf der Suche nach Sir D'Arcy über den Hang. Schlachtfeld wäre vielleicht das zutreffendere Wort, denn rings um den Koloss herum wälzten sich zahlreiche Jäger vor Schmerzen, manche lagen nur reglos da, seltsam verkrümmt, als habe ihnen der Riese die Glieder verdreht.

»Da ist er, zusammen mit dem Hauptmann und dem Pillendreher!«, keuchte Alroy und deutete nach rechts zu einem Ring aus Fackelträgern, in dem die drei Männer standen wie in einem magischen Bannkreis. Beide Jungen wussten nur zu gut, dass der Erste Phantanaut vom Aberglauben nichts hielt. Weder Beschwörungen noch Kanonen würden ein Monstrum wie dieses besiegen, sondern nur die Macht der Phantasie.

»Ich muss zu ihm«, schnaufte Wilhelm.

»Wir warten besser, bis das Monstrum sich nicht mehr rühren kann. Sollte es sich losreißen, kommen wir nicht mehr so glimpflich davon wie auf der Lichtung.«

»Und wenn die Jäger ihn töten? Ich muss Sir D'Arcy unbedingt erzählen, was der Riese zu mir gesagt hat. Und auch, was ich im Spiegel gesehen ...« Jäh verschlug es Wilhelm die Sprache. Sein Mund blieb offen stehen. Fassungslos starrte er den Hang hinab. Die dort eben noch zum Zerreißen gespannten Stricke und Taue lagen schlaff am Boden.

Der Koloss war verschwunden.

Irgendwo jaulte ein Hund.

Hunderten von Kehlen entfuhr ein gemeinschaftlicher Laut des Erstaunens.

Ein lang gezogener Schrei zog sämtliche Blicke auf sich. »Kunibert!«, klagte ein hagerer Mann, der wie ein Bauer gekleidet war und genau dort stand, wo eben noch das Haupt des Riesen gelegen hatte. Verzweifelt schlug er die Hände vor den Mund, sank auf die Knie und brach kopfschüttelnd über einem hellen Fleck am Boden in Tränen aus.

»Komm!«, rief Wilhelm. So schnell ihn die Beine trugen, lief er zwischen den vor Überraschung gelähmten Jägern hindurch. Hier und da regten sich die vom Riesen Umgemähten. Offenbar hatten viele nur leichte Verletzungen erlitten und waren noch einmal mit dem Schrecken davongekommen.

Ungefähr gleichzeitig trafen die Jungen und Sir D'Arcy bei dem wehklagenden Bauern ein. »Kunibert!«, jammerte er immer noch. »Mein guter, treuer Kunibert.«

Jetzt erst konnte Wilhelm im Licht von Alroys Fackel sehen, was dem Mann solchen Kummer bereitete, oder zumindest ahnte er es, denn zu den Füßen des Jammernden lag ein Häuflein Haare und Knochen.

»War das ... ein *Hund?*«, entfuhr es dem erstaunten Navigator.

Gerade trafen auch Hauptmann Schäffle und sein Hilfsgeneral Dr. Knobloch ein.

Der Bauer wischte sich mit der Hand den Rotz aus dem Gesicht und nickte. Kunibert sei der beste Bluthund gewesen, den er je besessen habe. Und der schönste! Ein schneeweißer Albinorüde.

»Konnten Sie sehen, wie das passiert ist?«

Der Mann schüttelte trübselig den Kopf.

Sir D'Arcy drückte das Kreuz durch, blickte sich zu den anderen Jägern um und rief: »Hat jemand von Ihnen beobachtet, was mit dem Hund passiert ist?«

Die Gefragten antworteten mit ratlosen Mienen, Schulterzucken und weiterem Kopfschütteln.

»I glaub, i hann grad an Bluadhond weglaufa gsäha«, sagte mit einem Mal eine Frau in der Tracht einer Magd. Sie hielt ein Beil in der Hand, auf ihrer Schürze waren Blutflecke.

Wilhelm übersetzte: »Die Dame meint, sie habe gerade so einen Hund weglaufen gesehen.«

Sir D'Arcy musterte die Frau nachdenklich. Dann nickte er verstehend.

Die beiden anderen »Oberjäger« hatten bisher ihm die ganze Aufklärungsarbeit überlassen. Jetzt meldete der wohlbeleibte

Apotheker Bedenken an, in fast dialektfreiem Deutsch. »Halten Sie es für ratsam, Sir D'Arcy, unsere Zeit mit diesem Hund zu vergeuden, während der Riese uns entkommt?«

Der Gefragte lächelte schwach. »Da kann ich Sie beruhigen, Herr Doktor. Den Riesen sind wir los.«

»Des isch net zom lacha«, sagte der Hauptmann.

»Ich habe es auch nicht als Scherz gemeint«, erwiderte der Navigator ernst und deutete auf den Fell- und Knochenhaufen. »Kunibert hat dem Unhold eine neue Gestalt gegeben. Wir haben es hier nicht mit einem normalen Riesen zu tun, sondern mit einem *Wandler.*«

Im Haus des Apothekers kehrte endlich Ruhe ein. Seine Frau, die Kinder und die Dienstmagd hatten sich zu Bett begeben. Nur die Phantanauten saßen noch mit ihm um den Tisch im Speisezimmer herum. Dr. Ignatius Knobloch hatte dem irischen Monsterjäger und seinen beiden Gehilfen spontan Unterkunft angeboten. Inzwischen war es ungefähr zwei Uhr morgens und die vier sprachen immer noch über die Geschehnisse der vergangenen Stunden.

Der Anteil des jungen Grimm am Gespräch war eher dürftig. Er hätte heulen können. Unentwegt musste er an seinen Bruder denken, dem er schon so nahe gewesen und jetzt wieder so fern war. Ob es ihm gut ging? In einer lebensbedrohlichen Lage war er wohl nicht, sonst hätte Wilhelm es gefühlt. Aber mit derselben Gewissheit spürte er, dass die Gelegenheit zur Kontaktaufnahme mit Jacob verpasst war. Die erstaunte Stimme des Apothekers ließ ihn aufhorchen.

»Ein Gestaltwandler?« Das gerötete Gesicht des Doktors glänzte im Kerzenschein, während er ungläubig den Kopf schüttelte. »Als Mann der Wissenschaft fällt es mir schwer, so etwas überhaupt in Betracht zu ziehen.«

Wilhelm nickte unmerklich. Dies würde zumindest erklären, warum so viele unterschiedliche Beschreibungen von dem Besucher aus Ríocht Na Sí im Umlauf waren.

Der Navigator kräuselte die Lippen. »Hand aufs Herz, Herr Doktor: Haben Sie denn an Riesen geglaubt, ehe Ihnen einer in die Quere kam?«

»Nein. Ich hätte jeden für verrückt erklärt, der mir so etwas erzählt.«

Sir D'Arcy nickte gewichtig. »Das ist eben die Gefahr, wenn man sich seiner Sache zu sicher ist: Wissen macht blind, wenn man darüber das Staunen verlernt.«

»Warum hat sich dieser Unhold ausgerechnet die Gestalt eines Hundes ausgesucht? Jemand hätte seine Verwandlung bemerken und den falschen Bluthund abknallen können. Als Maulwurf oder besser noch als Eule wäre er uns viel leichter entkommen.«

»Vergessen Sie bitte nicht Kuniberts Überreste.«

»Sah aus, als sei ein Hundekadaver in der Sonne vertrocknet. Was schließen Sie daraus?«

»Der Wandler kann sich offenkundig wie Pauspapier auf ein

anderes Lebewesen legen und damit dessen Aussehen übernehmen. Vom Original bleibt dann nur noch übrig, was wir gesehen haben: ein paar vertrocknete Felllappen und Knochen.«

Alroy räusperte sich.

»Du willst zu unserem Gespräch beitragen, Master Alistair?«, fragte der Navigator.

»Wenn ich Sie richtig verstehe, Sir, dürfen wir nicht länger nach einem Riesen suchen, sondern nach einem Hund.«

Wilhelm schnaubte. »Es gibt fast so viele Köter wie Fliegen. Wie sollen wir da einen bestimmten finden?«

Sir D'Arcy lächelte. »Wir suchen einen *Bluthund*, meine Herren. Das schränkt den Kreis der Kandidaten ein.«

Der Apotheker nickte zustimmend. »Davon gibt es hier in der Gegend nicht viele.«

»Wahrscheinlich immer noch genug«, wandte Wilhelm ein. »Gerade ist der 18. Juni angebrochen. In drei Tagen ist Mittsommer und ...«

»Er hat dir selbst verraten, wie wir ihn finden können«, unterbrach ihn Sir D'Arcy.

»*Mir?* Wann?«

»Ja, dir, Wilhelm. Als er dich für den Hüter des Tores hielt. Ich wette, damit hat er den Blautopf gemeint. Dort sind sich unsere Welt der Sinne und Jacobs Traumreich am nächsten. Deshalb dürfte auch der Riss im Phantaversum am ehesten dort als anderswo klaffen. Außerdem fürchtete sich der Riese davor, ›abgeschnitten‹ zu werden.«

»Auf die Gefahr hin, dass Sie mich für begriffsstutzig halten, Sir, aber ich kann mir keinen Reim darauf machen.«

»Offenbar bist du nicht der Einzige, Wilhelm, der irgendwie Kontakt zu einer anderen Welt hält. Denke an den Zwerg, den du im Spiegel gesehen hast. Vielleicht ist er ein Komplize des Wandlers. Oder sogar dessen Bruder, so wie Jacob der deine ist. Ich schlage vor, wir kehren schleunigst dorthin zurück, wo wir gerade hergekommen sind. Es würde mich nicht wundern, wenn wir dem falschen Hund unterwegs begegnen.«

Die weiße Schlange

Ríocht Na Sí
2. Tag

Er hatte sein Spiegelbild verloren. Schon die Vorstellung ließ Jacob schaudern. Aber genau so war es. Die Steine im Kristallmeer reflektierten alles – das Tal, die umliegenden Berge, sogar das Einhorn –, aber ihn, den Reiter aus der Welt der Sinne, zeigten sie nicht.

Vermutlich konnte er deshalb nicht mit Wilhelm in Verbindung treten. Drei- oder viermal hatte er es in den vergangenen anderthalb Tagen schon probiert. Immer vergeblich. So auch jetzt. Das Haar des Bruders lag auf einer achteckigen, oben spiegelglatten, brusthohen Kristallsäule. Jacob konnte spüren, wie angestrengt auch Wilhelm den Kontakt zu ihm suchte, aber es tat sich nichts. Auf der glatten Fläche war nur der Himmel zu sehen.

Ein Windstoß wehte das Haar von dem Kristall. Jacob unterdrückte einen Fluch. Hätte er doch nur den Spiegel nicht verloren!

Die Einhorndame wandte den Kopf, als habe sie seine klagenden Gedanken vernommen, und sagte etwas mit ihrer Waldhornstimme.

»Hab schon verstanden«, krächzte Jacob. »Wir müssen weiter.« Er war so erschöpft, dass ihm jedes Wort Mühe bereitete.

In den großen Augen des Fabelwesens wirbelten goldene Flocken, als es zustimmend nickte. Dann begann es, wieder zu laufen.

Jacob saß nun schon seit fast zwei Tagen auf dem Rücken des Einhorns. Nachts hatte er gefroren und jetzt brannte die Sonne wieder unbarmherzig auf ihn nieder. Seine Augen fielen vor Müdigkeit zu und ihn schmerzte jeder Knochen im Leib, weil er selbst zum Schlafen nicht abgestiegen war. Er fürchtete, die scharfkantigen Kristalle könnten sich durch seine Schuhsohlen bohren, denn sogar das trittsichere Einhorn war vor Verletzungen nicht gefeit. Es hatte sich zahlreiche Schnittwunden zugezogen, seine schlanken Fesseln waren blutig rot.

Kein Wunder also, dass seine Nerven blank lagen. Jacobs Magen knurrte wie ein Wolf. Aber das war nicht einmal das

Schlimmste, denn der Hunger hatte ihn seit dem Tod des Vaters des Öfteren heimgesucht. Viel schlimmer war für ihn der Durst. Er hatte seit dem Aufbruch von der Klippe keinen Tropfen mehr getrunken. Wäre das Kristallmeer doch nur das, wonach es anfangs ausgesehen hatte, ein großer See …

Jacobs Gedanken gerieten jäh ins Stocken, als er wieder die Augenlider hochstemmte und vor sich ein großes Schiff gewahrte. Es hielt mit geblähten Segeln direkt auf ihn zu. Die Kristalle knirschten und splitterten, während der Kiel des Dreimasters durch sie hindurchpflügte. Gleich würde er auch den Reiter und das Einhorn zermalmen.

Aber es lief einfach weiter.

»Pass auf!«, brüllte er.

Es blieb auf der Stelle stehen.

Jacob reagierte weniger flink. Im weiten Bogen flog er über den Hals des Fabeltiers hinweg. Bei der unsanften Landung am Boden hatte er riesiges Glück, nicht von spitzen Kristallen aufgespießt zu werden, weil er genau auf ein sandiges Fleckchen fiel. War der Abwurf Absicht gewesen? Wollte das Einhorn ihn umbringen …?

Wieder gerieten seine Gedanken ins Stolpern, weil mittlerweile das Segelschiff wie ein Berg vor ihm aufragte. Er stieß einen gellenden Schrei aus.

Während er noch vor Angst kreischte, rauschte der Dreimaster mitten durch ihn hindurch.

»Es ist nicht echt«, keuchte Jacob. »Nur eine Fata Morgana!«

Er glaubte den Verstand verlieren zu müssen. Dabei hatte ihm diese Wüstenei in den letzten Stunden unablässig solche Trugbilder vorgegaukelt, eins verstörender als das andere: einen Kristallsplittersturm, ein heranstürmendes Reiterheer, eine in Panik geratene Büffelherde …

Das Fabelwesen kam auf ihn zu und senkte sein langes Horn auf ihn herab. Jacob schnappte nach Luft. Wollte es ihm etwa den Gnadenstoß geben? Erschöpft wie er war, konnte er weder fliehen noch klar denken. Wäre ein Ende mit Schrecken nicht sowieso besser als ein Schrecken ohne Ende? Langsam zu verhungern und zu verdursten …

Abermals stockte er mitten im Grübeln, als ihm eine einzelne Träne aus dem Auge des Einhorns genau in den Mund tropfte. Sein Leiden hatte es abermals gerührt.

Mit einem flauen Gefühl im Magen erwiderte Jacob den Goldglitzerblick des anmutigen Geschöpfes. Auf seiner Zunge verbreitete sich ein Aroma so süß wie Honig. Am Tag zuvor hatte eine solche Träne den blutigen Stumpf des abgeschnittenen Fingers geheilt und ebenso schnell wurde jetzt Jacobs Durst gelöscht. Das Magenknurren indes blieb ihm erhalten.

Ein ferner Schrei lenkte seine Aufmerksamkeit unvermittelt zum Himmel.

Auch das Einhorn riss den Kopf nach oben.

Ein Schatten kreuzte den gleißenden Sonnenball.

Jacob rappelte sich stöhnend vom Boden hoch. Was war das nun wieder? Etwa die nächste Fata Morgana? Nein, widersprach er dem eigenen Gedanken. Auf die bisherigen Trugbilder hatte das Fabelwesen nicht reagiert. Hier aber verfolgte es angespannt das vorüberfliegende Geschöpf. Er beschirmte seine Augen mit der Hand.

Nach kurzem Suchen machte er in großer Höhe einen riesigen Adler aus, in dessen Klauen sich eine Schlange wand. Ihre Gegenwehr war so heftig, dass er sie plötzlich fallen ließ.

Jacob stockte der Atem, weil sie direkt auf ihn zuraste. Anstatt auszuweichen, verfolgte er gebannt die Flugbahn des Reptils. Es würde ihn unweigerlich am Kopf treffen …

Das Einhorn stupste Jacob sanft in die Seite. Er zuckte zusammen und duckte sich im letzten Moment.

Die Schlange rauschte über ihn hinweg, schlug mit dumpfem Geräusch auf und blieb mit geschlossenen Augen reglos am Boden liegen.

»D-danke«, stotterte der Junge, während er argwöhnisch den schneeweißen Schlangenkörper beobachtete. Dieser war etwa zweieinhalbmal so lang wie Jacobs Arm und ungefähr genauso dick. »Ich glaube, die ist hin.«

Das Fabelwesen lief zu dem Reptil und stieß es mit dem Horn an. Die weiße Schlange rührte sich nicht. Offenbar hatte sie den Sturz nicht überlebt.

»Die hat uns wahrlich der Himmel geschickt«, sagte er. Er verspürte mit einem Mal ein unbändiges Verlangen, das verendete Tier aufzuessen. Normalerweise hätte ihn der Ekel davon abgehalten, zumal er nicht einmal Feuer machen konnte, um das Fleisch zu garen, aber der unerklärliche Heißhunger erstickte jeden Widerwillen. Jacob zückte den Hirschfänger und schleppte sich zu dem Kadaver.

Das Einhorn musterte ihn fragend, wie es ihm schien.

»In der Not frisst der Teufel Fliegen«, erklärte er leichthin. Ohne langes Federlesen zerteilte er das Tier in mundgerechte Stücke und begann es zu verzehren.

Das Fleisch war ebenso weiß wie die Haut, die er verschmähte, und der Geschmack erwies sich als unerwartet gut. Ein wenig wie Kaninchen, dachte Jacob und ließ sich im Schneidersitz auf dem Boden nieder. Unter den gleichmütigen Blicken des Einhorns arbeitete er sich zunächst von der Mitte der Schlange bis zur Schwanzspitze vor. Er konnte spüren, wie jeder Bissen neue Kraft in ihm weckte, doch sein Hunger war immer noch nicht ganz gestillt.

Also verputzte er auch noch die zweite Hälfte. Je voller sein Magen wurde, desto unachtsamer ging er mit den Brocken um, die gelegentlich zu Boden fielen. Zum Schluss war nur noch der Kopf übrig. Jacob überlegte nicht lange. Bis zur nächsten Mahlzeit mochten womöglich Tage vergehen. Er zielte mit dem Hirschfänger auf das Reptilienhaupt, um es kurzerhand aufzuspießen.

Plötzlich öffnete die Schlange die Augen und aus ihrem Maul schob sich eine gespaltene Zunge.

Er fuhr erschrocken zurück.

»Bist du immer noch nicht satt?«, fragte da der Schlangenkopf mit zischelnder Stimme.

»Du musst eine Fata Morgana sein«, keuchte Jacob.

»Nein, ich bin Mutter Natter, die Urahnin aller weißen Schlangen von Ríocht Na Sí. Ich habe dir gestattet, meinen Körper zu essen, weil du am Verhungern warst. Offen gestanden machte ich mein Fleisch sogar unwiderstehlich, damit dir nicht dein Abscheu zum Verhängnis wird. Aber nun bitte ich dich, wenigstens mein Haupt zu verschonen. Dann werde ich mich bald wieder erholen.«

Jacob hütete sich, den Kopf der Schlange anzutasten. Vielleicht war ihr Biss giftig. Aber die zuvor achtlos liegen gelassenen Brocken raffte er gierig vom Boden auf und stopfte sie in die Taschen. Danach musterte er begehrlich den Kopf.

»Schau mich nicht so an wie ein hungriger Marder«, sagte die weiße Schlange.

»Wieso nicht? Ich *bin* fast verhungert, wie du ganz richtig bemerkt hast. Wenn ich dich leben lasse, könnte es am Ende mein Schaden sein. Was gibst du mir, damit ich dich verschone?«

»Du hast deinen Lohn doch schon bekommen«, zischelte sie verschnupft.

»Du meinst den vollen Magen? Ist dein Leben nicht mehr wert?«

»Ich rede davon, dass du durch mein Fleisch die Sprache der Tiere in dir aufgenommen hast.«

Jacob stutzte. Er sah das Einhorn an. »Kannst du mich jetzt auch verstehen?«

»Das konnte ich schon von Anfang an«, antwortete es mit einer Stimme, deren Klang nach wie vor dem Waldhorn ähnelte, zugleich aber sehr weiblich war.

Er sah wieder die weiße Schlange an. Wenn sie Derartiges zu vollbringen vermochte, konnte sie ihm dann vielleicht auch dabei helfen, dem Monstrum auf die Schliche zu kommen? Trotzig entgegnete er: »Du magst mir zu neuer Kraft verholfen haben, aber nur durch List und Tücke. Entgegen meinem Willen hast du mich betört, um meinen Ekel vor dir zu ersticken. Ich will aber mein eigener Herr sein und mir nicht von einer Schlange die Gier nach ihrem rohen Fleisch vorgaukeln lassen. Warum sollte ich dich also verschonen? Für dein Leben musst du mir schon etwas Besseres anbieten.«

Die gespaltene Zunge der weißen Schlange zitterte nervös, während ihre grünen Augen ihn lauernd beobachteten. »Und was hast du dir vorgestellt, zorniges Menschenkind?«

»In meiner Heimat, der Welt der Sinne, treibt seit einiger Zeit ein Riese sein Unwesen. Er muss durch einen Spalt im Phantaversum aus Ríocht Na Sí gekommen sein. Verrate mir seinen Namen.«

»Er heißt Athrú«, sagte das Einhorn. Es wandte sich der weißen Schlange zu. »Nichts für ungut, Mutter Natter.«

»Ist schon in Ordnung. Ich kann Euch verstehen. Als Torwächterin von Ríocht Na Sí muss es Euch mächtig wurmen, dem Wandler auf den Leim gegangen zu sein. Hättet Ihr ihn erkannt und mit seinem Namen angesprochen, wäre er wohl nicht an Euch vorbeigekommen.«

Jacob schüttelte verwirrt den Kopf. »Torwächterin? Wandler? Ich verstehe kein Wort.«

»Eigentlich sollte unsere elfenbeinfarbene Schönheit eine Königin sein«, merkte die weiße Schlange an. »Ihr Vater trug als Letzter den Titel ›Hüter der Harmonie‹. Er wurde von einem bösen Zauberer ermordet, der …«

»Du solltest unseren jungen Freund nicht noch mehr verwirren, als er es ohnehin schon ist«, ging die Torwächterin dazwischen, als sei ihr das Thema unangenehm. Sich wieder an Jacob wendend, erklärte sie: »Wir Einhörner beschützen die Pforten vieler Welten. Der neue König hat im Schloss der Goldenen Sonne einen Bann über mich ausgesprochen, weil ich angeblich meine Pflicht vernachlässigt habe. Er wirft mir vor, ich hätte Athrú durch die Quelle der Erleuchtung entkommen lassen. Aber ich bin überzeugt, der zwergenhafte Henker, der mich in der Grotte mit einer verwunschenen Kette festgekettet hat, war kein anderer als der Körperdieb.«

»Ein *Körperdieb*? Ich verstehe immer noch nicht, was du meinst.«

»Es heißt, Athrú hätte weder Vater noch Mutter, sondern sei vor langer Zeit im Andersmoor von einem Schlammloch ausgespuckt worden. Ob an dieser Geschichte etwas dran ist, kann ich nicht sagen, aber auf jeden Fall ist seine äußere Erscheinung so formbar wie feuchte Erde: Er kann die Gestalt von jedem annehmen, den er berührt. Nur dann nicht, wenn einer seinen Namen kennt und ihn damit anspricht. Aber sobald dieser jemand ihn auch nur einmal anders nennt – ›Spitzbube‹ etwa, ›Blaubart‹ oder ›Wandler‹ –, ist der Bann gebrochen und man ist ihm wieder ausgeliefert. Wehe man kommt ihm dann zu nahe!«

Jacob schluckte. »Was genau passiert dann?«

»Vom ursprünglichen Besitzer der geraubten Gestalt bleibt meistens so viel übrig wie von einem Kadaver, nachdem die Maden mit ihm fertig sind. Ich bin nicht zufällig auf einen Zwerg hereingefallen, den ich gut zu kennen glaubte. Vom kleinen Volk leben nämlich mehrere Sippen in den Klippen am Meer der Träume. Athrú hat meinem Freund die Gestalt geraubt, um mich zu überlisten.«

»Und deshalb ist Ihre Hoheit, die Torwächterin, sauer auf ihn«, fügte die weiße Schlange hinzu. »Er war schon immer ein unangenehmer Geselle, aber bisher einer von der harmlosen Sorte, der seine Spielchen mit vernunftlosen Tieren treibt. Doch jetzt ist er gemeingefährlich geworden.«

»Tut mir leid, was mit deinem Freund passiert ist«, sagte Jacob beklommen. »Ich habe übrigens gestern auch einen Zwerg gesehen, kurz nachdem wir aus deiner Grotte entkommen sind.«

»Das war vermutlich ein anderer. Du suchst ja nach einem Riesen«, sagte das Einhorn.

»Weiß jemand von euch, wie man diesen Athrú fangen kann? Hat er eine verwundbare Stelle?«

»Das habe ich dir doch gerade erklärt.«

»Ja, schon. Ihn mit seinem Namen zu bannen, damit er einem nicht den Körper stiehlt, ist ja gut und schön, aber gefährlich bleibt er trotzdem. Ich habe ausgewachsene Bäume gesehen, die von ihm wie Strohhalme umgeknickt wurden. Kann man irgendwie Gewalt über ihn erlangen? Mein Bruder in der Welt der Sinne muss das wissen, damit er ihn wieder hierher zurückschicken kann.«

Die beiden Fabeltiere verneinten.

Jacob sah missmutig den körperlosen Kopf an. »Was soll ich jetzt damit anfangen? Ich hätte gute Lust, dich trotzdem aufzuessen.« Das war nicht ganz ernst gemeint, sondern eher ein Ausdruck seiner Unzufriedenheit.

»Wenn du mich verschonst«, antwortete die Schlange rasch, weil sie seine Bemerkung für bare Münze nahm, »will ich dir deine Gabe verraten. Sie kann dir zum Sieg über Athrú verhelfen, sofern du sie weise nutzt.«

»Meine … Gabe?«

»Die Quelle der Erleuchtung verändert jeden, der in sie eintaucht«, erläuterte das Einhorn.

Jacob entsann sich einer ähnlichen Bemerkung, die Sir D'Arcy am Morgen des Abschieds geäußert hatte, und richtete das Wort wieder an die Schlange. »Dann sprich, Mutter Natter. Was steckt in mir, das ich nicht schon kenne?«

»Du besitzt einen *grünen Daumen.*«

»Wie bitte?«

»Du kannst jeden außer dir selbst in eine Pflanze verwandeln – und ihm auch wieder seine frühere Gestalt zurückgeben.«

Jacob betrachtete nachdenklich einen faustgroßen Kristall, der am Rande des sandigen Fleckens lag. »Geht das auch mit toten Gegenständen?«

»Ja. Ein Gedanke von dir genügt, und sobald du das Ding berührst, wird es zu einem Baum, einem Grashalm oder was immer deine Phantasie der Pflanzenwelt entnimmt.«

Er lief zu dem rundlichen Kristall, hob ihn vom Boden auf und schloss die Augen. Ihm ging durch den Sinn, was Tante Zimmer – sie diente der Kurfürstin Karoline in Kassel als Kammerfrau – einmal über Chinaäpfel erzählt hatte. Die saftigen Früchte hätten die Farbe der untergehenden Sonne und schmeckten ganz köstlich. Landgraf Karl habe zur Überwinterung der exotischen Bäume eigens ein Haus bauen lassen. Diese »Orangerie« …

Jacobs Gedankenstrom riss plötzlich ab, weil in seiner Hand nicht mehr der Kristall, sondern eine gelbrote Frucht lag.

Der Schlangenkopf zischte überrascht. »Die Gabe in dir

muss sehr stark sein, wenn die Verwandlung gleich beim ersten Mal gelingt. Was ist das für ein Obst?«

»Mir ging ein Apfel aus China durch den Sinn – ich würde sagen, das ist eine *Apfelsine.*« Er biss hinein. Sie schmeckte tatsächlich wie ein süßer, saftiger Apfel, eben so, wie sich Jacob eine Orange vorstellte. Sein Blick schweifte über das Kristallmeer, während er mit vollem Mund hinzufügte: »Hättest du mir das nicht früher verraten können? Dann wäre dir und mir einiges erspart geblieben.«

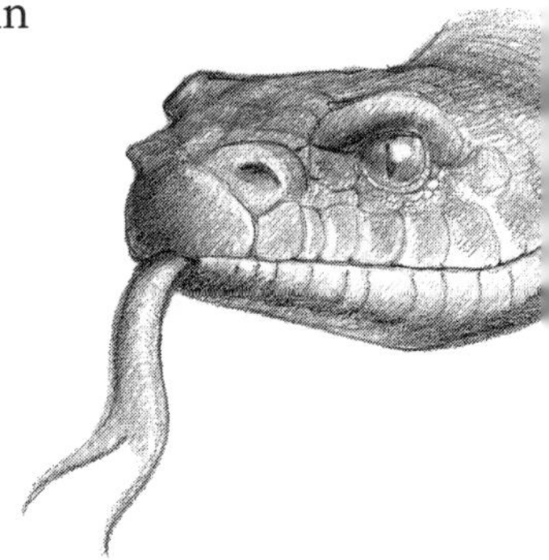

»Es war richtig so, wie es gekommen ist«, nahm erneut das Einhorn den Gesprächsfaden auf. »Sonst hätten wir nicht miteinander reden können, Meister Spross. Und die weißen Haare stehen dir auch ganz gut.«

Er fuhr sich erschrocken mit der Hand durch den Schopf. »Meine Haare sind *weiß* geworden?«

»Ja. Man kann nichts gewinnen ohne die Bereitschaft dafür etwas anderes zu opfern. Hast du das nicht gewusst? Du wolltest mein Leben retten und es hat dich einen Finger gekostet. Für die Sprache der Tiere musstest du mit der Farbe deines Haars bezahlen. Aber du besitzt weitere *neun* Finger, und du hast immer noch Haare auf dem Kopf. Summa summarum bist du reicher als zuvor.«

Jacob betrachtete nachdenklich den Schlangenkopf. »Ich denke, du hast für heute genug gegeben, Mutter Natter.«

Ihr breites Maul schien erleichtert zu lächeln. »Ich danke dir, Meister Spross. Wenn du uns von dieser Landplage Athrú befreist, dann war es die Unbequemlichkeiten wert.«

»Warum nennt ihr mich Meister Spross?«

»Die Torwächter geben jedem, den sie passieren lassen, einen neuen Namen«, antwortete das Einhorn. »Da du nun ein Grünfinger bist, soll der deine ›Meister Spross‹ sein. Verrate ihn niemandem, dem du nicht trauen kannst, denn wer deinen wahren Namen kennt, besitzt auch Macht über dich. Vorerst will *ich* über dich wachen, weil du mir das Leben gerettet hast. Ich werde dir dienen, solange Athrú deine Welt bedroht.«

»Und nebenbei würde Euer Ruf wiederhergestellt«, zischelte die weiße Schlange.

Die Torhüterin senkte drohend ihr Horn. »Du solltest besser deine gespaltene Zunge im Zaum halten und dich um das Nachwachsen deines Körpers kümmern, Mutter Natter.«

»Ich habe lediglich die Wahrheit gesagt, Hoheit. Ihr habt den Wandler entwischen lassen und der Riss im Phantaversum wird sich nicht schließen, ehe Ihr Euren Fehler wiedergutgemacht …«

»Genug!« Das Einhorn stampfte mit dem Fuß auf, dass der Staub aufwirbelte. Um ein Haar hätte es den geschwätzigen Reptilienkopf zermalmt.

Die weiße Schlange grub sich schnell im Boden ein. Das

Letzte, was Jacob von ihr sah, war die Zunge. »Wolltet Ihr Meister Spross etwa im Ungewissen lassen, wem er sich anvertraut?«, tönte es noch aus dem Sand. Dann war der Kopf ganz verschwunden.

Jacob betrachtete scheu das Einhorn.

»Du hast von mir nichts zu befürchten«, sagte es, ohne den Blick von der Stelle zu nehmen, wo die weiße Schlange verschwunden war. Erst als sicher schien, dass sie nicht wieder auftauchte, wandte es sich dem Jungen zu. »Die Zunge von Mutter Natter ist nicht ohne Grund gespalten. Sie spricht die Wahrheit und sät zugleich Zweifel ins Herz. Aber lass dir gesagt sein, Jacob: Misstrauen kann dich aller Freunde berauben, bis du am Ende einsam und allein dastehst.«

»Eine gesunde Vorsicht hat noch niemandem geschadet.«

»Das ist richtig. Ich stehe tief in deiner Schuld, aber wenn du willst, dass sich unsere Wege hier trennen, dann soll dein Wunsch mir Befehl sein.«

Jacob blickte auf das glitzernde Kristallmeer hinaus. Ohne das Einhorn wäre er in dieser Ödnis verloren. Als sein Blick zu dessen blutigen Fesseln zurückkehrte, schüttelte er beschämt den Kopf. »Nein. Verzeih mir bitte. Seit gestern habe ich so viel durchgemacht, dass in meinem Kopf alles ganz verworren ist.«

Die Torwächterin kehrte zu ihm zurück und senkte das Haupt. »Du brauchst dich nicht zu entschuldigen. Steig auf, Meister Spross. Je schneller du das trügerische Gefunkel dieser Steine hinter dir lässt, desto eher wirst du einen klaren Kopf kriegen. Du bist der Schöpfer von Ríocht Na Sí, nicht wahr?«

»Wie kommst du darauf?«, fragte Jacob überrascht.

»Es hat mit der Geschichte dieses Tals zu tun. Vor langer Zeit haben die Zwerge in den Bergen ringsum den Feuerkristall gesucht, einen Stein, der immer die Wahrheit zeigt. Glaubt man den Gnomen, dann war ihre Mühe vergeblich. Was hier überall funkelt und glitzert, ist der Abraum ihrer jahrhundertelangen Grabungstätigkeit. Für die Zwerge war es nur wertloser Schutt, weil die Kristalle hier im Tal nur das widerspiegeln, was in deiner Phantasie existiert. Das ist der Grund, weshalb du dich darin nicht sehen kannst.«

»Willst du damit sagen, dich und die weiße Schlange und diese ganze Welt gibt es überhaupt nicht?«

»Solange du uns in deinem Sinn bewahrst oder das Wissen um unsere Existenz mit anderen Menschen teilst, sind wir genauso wirklich wie du. Wäre es anders, hätte der Wandler nicht durch den Spalt im Phantaversum entkommen können.«

»Hast du wirklich keine Ahnung, wie wir ihn wieder nach Ríocht Na Sí zurückholen können?«

»Nein. Aber es gibt da jemanden. Die Weise vom Glasberg. Sie könnte es wissen. Allerdings soll es ziemlich gefährlich sein …«

»Dann nichts wie hin«, unterbrach Jacob das Einhorn und schwang sich mit neuer Zuversicht auf dessen Rücken.

Die Torwächterin zögerte.

»Warum reiten wir nicht?«, fragte er ungeduldig.

»Ich kenne die Weise nur aus den Erzählungen der Zwerge, die große Bewunderer ihres Hausberges sind.«

Er stöhnte. »Du meinst, du hast keinen blassen Schimmer, wie wir zu ihr kommen?«

»Als junges Einhorn habe ich den Glasberg manchmal aus großer Ferne gesehen. Ich hielt ihn damals für genauso unerreichbar wie den Mond und habe meinen Vater nie nach dem Weg dorthin gefragt. Doch ich weiß von einem Mann, der uns vielleicht weiterhelfen kann.«

»Und dessen Adresse ist dir bekannt?«

»Sagen wir, ich habe eine ungefähre Ahnung, wo er haust.«

»Du lieber Himmel! Müssen wir noch jemand Drittes aufsuchen, der uns genau sagen kann, wo dieser Mann wohnt, der uns sagen kann, wo die Weise wohnt?«

»Ich denke nicht. Einhörner haben sehr feine Sinne. Es sollte mir gelingen, ihn aufzuspüren. Aber ich muss dich warnen, Meister Spross. Das Haus der Weisen steht ganz oben auf dem Glasberg. Man erzählt sich, er sei dreimal so riesig wie ein gewöhnlicher hoher Berg und dazu so glatt wie ein Spiegel. Wer immer bisher den Aufstieg wagte, ist daran gescheitert.«

»Du meinst …?«

Das Einhorn nickte. »Kein Kletterer ist jemals zurückgekehrt.«

Der Wicht

Ríocht Na Sí
2. Tag

Als der Abend nahte, erschwerte zunehmend Dunst die Sicht. Im Tal herrschte eine drückende Hitze. Es war in den zurückliegenden Stunden breiter geworden und die Kristalle bedeckten den Boden nicht mehr so dicht. Jacob erblickte vor sich einen Streifen dichter Vegetation und glaubte schon das Schlimmste hinter sich zu haben – ein Trugschluss, den er bald bereuen sollte.

»Ist das da hinten ein Wald?«, fragte er das Einhorn.

»Ja, der Immerwald«, antwortete es. »Er heißt so, weil er schon immer da war. Davor gibt es einen Weiher mit saftigen Wiesen und ein paar Findlingen drumherum. Im Windschatten eines der Felsen können wir die Nacht verbringen.«

Je geringer die Gefahr wurde, sich an den scharfkantigen Kristallen zu verletzten, desto schneller lief das Einhorn. Bald konnte Jacob einzelne Bäume, Sträucher und glatte Felsen auf der dem Wald vorgelagerten Grasfläche erkennen und dann entdeckte er auch den im Abendlicht funkelnden kleinen See.

Unvermittelt blies ihm ein eisiger Wind ins Gesicht und der Himmel verdunkelte sich. Von Norden her zogen schwarze Wolken auf, so rasch, als puste sie ein gigantischer Blasebalg über die schneebedeckten Berggipfel hinweg. Der Wetterumschwung kam so plötzlich wie damals im Wald bei Steinau. Jacob spürte, wie ihn der Schwanz des Einhorns von hinten umfasste.

»Halt dich fest, Meister Spross.«

Ein Grollen ging durch das Tal.

»Was passiert da?«, rief er bang.

»Nichts Gutes, fürchte ich.«

Staubfahnen huschten wie geisterhafte Schemen über die Talebene. Auch an seiner Kleidung zerrten die unberechenbaren Windböen. Er beugte sich weit vor und umklammerte den Hals des Einhorns. »Das hat mit dem Riss im Phantaversum zu tun, stimmt's?«

»Das vermute ich jedenfalls. Seit Athrú mir entwischt ist, spielt die Natur verrückt. Du hast so etwas schon früher erlebt?«

»Ja, an einem warmen Frühlingstag ist plötzlich ein Schneesturm ausgebrochen.«

»Wenn es dabei bliebe, wäre ich froh.«

Der Boden begann zu beben. Dadurch wurde noch mehr Staub aufgewirbelt, der die Sicht erschwerte. Trotzdem lief das Einhorn nicht etwa langsamer, sondern presste stattdessen die letzten Kraftreserven aus sich heraus. Bald lag über dem Tal ein schwarzes Wolkentuch, aus dem immer wieder Blitze zuckten. Nur im Westen, über dem Immerwald, war noch ein Silberstreif zu sehen.

Während das Einhorn im gestreckten Galopp über die Ebene

preschte, wurde Jacob heftig durchgeschüttelt. Der Wind pfiff ihm in den Ohren und die krachenden Donnerschläge machten ihn fast taub. Dadurch bemerkte er das Klirren um sich herum erst, als es schon ziemlich laut geworden war.

Mit einem Mal sah er überall glitzernde Steine himmelwärts fliegen. Anfangs schwebten nur die kleineren und leichteren empor, aber bald lösten sich immer größere Kristalle aus dem sandigen Grund.

»Schneller«, rief er entsetzt, »sonst verlieren wir den Boden unter den Füßen!«

Das Einhorn lachte freudlos. »Das dürfte unser geringstes Problem sein. Gleich wird es hier Kristalle hageln.«

Jacob lief eine Gänsehaut über den Rücken. War der Kristallsplittersturm, den er vor Stunden für eine Fata Morgana gehalten hatte, in Wahrheit eine Vision gewesen, eine ins Bewusstsein geschwemmte Vorahnung aus den Quellen seiner Phantasie? Viele der umherwirbelnden Steine waren jedenfalls so scharf wie Glassplitter. »Vielleicht kann ich sie in trockenes Herbstlaub verwandeln.«

»Dazu müsstest du sie erst *berühren.*«

Das hatte er ganz vergessen. Es blieb ihm nichts anderes übrig, als auf die Schnelligkeit des Einhorns zu vertrauen. Bange spähte er nach oben, wo sich das Gleißen der Blitze vielfarbig in Abertausenden Kristallen brach. Ginge nicht eine tödliche Gefahr von ihnen aus, er hätte das bunte Lichterspiel wohl genossen.

Sein Blick wanderte wieder nach vorn. Der Himmel über dem Grasland am Talausgang war nach wie vor wolkenlos. Wenn sie bis dorthin kämen, wären sie gerettet. Aber würden sie das schaffen? Jacob konnte spüren, wie die Tritte der Torhüterin immer leichter wurden. Gleich konnte auch sie zu fliegen beginnen …

Plötzlich schien die Natur den Atem anzuhalten. Der Wind verstummte und das Wetterleuchten zog sich lautlos aus den Wolken zurück.

»Das ist jetzt weniger gut«, keuchte das Einhorn. Nur das schnelle Trommeln seiner klauenbewehrten Füße war noch zu hören.

»O nein!«, jammerte Jacob. Er ahnte, was nun folgen würde. Und genau so kam es auch.

Das Gewicht kehrte in die schwebenden Kristalle zurück und sie verwandelten sich einen tödlichen Hagelschauer.

Die Entfernung bis zum Talende betrug noch ungefähr einen Bogenschuss. Viel zu weit, dachte Jacob, während sie in rasender Geschwindigkeit auf die rettende Grasfläche zustürmten. Gleich würden die ersten Steine sie erreichen. Er riss die Hände hoch, eine verzweifelte Geste, die angesichts der messerscharfen Kristalle eher hilflos wirkte.

Die Füße des Einhorns schienen den Boden kaum noch zu berühren, während es im Zickzacklauf den herabfallenden Kristallbrocken auswich. Die Wiese flog förmlich auf das Fabelwesen und seinen Reiter zu.

Als Letzterer nach oben blickte, sah er einen riesigen Splitter, der wie ein umgekehrter Kirchturm auf ihn niederstürzte. Zum Ausweichen war es schon zu spät, selbst zum Nachdenken fehlte die Zeit. Jacob schrie ein einzelnes Wort heraus.

»Laub!«

Sein »grüner Daumen« war offenbar zu träge, um die gewaltige Masse in einem Nu zu verwandeln. Jacob spürte einen ziehenden Schmerz, als sich der Splitter in seine rechte Handfläche bohrte, ehe er sich in Abertausende trockener Blätter verwandelte.

Das Einhorn preschte durch die wirbelnde Wolke hindurch und rief: »Danke, Meister Spross. Jetzt bin ich dir schon zwei Leben schuldig.«

Einen Moment lang verschwamm alles vor Jacobs Augen. Er stand kurz davor, die Besinnung zu verlieren. Seine verletzte Hand tat mindestens so weh wie am Tag zuvor, als er sich den kleinen Finger abgeschnitten hatte. Ihm war so schwindelig, dass er seitlich abrutschte und nichts dagegen tun konnte.

Auf einmal spürte er neuen Halt. Der erstaunliche Schwanz der Torwächterin hatte zugepackt und schob ihn auf ihren Rücken zurück.

»Du bleibst schön oben«, rief sie. Nur noch wenige Sprünge trennten die zwei von dem rettenden Grün.

Während er noch benommen blinzelte, sah er aus den Augenwinkeln über sich einen Schatten. Sein Kopf ruckte hoch und ihn durchfuhr ein Schauer.

Ein ganzer Schwarm von Kristallen stürzte auf sie herab, viel zu viele um ihnen noch auszuweichen. Und halb ohnmächtig wie Jacob war, würde er sein Kunststück von eben auch nicht wiederholen können. Irgendwie irrwitzig, dachte er, mein eigener Traum bringt mich um.

Die Kristallwolke hatte die beiden schon fast erreicht, als unvermittelt das Horn der Torwächterin erstrahlte. Eine Kugel aus grünem Licht umhüllte sie samt dem Reiter. Dann schlugen die tödlichen Hagelkörner auch schon in den leuchtenden Kokon ein und entfachten ein Feuerwerk aus gleißenden Funken. Jacob wurde geblendet. Ein ohrenbetäubendes Zischen drohte ihm die Trommelfelle zu zerreißen. Im nächsten Moment schien sich das Einhorn unter ihm in Luft aufgelöst zu haben und er wirbelte herum wie eine vom Sturm ausgerissene Vogelscheuche. Sehen konnte er dabei nichts, weil vor seinen Augen Sterne tanzten. Aber er spürte recht eindrucksvoll die Landung im Gras. Sie fühlte sich in etwa so an wie der Zusammenprall mit einem wütenden Stier. Reglos blieb er auf dem Rücken liegen.

Eine unangenehme Weile lang vermochte er weder zu atmen noch zu denken. Alles tat ihm weh. Sogar die Haarspitzen schienen zu schmerzen. Überdies hatte sich in seine Ohren ein schrilles Pfeifen eingenistet und das Flimmern vor den Augen wollte auch nicht nachlassen. All diese Irritationen bestärkten ihn in der Annahme, dass wenigstens er noch lebte ...

Und das Einhorn?, schoss es ihm durch den Sinn.

Ächzend wälzte er sich auf den Bauch herum und hob den Kopf. Verschwommen sah er vor sich einen großen weißen Körper im Gras liegen.

»Nein!«, keuchte er.

Ungeachtet der schmerzenden Glieder kroch er zu der reglosen Torwächterin und kniete sich neben sie. War sie tot? Der Gedanke trieb Jacob Tränen in die Augen. Das durfte einfach nicht sein! Weinend nahm er ihren Kopf in die Hände und flüsterte sanft: »Ihr dürft nicht sterben, Königin. Diese Welt braucht ihre Hüterin der Harmonie.«

Mit einem Mal spürte er, wie der Schmerz in seiner rechten Handfläche versiegte. Überrascht zog er den Arm zurück und betrachtete dabei die Wunde. Er konnte zusehen, wie sie sich schloss. Sie war feucht von den Tränen des Einhorns.

»Ich wünschte, du hättest es nicht so schwer mit unserer Welt«, sagte es leise. Dann erst öffnete es die Augen.

»Du lebst!«

»Ja, mein Retter. Ich bin nur sehr erschöpft. Mein Horn aufleuchten zu lassen, hat mich viel Kraft gekostet.«

»Dann ruhe dich aus. Ich passe auf dich auf.«

»Das ist lieb von dir, Jacob. Du bist ein sehr fürsorglicher Weltenschöpfer.«

Er merkte, wie ihm die Röte ins Gesicht stieg, und hüllte

sich in verlegenes Schweigen. Eine Zeit lang streichelte er stumm das in seinem Schoß liegende Haupt des Einhorns, betrachtete versonnen den Stumpf des kleinen Fingers und fragte sich, was ihn der Kampf gegen Athrú noch alles kosten würde.

Als die Sonne schon fast die Baumwipfel des Immerwalds berührte, wälzte sich die Torwächterin unvermittelt herum und stellte sich auf die Beine. »Bald wird es dunkel sein. Lass mich vorher am Waldrand noch ein paar Kräuter suchen. Sie werden mir helfen, wieder zu Kräften zu kommen und meine Wunden zu heilen. Du kannst inzwischen am Weiher deinen Durst löschen.« Sie deutete mit dem Horn zu einem drei oder vier Schritte hohen Felsen, dessen glatte Nordflanke sich über das Wasser neigte. Es gab in Sichtweite noch eine Reihe anderer Findlinge, aber nur auf diesem stand eine verkrüppelte Kiefer.

Er nickte. »Ist gut. Ich werde mich einstweilen nach einem bequemen Platz für die Nacht umsehen.«

Besorgt blickte Jacob dem Einhorn hinterher, das sich auffallend langsam auf den Wald zubewegte. Es hinkte an der linken Hinterhand. Er spielte mit dem Gedanken, sich einfach davonzuschleichen, um das anmutige Geschöpf nicht erneut in Gefahr zu bringen. Dann aber fielen ihm wieder die Worte der weißen Schlange ein. Es ging der Torwächterin wohl auch um die Wiederherstellung ihres Rufes. Ihn im Stich zu lassen wäre für sie vielleicht schlimmer als die Schmerzen, die sie seinetwegen litt.

Er seufzte und machte sich auf den Weg zu dem Felsen mit der Krüppelkiefer. Der Stein hatte die Form einer großen, oben abgeflachten Bohne. Er markierte das südliche Ende des kleinen Sees, den Jacob wegen des leicht abschüssigen Bodens trotz hohen Grases und vereinzelter Ginstersträucher vollständig überblicken konnte. Die Umrisse des Weihers glichen einem Eichenblatt.

»Wohin des Weges, großer Mann?«, fragte plötzlich eine hohe, knarrende Stimme, die aus dem Nichts zu kommen schien.

Jacob blieb vor Schreck wie angewurzelt stehen.

Hinter einem Busch zu seiner Linken trat ein krummbeiniger, stämmiger Wicht mit blassblauem, zerknülltem Gesicht und einer Menge haariger Warzen hervor. Er reichte dem Jungen gerade bis zum Bauch. Seine roten Augen suchten einen Moment den Waldrand ab, ehe sie sich dem Phantanauten zuwandten und ihn von oben bis unten musterten. »Hat Er noch nie einen Adulargnom gesehen?«

»Äh … Ich hatte Sie für einen Zwerg gehalten.«

»Was Er nicht sagt. Gnome *sind* Zwerge, ebenso wie jeder Geier ein Vogel ist. So einem wie Ihm sind wir hier noch nie begegnet. Wo kommt Er her und wo will Er hin?«

Jacob entsann sich, dass ein Zwerg das Einhorn überlistet hatte. Konnte er diesem angeblichen Gnom trauen? »Ich bin ein Forschungsreisender aus Steinau«, antwortete er in der Annahme, dass diese Auskunft für den Wicht eher verwirrend als erhellend war. »In meiner Heimat sind alle Berge aus Stein.

Hier soll es einen aus Glas geben. Ich würde ihn mir gerne ansehen. Können Sie mir sagen, wo ich ihn finde?«

»Hm«, machte der Gnom und zwirbelte eine Weile nachdenklich die Behaarung einer besonders großen Warze an seiner rechten Wange. Dann deutete er entschieden nach Westen. »Zum Glasberg geht's dort lang!«

»Danke«, murmelte Jacob. Sein Blick löste sich nur mühsam von den schaufelartigen Händen und schmutzigen, scharfen Grabklauen des Wichts, um zum Immerwald hinüberzuwandern. Über den wogenden Grashalmen entdeckte er das Horn der Torhüterin. »Meinen Sie, der Berg ist *in* dem Wald oder befindet er sich *jenseits* davon …?« Die Frage blieb ihm im Halse stecken, weil er wieder den Wicht hatte ansehen wollen, ihn aber nicht mehr sah. »Herr Gnom, wo sind Sie?«

Keine Antwort. Der kleine Mann hatte sich lautlos davongestohlen.

Jacob zuckte die Achseln und stapfte weiter durchs hohe Gras. Er nahm sich vor, der Torhüterin von dem merkwürdigen Wicht zu erzählen. Zunächst wollte er jedoch seinen Durst stillen und dann endlich mit Wilhelm in Kontakt treten. Er konnte spüren, dass auch sein Bruder das Gespräch mit ihm suchte.

Als er den Findling mit der Krüppelkiefer erreichte, war die Sonne bereits untergegangen. Der orangerote Himmel wurde vom Weiher reflektiert. Jacob kauerte sich am Ufer, die Felswand im Rücken, auf einen flachen Stein. Dabei fiel sein Blick auf das eigene Spiegelbild im leicht bewegten Wasser. Zum letzten Mal hatte er es im Bauch eines riesigen Fisches gesehen. Er war etwas erschrocken über den neuen Jacob Grimm mit seinen schlohweißen Haaren und einem ob der dicken Staubschicht greisenhaft anmutenden Gesicht. Schnell wusch er den Schmutz ab.

Das Ergebnis im Spiegelbild kam einem Bad im Jungbrunnen gleich. Endlich löschte er nun auch seinen brennenden Durst, wobei er größtmögliche Wachsamkeit walten ließ. Die Begegnung mit dem Gnom hatte ihn vorsichtig gemacht. Anstatt sich einfach zum Wasser hinunterzubeugen, führte er mehrmals die mit dem Leben spendenden Nass gefüllte hohle Hand zum Mund. So konnte er die Umgebung weiter im Auge behalten.

Nachdem er genug getrunken hatte und der Weiher wieder so glatt wie ein Spiegel war, nahm er eines von Wilhelms Haaren aus dem Ledersäckchen, legte es behutsam auf die Wasseroberfläche und rief sich das Bild des Bruders in den Sinn.

Nichts passierte.

Wahrscheinlich lenkt dich der Gedanke an den Wicht zu sehr ab, machte er sich klar. Du kannst nicht gleichzeitig die Gegend beobachten und das Weltenfenster öffnen.

Um sich besser konzentrieren zu können, schloss er die Augen. In Gedanken rief er mehrmals Wilhelms Namen. Mit einem Mal hatte er das Gefühl, die Verbindung in die Welt der Sinne öffne sich, und so war es auch. Doch als er abermals ins Wasser blickte, durchfuhr ihn ein Schreck.

In dem leuchtenden Kreis, der das schwimmende Haar umgab, war weder das Antlitz des Bruders noch Jacobs Spiegelbild zu sehen, sondern nur eine vor Schmutz starrende Fratze von abgrundtiefer Hässlichkeit. Das flache, narbenübersäte, von tiefen Stirnfalten zerfurchte Gesicht glotzte ihn aus dichtem Laub mit großen, vorstehenden Froschaugen an.

Einen Moment lang verwirrten Jacob die Größenverhältnisse. Entweder mussten die Blätter an den Zweigen winzig oder das Gesicht riesig sein. Dann aber begriff er instinktiv, wen er da sah. Es musste Athrú sein, der Wandler, und zwar in jenem Riesenkörper, der am Blautopf ganze Bäume umgeknickt hatte.

In unmittelbarer Nähe gab es nur einen einzigen Baum, nämlich den, der oben auf dem Findling stand. Allerdings passte der nicht zur üppigen Umrahmung der Riesenfratze.

Verwirrt fuhr Jacob herum und sah zu der verkrüppelten Kiefer hinauf.

Anstatt des Nadelbaums entdeckte er über sich den Oberkörper und Kopf des Gnoms. Der hatte sich weit über den Stein gebeugt, wohl um gemeinsam mit Jacob durchs Weltenfenster zu schauen. Als ihre Blicke sich jetzt begegneten, lag ein feindseliges Funkeln in den roten Augen des Wichts.

»Was machst du da? Warum bespitzelst du mich?«, rief Jacob aufgebracht.

Der Gnom fasste sich an die Brust und erwiderte nicht weniger empört: »Ich soll ein Spion sein? Hat nicht *Er* das Weltenfenster geöffnet, um uns hinterherzuschnüffeln? Aber wir lassen uns nicht von einem garstigen Menschenkind täuschen. Ehe Er das Tor schließt, werden wir Ihm ...«

Jacob riss entsetzt die Augen auf, weil der hässliche Zwerg sich noch weiter vorbeugte und dabei die Finger spreizte, als wolle er sich mit seinen scharfen Klauen auf ihn stürzen.

Unvermittelt schmetterte von Südwesten die Stimme des Einhorns wie ein Signalhorn übers wogende Gras. Junge und Wicht erschraken gleichermaßen. Wem der Warnruf auch immer gelten mochte, der Spion auf dem Stein jedenfalls zog sich hastig zurück. Gleich darauf sah ihn Jacob seitlich vom Felsen springen und in nordwestlicher Richtung zum Wald flüchten.

»Er läuft da lang!«, rief er dem Einhorn zu und setzte dem Gnom nach; dazu brauchte er nur der Spur im niedergetrampelten Gras zu folgen.

Bald tauchte vor ihm der Kopf des Fliehenden auf. Dessen krumme Beine mochten sich zum Kriechen in Bergstollen hervorragend eignen, aber nicht zum Laufen in freiem Gelände. Im Vergleich zu ihm war Jacob flink wie ein Wiesel und holte schnell auf. Er würde den Wicht noch vor dem Einhorn erreichen, das ihm am Waldrand den Weg abzuschneiden versuchte, und dann musste er Farbe bekennen. Wer nur aus reiner Neugier schnüffelte, brauchte wohl kaum derart stürmisch davonzulaufen. Vielleicht war der Kleine ja ein Späher des Wandlers.

»Komm ihm nicht zu nahe!«, rief das Einhorn aus der Ferne.

»Wieso? Es ist nicht Athrú. Ich habe den Riesen gerade gesehen«, entgegnete Jacob und lief mit unvermindertem Tempo weiter. Er hatte den kleinen Mann fast eingeholt. Schon streckte er die Hand nach ihm aus, um ihn am Schlafittchen zu packen.

Mit einem Mal war der Gnom verschwunden.

Jacob blieb rutschend stehen und blickte sich verwirrt um. Was war da passiert? Die kleine Warzenhaut konnte sich doch nicht in Luft aufgelöst …

Ein Rascheln im Gras ließ ihn aufmerken. Er machte zwei schnelle Schritte auf die Stelle zu, drückte die langen Halme auseinander und erschrak.

Vor ihm hockte eine große, schneeweiße Katze am Boden und fauchte ihn zornig an. Ihre roten Augen blitzten so bedrohlich, dass Jacob meinte, sie würde ihm mit ihren Krallen jeden Moment ins Gesicht springen. Keuchend wich er vor ihr zurück.

Sie nutzte die Gelegenheit, wandte sie sich von ihm ab und flüchtete in Richtung Wald.

Jacob ahnte, dass er sie auf keinen Fall entkommen lassen durfte, und nahm erneut die Verfolgung auf.

Die Chancen im Wettlauf waren so ungleich wie zuvor, doch diesmal zu *seinem* Nachteil. Erst als im Schatten der Bäume das Gras weniger hoch wucherte, bekam er die weiße Katze noch einmal zu sehen. Von links stürmte mit gesenktem Haupt das Einhorn heran.

»Halte sie auf!«, schrie Jacob.

Doch es war zu spät. Mit langen Sätzen verschwand das Tier im Wald.

Ausgepumpt und schwitzend empfing Jacob das Einhorn an der Stelle, wo ihn das dichte Unterholz zum Aufgeben gezwungen hatte. Er musste sich mit den Händen auf den Knien abstützen, während er keuchte: »Warum hast du mir nicht gesagt, dass es außer Athrú noch andere Wandler in Ríocht Na Sí gibt?«

»Weil mir nichts dergleichen bekannt ist«, antwortete das Einhorn verwundert. »Wie kommst du darauf?«

»Der Wicht war plötzlich weg und statt seiner hockte diese riesige weiße Katze vor mir. Sie hatte die gleichen roten Augen wie er.«

»Das ist seltsam. Normalerweise raubt der Wandler die *ganze*

Gestalt seines Opfers, sodass er von ihm nicht zu unterscheiden ist. Hast du die Katze gesehen, die er angefallen hat?«

»Nein. Der Gnom ist praktisch unter meiner Nase verschwunden und im nächsten Moment hat mich das elende Biest angefaucht. Ich dachte, sie würde mir die Augen auskratzen.«

»Und dann ist sie weggelaufen?«

»Ja.«

»Lag nach der Verwandlung an der Stelle etwas, das wie ein in der Sonne verdorrter Katzenkadaver aussah?«

»Nein.«

»Ganz bestimmt nicht?«

»Ich habe nur platt getretenes Gras gesehen.«

»Sehr merkwürdig.« Das Einhorn blickte in den Wald. »Meine Sinne sind sehr scharf, Jacob. Ich bin mir sicher, auf dem Felsen dasselbe boshafte Geschöpf gesehen zu haben, das mich in der Grotte angekettet hat.«

»Aber wie ist das möglich? Du sagtest, es sei der Wandler gewesen, der durch den Riss im Phantaversum entkommen ist. Ich habe ihn gerade eben im Weltenfenster gesehen. Nicht als Zwerg, sondern als Riesen.«

»Ich weiß nicht, wie das möglich ist, Meister Spross, aber eines ist sicher: Der Gnom und die Katze sind beide ein und dieselbe Person gewesen. Es ist Athrú, der uns gerade erneut ein Schnippchen geschlagen hat.«

»Und wer ist dann der Riese?«

»Vielleicht kann uns das dein Bruder sagen. Öffne noch einmal das Weltenfenster und frage ihn.«

Jacob schüttelte bedrückt den Kopf. »Das wird nicht klappen. Ich kann es spüren. Wilhelms Sinn hat sich von mir abgewendet.«

»Dann steig auf meinen Rücken. Wir müssen weiter. Vielleicht können wir die Katze noch einholen.«

Er stöhnte. »Ich bin todmüde. Kann ich nicht wenigstens ein Nickerchen machen?«

»Damit der Wandler zurückkommt und dir im Schlaf den Körper raubt? Nein, Meister Spross, so leicht werden wir es ihm nicht machen. Bei mir bist du sicher, denn mich kann er nicht verwandeln.«

»Hat er deshalb versucht, dich in der Grotte zu ersäufen?«

»So ist es. Er hätte es fast geschafft, weil ich ihn zu spät durchschaut habe. Aber noch einmal passiert mir das nicht. Und jetzt rauf mit dir. Du kannst auf meinem Rücken ausruhen.«

»Könnte ... könnte ich auch *ihn* verwandeln? Zum Beispiel in eine Primel?«

»Vielleicht. Vielleicht auch nicht. Ich würde es an deiner Stelle nicht drauf ankommen lassen. Aber jetzt steig endlich auf, Meister Spross, sonst helfe ich mit meinem Horn nach.«

Obwohl die Drohung wohl nicht ganz ernst gemeint war, gab Jacob endlich nach und schwang sich auf den Rücken des Fabeltiers.

»Gut so«, lobte die Wächterin der Tiere seine Einsicht. »Das ist für dich der sicherste Platz, jetzt, nachdem Athrú dich am offenen Weltenfenster gesehen hat. Er weiß nun, wer seine Gegner sind, und wird alles tun, uns zu vernichten.«

Der Bluthund

Zwischen Genkingen und Münsingen
Herzogtum Württemberg, 18. Juni 1798

Sir D'Arcy schien über unerschöpfliche Geldmittel zu verfügen. Ohne mit der Wimper zu zucken, hatte er den »Sonderzuschlag« bezahlt, den Serge, der geschäftstüchtige Freund des Apothekers, für die sofortige Abreise nach Blaubeuren verlangte. Der etwa dreißigjährige Kutscher war ein ehemaliger französischer Infanterist aus dem elsässischen Straßburg, ein quirliger kleiner Mann mit pechschwarzen Haaren. Er hatte im Ersten Koalitionskrieg sein Herz an ein deutsches Mädchen verloren und sich daraufhin unerlaubt von der Truppe abgesetzt. Weil ihm dafür zu Hause die Erschießung drohte, war er mit seinem Schatz in Württemberg geblieben.

Aus dem Besitz von Serge stammte auch der Vorderlader mit Steinschloss, den Sir D'Arcy für ein erkleckliches Sümmchen erstanden hatte. Die Flinte, ergänzt um zwei Hundefangschlingen, drei Paar dicke Lederhandschuhe und einige andere Utensilien sollten die Phantanauten für die kommende Jagd ausrüsten. Kurz nach Sonnenaufgang hatten sie den Ort Genkingen verlassen.

Inzwischen rumpelte die Kutsche schon zweieinhalb Stunden nach Osten und Wilhelm kämpfte immer noch gegen die Müdigkeit an. Die Nacht war für ihn viel zu kurz gewesen. Mit halb geöffneten Augen hing er auf der Bank, sein Kopf schaukelte bei jeder Unebenheit der Straße hin und her. Für Sir D'Arcy und Alroy mochte er teilnahmslos erscheinen, doch in Wirklichkeit kreisten seine Gedanken ständig um die Geschehnisse der letzten Nacht. Wieso war nicht Jacob im Weltenfenster erschienen, sondern ein Zwerg?

Unterwegs hatte Sir D'Arcy den Kutscher schon zweimal anhalten lassen, um sich nach einem streunenden Bluthund zu erkundigen. Als sie den *Alten Lichtenstein* passierten, eine mittelalterliche Burg, von der nur noch die Ruine existierte, trafen sie einen Hirten, der ihnen sein Leid klagte. In der Nacht seien zwei Schafe gerissen worden. Er marschiere gerade ins Dorf, um den Vorfall zu melden.

»Sind die Überreste Ihrer Tiere noch da? Können wir sie sehen?«, fragte der Navigator.

Der Schäfer bejahte und führte die Phantanauten zu einem Waldstück, das nur einen kurzen Fußmarsch weiter südlich lag. Wilhelm musste würgen, als er den bestialischen Gestank einatmete, während er angewidert herausgerissene Gedärme und andere im Umkreis von mehreren Schritten verstreute Teile der Tierleichen betrachtete. Die beiden Schafe waren regelrecht zerrissen worden.

Sir D'Arcy untersuchte den Schauplatz des blutigen Geschehens mit nüchterner Gründlichkeit. Dann wandte er sich an seine Gehilfen. »Fällt euch etwas auf?«

»Sieht ganz anders aus als der Köter-Kunibert-Kadaver«, antwortete Alroy gleichmütig. Ihm schien der Anblick nichts auszumachen.

Sir D'Arcy nickte. »Der Hund hat kaum etwas gefressen. Man könnte fast meinen, er habe die Tiere aus reiner Mordlust getötet.«

»Oder er ist tollwütig«, sagte Wilhelm.

»Vielleichd hot dr no s' Bluad saufa wella«, bemerkte der Schäfer.

Der Navigator sah Wilhelm fragend an.

»Er meint, es könnte ein Vampir gewesen sein.«

»Oiner uff vier Fiaß«, stellte der Schäfer klar und bedeutete den Fremden durch einen Wink, ihm zu folgen.

»Was hat er gesagt?«, flüsterte Sir D'Arcy, während sie sich dem Mann an die Fersen hefteten.

»Er meint, die Bestie sei ein Vierbeiner gewesen.«

Am Waldrand war der Boden noch feucht. Der Schafhirte deutete auf eine Fährte und erklärte, die Fußabdrücke ähnelten denen eines Wolfs.

»Dann müsste es aber ein sehr großes Tier gewesen sein«,

sagte Sir D'Arcy zweifelnd und fragte den Mann, wann er seinen letzten Wolf gesehen habe.

In der Gegend seien schon lange keine mehr gesichtet worden, antwortete der Schäfer.

Der Navigator belohnte ihn für seine Hilfsbereitschaft großzügig mit fünf Kreuzern und man verabschiedete sich.

»Was hat das zu bedeuten?«, fragte Wilhelm, während sie zur Kutsche zurückkehrten.

»Das weiß ich nicht«, gab Sir D'Arcy unumwunden zu.

»Meinen Sie, der Wandler ist jetzt tatsächlich ein blutsaugendes Ungeheuer?«

»Er kann die Tiere aus allen möglichen Gründen gerissen haben.«

»Mir fällt keiner ein, der mir behagt.«

Alroy nickte. »Bill hat recht. Ist vielleicht besser, wir halten unsere Flinte ab jetzt immer schussbereit, damit die Bestie nicht als Nächstes uns zerfleischt.«

Der Wandler hinterließ eine blutige Spur. Schon weniger als eine württembergische Meile nach den beiden Schafen hatte er drei Ziegen gerissen. Auf der weiteren Reise nach Osten wurden die Phantanauten von verschüchterten Menschen zu den Schauplätzen einer Reihe ähnlich grausamer Funde geführt. Dabei machten sie eine beunruhigende Entdeckung: Sowohl die Beutetiere als auch die Fußabdrücke des Hundes wurden größer.

Wegen der häufigen Unterbrechungen kamen sie nur langsam voran. Als die Sonne unterging, hatten sie erst ungefähr fünfzehn englische Meilen zurückgelegt, was gut dreieindrittel Meilen im Herzogtum Württemberg oder für den Franzosen Serge etwa fünfundzwanzig Kilometern entsprach. Kurz vor dem Städtchen Münsingen machte der Kutscher eine neue schreckliche Entdeckung.

Am Wegrand lag eine tote Kuh.

Einmal mehr ließ Sir D'Arcy den Wagen anhalten. »Könnten Sie bitte die Flinte nehmen und die Gegend im Auge behalten, während ich den Kadaver untersuche?«, bat er den Franzosen.

»Das ist aber im Fahrpreis nicht inbegriffen.«

»Ihre Waffe gehört mir ohnehin schon.«

»Aber ohne einen Meisterschützen wie mich nutzt die Ihnen nicht viel.«

»Sie sind ein Schlitzohr, Monsieur.«

Serge griente. »Ich weiß, Sir. Nur deshalb habe ich bis heute überlebt.«

»Also gut. Ich zahle Ihnen für Ihre Dienste einen halben Gulden den Tag. Dafür stehen Sie uns mit Ihrer Kriegskunst rund um die Uhr zur Verfügung. Das ist mein letztes Angebot.«

»Gilt das schon von heute früh an?«

»Du meine Güte! Ja, Sie kriegen Ihre dreißig Kreuzer ab sofort. Kann ich jetzt endlich das Rindvieh untersuchen?«

»Tun Sie sich keinen Zwang an, Sir. Ihr Leibwächter Serge passt so lange auf wie ein Schießhund.«

Sir D'Arcy stöhnte. Alsdann widmete er sich dem toten Tier. Es war genauso übel zugerichtet wie die vorherigen Opfer des Wandlers. An einem der Hörner klebte Blut. Der Navigator prüfte es mit dem Zeigefinger.

»Es ist noch feucht. Vielleicht stammt es von dem Hund. Die Kuh könnte ihn im Todeskampf verletzt haben.«

Serge deutete auf den Boden. »Dann hat sie uns einen großen Dienst erwiesen. Jetzt wissen wir, wohin die Bestie von hier aus gelaufen ist.«

»Die Fußabdrücke sind schon wieder größer geworden«, sagte Wilhelm, nachdem er diese aus der Nähe inspiziert hatte. »Die Fährte führt geradewegs in den Ort. Vielleicht sucht er dort ein Versteck, wo er seine Wunden lecken kann.«

»Dann nichts wie hinterher«, drängte der Navigator.

»Das Biest scheint mit jedem Leben, das es auslöscht, zu wachsen. Wäre es nicht besser, Verstärkung zu holen?«

»Nein. Ehe wir die zusammengetrommelt haben, könnte es schon wieder über alle Berge sein. Wir müssen es allein schaffen. Vergesst nicht, was ich euch über den Wandler erzählt habe. Er ist für euch buchstäblich ein *Unberührbarer*. Ein leichter Körperkontakt mit bloßer Haut genügt, und er kann euch die Gestalt rauben. Was dann von euch übrig bleibt, passt in eine Hutschachtel. Benutzt also eure Ausrüstung, um euch zu schützen. Jetzt kommt!«

Sie bestiegen wieder die Kutsche.

Nachdem Wilhelm seine dicken Lederhandschuhe angezogen hatte, setzte er sich neben Serge auf den Bock.

Der Franzose sah ihn fragend an.

»Zum Glück bin ich nicht so kurzsichtig wie mein Bruder«, erklärte Wilhelm. Dies hielt er für höflicher, als zu sagen: Meine Augen sind besser als die Ihren.

Serge schnalzte mit der Zunge und das Gespann nahm ruckelnd Fahrt auf.

Im forschen Schritttempo folgten sie den feuchtroten Spuren. Den Abdrücken nach zu urteilen war der Bluthund am Bein verletzt. Er hatte sich im Zwielicht der Dämmerung offenbar sicher gefühlt und war mitten auf der Straße in den Ort getrottet. Sir D'Arcy trieb seine Fährtensucher zur Eile an. Nicht mehr lang, und die Nacht würde die Spur unsichtbar machen.

An einer Seitengasse, die für die Kutsche zu schmal war, mussten sie die Verfolgung zu Fuß fortsetzen. Sir D'Arcy überließ Alroy seine Pistole, nahm sich selbst eine der Hundefangschlingen und drückte Wilhelm die zweite in die Hand. Die Drahtschlaufen befanden sich am unteren Ende langer Stiele und konnten von oben fest zugezogen werden. So ließ sich das gefährliche Gebiss des »geangelten« Tieres auf Abstand halten, während man ihm gleichzeitig die Luft abdrückte.

Serge ging mit einer Laterne, einem festen Strick und dem Vorderlader voraus. Alroy bildete die Nachhut. Der Navigator hatte ihnen zuvor eingeschärft, nur im Notfall auf den Hund zu schießen. Sir D'Arcy und Wilhelm liefen in der Mitte. Dem Jungen war ziemlich mulmig zumute.

»Das Monstrum hat gerade ganz allein eine Kuh gerissen«, flüsterte er. »Glauben Sie wirklich, wir sind ausreichend gewappnet, um es einzufangen?«

»Ich zähle auf seinen Verstand. Der Wandler ist augenscheinlich nicht unverwundbar. Wenn wir ihn in die Enge treiben und er die Feuerwaffen sieht, sollte er stillhalten, während wir zwei ihn mit den Schlingen einfangen und fesseln.«

Nach einigen Schritten rückten die Häuser so dicht zusammen, dass die Hundefänger ein Stück weit hintereinander laufen mussten. Ohne die Laterne hätten sie im schwindenden Tageslicht kaum noch etwas sehen können. Als die Gasse wieder breiter zu werden begann, spähte Wilhelm an Sir D'Arcy und dem Franzosen vorbei nach vorne. Dabei erhaschte er einen Blick auf einen fahlen Schemen, der von rechts aus einer Toreinfahrt kam und groß wie ein Kalb war.

»Mon dieu!«, keuchte Serge und feuerte seine Flinte ab.

Die schattenhafte Gestalt wirbelte herum und verschwand wieder durchs Tor.

»Sind Sie verrückt? Ich will ihn lebend haben«, fauchte Sir D'Arcy.

»Aber … das ist ein *Monstrum* gewesen.«

»Ich weiß. Ihm nach!«

»Nicht ehe ich die Flinte nachgeladen habe«, protestierte Serge energisch. Er stellte die Laterne auf den Boden, zog ein Pulvertütchen aus der Tasche und riss es mit den Zähnen auf, um den Inhalt in den Gewehrlauf zu schütten.

»Beeilen Sie sich!«

»War das der Bluthund?«, fragte Wilhelm mit bebender Stimme.

»Sah eher wie einer jener legendären Kriegshunde aus, die riesigen Molosser, die Alexander der Große zur Bewachung der Truppen auf seinen Feldzügen benutzte. Wie lange dauert das denn noch, Serge?«

Der Franzose stieß mit dem Ladestock eine Bleikugel ins Schießpulver. »Bin gleich so weit.«

Alroy zielte mit der Pistole auf das Tor. »Ich schätze, dahinter liegt ein Hof. Wenn wir Glück haben, gibt es nur einen Ausgang. Das würde zumindest erklären, weshalb der Wandler wieder zurückgekommen ist.«

Wilhelm hegte Zweifel, ob diese Situation tatsächlich als *glücklich* einzustufen war. Es hätte ihn fröhlicher gestimmt, den riesigen Hund nicht stellen zu müssen.

»Jetzt kann der Musketier wieder schießen«, erklärte Serge zufrieden, nachdem er das Zündkraut in die Pfanne gegeben und das Schloss gespannt hatte.

Sir D'Arcy hob die Laterne auf, deutete zum Tor und raunte: »Dann los. Sie gehen voran, Serge, und übernehmen die rechte Flanke. Master Alistair wird mit der Pistole nach links gehen. So könnt ihr den Hund notfalls ins Kreuzfeuer nehmen. Wilhelm und ich stoßen mit den Schlingen durch die Mitte.«

»Sie klingen wie mein alter General«, sagte Serge bewundernd und machte sich an die Umsetzung des Aufmarschplans.

Leise schlich er bis zum Tor. Es stand weit offen und bot gerade genug Platz für ein Pferd mit Reiter, was bei der engen

Gasse kaum verwunderte. Der Franzose schlüpfte hindurch und huschte nach rechts. Nachdem auch Alroy und Sir D'Arcy es durchquert hatten, folgte Wilhelm.

Der Navigator hatte die Laterne auf den festgestampften Boden gestellt. Sie erhellte mehr schlecht als recht einen kleinen, quadratischen Hof. Das Geviert war ringsum von Wänden umgeben. Zur Gasse hin befand sich das steinerne Wohnhaus und nach hinten eine Holzscheune. Links ragte die fensterlose Außenmauer des Nachbarhauses auf und rechts befand sich ein Stall. Über seine gesamte Breite erstreckte sich ein ziegelgedecktes Vordach. Darunter, in der hintersten Ecke des Hofes, entdeckte Wilhelm zwei rötlich leuchtende Punkte.

Es waren die Augen des Wandlers.

Der riesige Albinorüde hockte vor einem kaputten Holzfass. Als sein Blick sich mit dem des Jungen traf, ließ er ein warnendes Knurren vernehmen.

»Bleib immer schön neben mir«, sagte der Navigator leise zu Wilhelm und näherte sich vorsichtig dem Hund. Mit einem Wink bedeutete er seiner Infanterie, über die Flanken vorzurücken, damit das verletzte Tier nicht zur Seite ausweichen konnte.

Als zwischen dem Halbkreis der Jäger und dem Bluthund nur noch etwa sieben oder acht Schritte lagen, rief Sir D'Arcy: »Kannst du mich verstehen?«

Das rotäugige Ungeheur knurrte abermals.

»Du brauchst dich nicht zu verstellen. Ich weiß, dass du ein

Gestaltwandler bist. Wenn du es allerdings vorziehst, uns den tollwütigen Köter vorzuspielen, dann werden wir dich töten. Ich gebe dir zehn Sekunden, um dich zu ergeben. Eins …«

Wilhelm zitterte vor Angst. Ihm war klar, dass die riesige Bestie jeden von ihnen mühelos umwerfen konnte. Aber offenbar wusste sie genau, was sie damit riskierte. Zweifellos hatte sie Verstand. Nur deshalb ließ sie sich von den Menschen in die Ecke drängen.

»… fünf …«

Während Sir D'Arcy langsam zählte, rückten die Hundejäger weiter vor. Der Kopf des Rüden ruckte hin und her. Er suchte wohl eine Lücke, durch die er entkommen konnte. Doch jedes Mal, wenn er eine vermeintliche Schwachstelle anpeilte, zog sich die Kette der Gegner genau dort etwas dichter zusammen.

Als Wilhelm schon glaubte, die Hand nach dem unheimlichen Wesen ausstrecken zu können, rief Sir D'Arcy: *»Zehn!«* Im gleichen Atemzug stieß er seine Fangschlinge nach vorn und legte sie um den Hals des Tieres.

Wilhelm tat es ihm gleich, obwohl er meinte, seine schlotternden Knie würden vor Angst einknicken.

Serge hielt dem Wandler die Gewehrmündung an die Nase. »Eine falsche Bewegung und du bekommst von mir eine Ladung Schnupftabak verpasst, von der dir Hören und Sehen vergeht.«

»Braver Junge«, lobte Sir D'Arcy den Vierbeiner in freundlichem Ton. »Jetzt halt schön still, damit wir dich fesseln können. Ich verspreche dir, dich am Leben zu lassen, wenn du vernünftig bist.« Er gab Alroy einen Wink mit dem Kopf. »Vermeide jeden direkten Kontakt, Master Alistair. Wenn er dich berührt, bist du im wahrsten Sinne nur noch Haut und Knochen.«

Der Rotschopf nickte. Seine Miene verriet trotzige Entschlossenheit. Er ließ sich von Serge den ebenfalls mit einer zuziehbaren Schlinge ausgestatteten Strick geben und warf diese geschickt vor die Pfoten des Hundes. Alroy vertraute offenbar lieber dem Sicherheitsabstand als den Handschuhen. »Wenn Sie so liebenswürdig wären und hineinsteigen würden, Herr Wandler. Bitte mit allen vier Füßen«, sagte er in gespielter Freundlichkeit.

Wilhelm atmete auf, als der Bluthund behäbig das linke Bein hob.

Aber er hatte sich zu früh gefreut.

Mit einem Mal stemmte sich die Bestie gegen die Fangschlingen an und bellte so laut, so rau und so tief, dass es nicht mehr natürlich klang. Es war ein Brüllen, das allen vier Menschen die Angst aus den Poren trieb. Und dann überschlugen sich die Ereignisse.

Vor Schreck betätigte Alroy den Abzug der Pistole. Die Treibladung explodierte mit lautem Knall. Für die Dauer eines Wimpernschlags erglühten die Augen des Wandlers blutrot im Feuerblitz aus dem Waffenschloss. Aber die Kugel traf nicht ihn, sondern zischte an ihm vorbei in das Fass. Pulverdampf vernebelte für einen Moment die Sicht.

Wilhelm spürte, wie der Zug an seinem Stock jäh nachließ. Hektisch wedelte er mit der Hand den Rauch weg, nur um die schreckliche Ahnung zur Gewissheit werden zu lassen.

Der Bluthund war verschwunden, so als hätte es ihn nie gegeben! Die Fangschlingen, die der Bestie eben noch die Luft abgedrückt hatten, hingen schlaff von den Stöcken herab. Vor dem Fass saß, tief geduckt, eine mausgraue Katze mit schwarzen Knopfaugen.

Ein zweiter Schuss löste sich, diesmal von Serge abgefeuert, und verfehlte ebenfalls sein Ziel, weil dieses so unerwartet geschrumpft war.

Vor Überraschung vermochte Wilhelm nichts weiter zu tun, als die davonspringende Katze mit den Augen zu verfolgen. Ihm war völlig klar, wer ihm da so höhnisch das Hinterteil zeigte.

Der Wandler hatte sie ein zweites Mal zum Narren gehalten.

Doktor Allwissend

Ríocht Na Sí
3. Tag

Der Immerwald war ein unheimlicher Ort, so rätselhaft wie ein uraltes Wesen. Das Einhorn meinte, er sei der Ursprung von Ríocht Na Sí. Jacob legte den Namen des dunklen Tanns auf seine eigene Weise aus. Er hatte das Empfinden, immerfort aus den Schatten der Bäume beobachtet zu werden. Vom Wandler fehlte jede Spur.

Jacob hatte die Stunden der Finsternis auf dem Rücken des Einhorns verbracht und sich ständig gefragt, ob Athrú ihn aus einem Versteck mit seinen roten Augen beobachtete. Katzen waren Jäger der Nacht.

Noch an jemand anderen hatte der schlaflose Reiter unentwegt denken müssen: an seinen Bruder. Am Weiher war er ihm entglitten, noch ehe er ihn zu sehen bekam. Jacob hätte ihn danach allzu gerne abermals gerufen, spürte aber, dass Wilhelm abgelenkt war. Außerdem fand die Torhüterin trotz ihrer feinen Sinne auf dem nächtlichen Ritt kein einziges Gewässer.

Irgendwann war Jacob dann vor Erschöpfung doch eingenickt und bis zum Erwachen am nächsten Morgen gab ihm der Schweif des Fabelwesens sicheren Halt.

Den ganzen Vormittag über beschlich Jacob weiterhin das Gefühl, wie ein Schauspieler über eine Theaterbühne zu reiten. Er vermochte nicht, das Publikum zu sehen, aber es war da. In diesen Stunden brütete er schweigend vor sich hin. Nach wie vor konnte er sich nicht erklären, was der Riese jenseits des Weltenfensters mit dem jetzt katzengestaltigen Athrú in Ríocht Na Sí zu tun hatte.

Gegen Mittag tauchte zwischen den alten Nadelbäumen eine aus Stämmen gezimmerte Hütte auf. Das Einhorn hielt geradewegs darauf zu, so als habe es die ganze Zeit kein anderes Ziel gehabt.

»Wohnt da der hilfreiche Mann, der uns den Weg zum Glasberg erklären kann?«, fragte Jacob.

»Das nehme ich an.«

»Kennt ihr euch?«

»Nicht persönlich. Aber er hat von mir gehört.«

»Wie kannst du da so sicher sein?«

»Lies seinen Namen. Er steht da auf dem Schild an der Tür.« Die Torwächterin deutete mit ihrem Horn auf die Tafel.

Jacob las die mit Feuer eingebrannten Buchstaben:

Doktor Allwissend

»Klingt vielversprechend.«

»Er soll etwas sonderbar sein. Man erzählt sich, er wisse nicht, was er rede, aber mit dem, was er sage, liege er meistens genau richtig. Sei also bitte höflich zu ihm.«

»Ich?«

»Du.«

»Warum nicht die Hüterin der Harmonie?«

»Weil sie wie die Musikerin ist, die zwischen den Tönen eine wohlklingende Eintracht sucht. Die Lieder aber erschaffen andere. Geister mit Phantasie. So wie der deine, Meister Spross. Deshalb musst du selbst herausfinden, was du wissen möchtest.«

Mittlerweile hatten sie die Blockhütte erreicht. Die Torhüterin klopfte mit dem Horn an die Tür.

Sofort erscholl von drinnen eine quäkende Stimme. »Wir kaufen nichts!«

»Er hat uns anscheinend kommen sehen«, flüsterte Jacob dem Einhorn zu und richtete wieder das Wort an den Hausbewohner. »Das trifft sich gut. Wir haben nämlich nichts, was wir Ihnen anbieten könnten.«

»Dann schert euch fort. Für Bettler habe ich nichts übrig.«

»Wir sind keine Bettler«, murmelte Jacob verärgert.

»Doch, seid ihr«, kam postwendend die mürrische Antwort von drinnen.

»Er hat recht«, sagte das Einhorn leise. »Wir erbitten eine Auskunft, die mehr wert ist als Gold.«

Jacob funkelte unwirsch die Tür an. Wie sollte er den Knurrhahn in der Hütte zur Mitarbeit überreden? Ihm fiel etwas ein, das Wilhelm kürzlich über den Philosophen Thomas von Aquin gelesen und ihm erzählt hatte. Er räusperte sich.

»Ich glaube, ich weiß jetzt, warum Sie uns nicht öffnen, Herr Doktor.«

»Hört, hört! Dann ist Er etwa auch allwissend?«

»Ebenso wenig wie Sie.«

»Was?«, quäkte es von drinnen empört. »Wie kann Er sich erdreisten, meine Allwissenheit infrage zu stellen?«

»Mir wurde gesagt, es gebe Sie gar nicht, Doktor. Sie seien nur eine Märchenfigur. Also sind Sie nur ein Hirngespinst in meinem Kopf. Folglich können Sie auch nicht an der Tür erscheinen.«

»Auf den billigen Trick falle ich nicht herein.«

»Und wenn ich Ihnen beweise, dass Sie nicht allwissend sind? Werden Sie uns dann weiterhelfen?«

»Abgemacht. Aber versuche Er ja nicht, mich hereinzulegen!«

»Das käme mir nie in den Sinn. Ich möchte nur eins von Ihnen wissen: Können Sie eine Frage stellen, die Sie selbst nicht zu beantworten vermögen?«

Der mürrische Hüttenbewohner war bis zu diesem Moment um keine Antwort verlegen gewesen. Seine Erwiderungen kamen jedes Mal wie aus der Pistole geschossen. Fast so, als wisse er bereits, was der Besucher draußen sagen werde. Jetzt aber schwieg die Stimme aus dem Haus und Jacob kannte auch den Grund.

Doktor Allwissend steckte in einer Zwickmühle fest. Wenn er eine Frage stellen konnte, die er selbst nicht zu beantworten vermochte, dann war er nicht allwissend. Wollte ihm eine solche aber einfallen, dann war er ebenfalls nicht allwissend.

Unvermittelt wurde die Tür aufgerissen und ein Männchen trat heraus, dessen Aussehen sehr schön mit der quäkenden Stimme harmonierte. Es war ungefähr einen Kopf kleiner als Jacob, um die Hüften recht füllig, hatte grüne Augen und Haare, eine auffallend große Nase, ein spitzes Kinn und trug rechts ein Monokel im Gesicht sowie am Körper einen eng sitzenden Anzug aus grober brauner Wolle mit einer rot-blau karierten Weste.

»Was will Er von mir?«, fragte der Kleine.

»Das müssten Sie doch eigentlich wissen«, entgegnete Jacob keck. »Er sucht den Berg, den niemand ersteigen kann.«

»So ist es. Den gläsernen, um genau zu sein. Können Sie uns den Weg dorthin erklären?«

»Ohne Moos nix los.«

Jacob sah Hilfe suchend das Einhorn an und flüsterte: »Er will um den Preis schachern, aber ich habe keinen einzigen Kreuzer in der Tasche.«

»Was habe ich dir über ihn erzählt?«, erwiderte es leise.

Er sah wieder den wunderlichen Waldbewohner an und erinnerte sich: Er wisse nicht, was er rede, aber mit dem, was er sage, liege er meistens genau richtig. Mit einem Mal begriff Jacob den Sinn der Worte. »Osten, Süden und Westen fallen also weg«, murmelte er. »Weil Moos nur auf der *Nord*seite der Bäume wächst. Nur dort ›ist etwas los‹.« Ein breites Lächeln glitt über sein Gesicht. »Wir müssen nach Norden.«

»Guten Flug«, sagte Doktor Allwissend, trat zwei Schritte zurück und knallte die Tür zu.

Die graue Maus

Ríocht Na Sí
3. Tag

Der Name des Immerwalds hatte noch eine weitere Bedeutung: Er zog sich ewig hin. Als die Abenddämmerung hereinbrach, war immer noch kein Ende in Sicht.

»Mir tut jeder Knochen im Leib weh. Ich glaube, eine weitere Nacht durchzureiten überstehe ich nicht«, klagte Jacob der Torwächterin sein Leid. Ihre Antwort versetzte ihm gleich den nächsten Dämpfer.

»Athrú ist dir auf den Fersen. Wenn er dich erwischt, dann

wirst du deine Knochen die längste Zeit gespürt haben. Auf meinem Rücken bist du sicher.«

Als habe sie damit ein Stichwort gegeben, vernahm er hinter sich unvermittelt ein Rascheln. Jacobs Nerven waren inzwischen so angespannt, dass er blitzschnell herumfuhr. Dadurch sah er gerade noch ein weißes Hinterteil und einen hochgereckten Schwanz in die Deckung eines Busches verschwinden. Beides gehörte zweifellos der Katze, die ihnen tags zuvor entkommen war.

»Athrú verfolgt uns«, flüsterte er.

»Und das schon seit mehreren Stunden«, antwortete das Einhorn gleichmütig.

»Warum hast du mir nichts gesagt?«

»Habe ich das nicht gerade getan?«

Jacob schluckte eine unwirsche Erwiderung herunter. Wahrscheinlich hatte ihn die Torhüterin nur nicht beunruhigen wollen. Er beugte sich weit vor und flüsterte: »Wenn der Wandler im Körper einer Katze steckt, hat er dann auch ihre Gelüste?«

»Du meinst, ob er Mäuse fängt?«

»Oder Vögel.«

»Ganz bestimmt. Er muss seinen gestohlenen Körper ja artgerecht ernähren.«

»Dann habe ich eine Idee, wie wir ihn fangen können. Ich werde dich jetzt in eine Unterhaltung verwickeln. Spiel einfach mit.«

»Was immer du willst, Meister Spross.«

Er räusperte sich und stöhnte so laut, dass seine Worte im weiten Umkreis zu verstehen waren: »Ich sterbe vor Hunger!«

»Du hast doch gestern erst gegessen«, antwortete das Einhorn beinahe ebenso laut.

»Menschenkinder werden unleidlich, wenn sie nicht täglich was zum Beißen bekommen«, klagte er theatralisch. »Ob es hier wohl Rebhühner gibt?«

»Ich habe schon mehrere gesehen.«

»Tatsächlich?«

»Sie sind sehr scheu und können sich gut verstecken.«

»Hättest du Lust, mit mir so ein Hühnchen zu rupfen ... ich wollte sagen, zu *fangen?*«

»Danke. Ich bevorzuge pflanzliche Nahrung.«

»Dann lass mich wenigstens, ehe es ganz dunkel wird, absteigen und einen Käfig bauen. Morgen früh gehe ich dann damit auf die Jagd.«

Die Torwächterin blieb unter einem mächtigen Nadelbaum stehen. »Na schön, du Quälgeist. Dann bau wegen mir deinen Käfig. Ich halte so lange Wache, damit Athrú dir nicht in den Rücken fällt.«

Jacob rutschte von dem Einhorn herunter. Im Zwielicht der Dämmerung suchte er nach einigen möglichst geraden, trockenen Zweigen. Im Nu hatte er eine ausreichende Menge aufgelesen, um die Falle zu bauen. Sein Hirschfänger leistete ihm dabei wertvolle Dienste.

Der fertige Käfig war groß genug, um mehrere Rebhühner

aufzunehmen – oder eine fette Katze einzufangen. Zur Verbindung der einzelnen Streben hatte Jacob Riemen aus der grünen Rinde von Büschen verwendet. Vorne befand sich eine mit einem Stein beschwerte Gittertür, die hochgeklappt werden konnte. Über ein Gestänge war sie mit einem Auslösemechanismus am Käfigboden verbunden. Sobald die Katze dort den Köder von der Stelle bewegte, würde der Deckel zufallen, einrasten und sie wäre gefangen.

»Verrätst du mir jetzt, womit du unser ›Rebhuhn‹ anlocken willst?«, fragte die Torwächterin leise, als Jacobs Meisterstück vollendet war. Sie hatte ihm zuletzt mit einem sanften Glühen ihres Horn das nötige Licht gespendet.

»Mit …« Er griff in die Hosentasche und zog die Hand mit einem Bröckchen zwischen Daumen und Zeigefinger wieder hervor. Es glich einem hellen Brotkrumen. »Mit dem hier: dem Fleisch der weißen Schlange. Gut, dass ich noch etwas davon übrig behalten habe. Niemand kann ihm widerstehen.«

»Ich schon. Aber ein Grasfresser zählt wohl nicht.«

»Entschuldige, hab's nicht so gemeint. Hauptsache die weiße …«

»Pst!«, unterbrach ihn das Einhorn. »Wir wollen doch das ›Rebhuhn‹ nicht aufscheuchen, ehe es im Käfig sitzt. Deine List gefällt mir und ich bin sicher, Mutter Natter hat auch nichts dagegen.«

Jacob reckte die Arme und gähnte auffallend lang. »Ich bin zum Umfallen müde. Meinst du, ich kann mich dort drüben zwei, drei Stündchen aufs Ohr hauen, bevor wir wieder aufbrechen?«

»Ehe du die ganze Nacht hindurch quengelst, meinetwegen. Leg dich nur hin. Ich werde über dich wachen.«

Er schlurfte, so als würde er tatsächlich jeden Moment ermattet zusammenbrechen, zu einem Hügel zwischen zwei Baumriesen, von dem aus er die Falle im Auge behalten konnte, der aber trotzdem weit genug davon entfernt war, um die Katze nicht zu verschrecken. Die Torwächterin leuchtete ihm den Weg. Nachdem sie sich hingelegt hatte, kuschelte er sich an ihren warmen Bauch.

So einfach dazuliegen, ohne hin und her geschüttelt zu werden, war herrlich! Jacob meinte, er sei nie besser gebettet gewesen. Sogar die trockenen Tannennadeln am Boden waren weicher, als es ihr Name vermuten ließ. Das grüne Glimmen am Ende des Horns wurde allmählich schwächer, bis es schließlich ganz erlosch. Und ehe Jacob sich versah, war er tatsächlich vor Erschöpfung eingenickt.

Ein klackendes Geräusch ließ ihn aus dem Schlaf auffahren. Als er die Augen öffnete, sah er einen grünen Schimmer. Sofort wanderte sein Blick zu dem Käfig.

Der Deckel war zugefallen.

Und die weiße Katze steckte in der Falle.

»Wünsche wohl geruht zu haben und Gratulation zum Fang des Wandlers«, begrüßte ihn das Einhorn.

»Das lag nur am Köder«, wiegelte er ab, während er auf die Beine kam. Aufgeregt lief er zum Käfig.

Die Torwächterin wich nicht von seiner Seite und leuchtete ihm den Weg. »Sei vorsichtig, Meister Spross, und rede ihn immer mit seinem Namen an!«

In gebührendem Abstand zur Falle blieben sie stehen und Jacob musterte die weiße Katze.

Sie fauchte ihn zornig an. Ihre roten Augen reflektierten das Einhornlicht. Vor ihr lag das weiße Fleischbröckchen; es war durch die Käfigstäbe in die Tannennadeln gefallen.

Jacob ging in die Hocke und lächelte. »So schnell sieht man sich wieder, Herr Athrú. Für einen Adulargnom muss es beschämend sein, wenn kätzische Gelüste einen in die Hände des Gegners treiben.« Es überraschte ihn nicht wirklich, dass er die zornige Erwiderung des Wandlers verstehen konnte.

»Spotte nur, du garstiges Menschenkind. Wer zuletzt lacht, lacht am besten. Wenn ich dich erst einmal zwischen meine Klauen bekomme, wird selbst deine Mutter auf mich hereinfallen.

Dann kann niemand mehr das Tor nach Ríocht Na Sí zuschlagen.«

»Dazu müsstest du erst aus dem Käfig herauskommen, du alter Lausepelz, und das werde ich nicht ...«

Jacob verschlug es die Sprache, weil plötzlich zwischen den Pfoten der Katze eine graue Maus aus einem Erdloch kroch. Ihre dunklen Knopfäuglein schenkten dem über ihr aufragenden Räuber kaum Beachtung, weil offensichtlich etwas anderes, etwas ganz und gar Unwiderstehliches ihre Aufmerksamkeit fesselte. Sie schnüffelte gierig am Fleisch der weißen Schlange.

»Weg mit dir!«, rief Jacob und klatschte in die Hände. Doch es war schon zu spät.

Die Katze schlug mit der Pfote nach der Maus, nicht um sie mit ihren scharfen Krallen aufzuschlitzen, sondern um sie ihres Körpers zu berauben.

Im nächsten Augenblick war die Katze auch schon weg.

»Du hättest den Wandler nicht ›Lausepelz‹ nennen dürfen, Meister Spross«, tadelte ihn das Einhorn. »Schnell weg vom Käfig, sonst ...«

Weiter kam es nicht, denn während Jacob noch zurücktaumelte, attackierte ihn unvermittelt eine graue Maus. Mit wütendem Gequietsche rannte sie unter dem Käfig hervor, direkt auf ihn zu.

Er sah sich schon zu einem Häuflein Haut und Knochen zusammenfallen, doch kurz bevor der angriffslustige Nager ihn erreichte, stieß die Torwächterin mit ihrem gleißenden Horn zu und rief gebieterisch: »Zurück, Athrú!«

Flink wich die Maus zur Seite aus, flitzte zum Käfig zurück und verschwand unter einem winzigen grauen Fellklümpchen in der Erde.

Der Mitternachtsrat

Münsingen
Herzogtum Württemberg, 19. Juni 1798

Es war eine laue Sommernacht. Die Grillen zirpten und am samtschwarzen Himmel funkelten Abertausende von Lichtern. Trotzdem fühlte Wilhelm etwas Bedrohliches, das seinen Blick unruhig durchs glaslose Scheunenfenster in die Dunkelheit hinauswandern ließ.

Gegen das Sternenlicht hoben sich wie ein Scherenschnitt die Umrisse eines Wohnhauses ab. Die Bewohner schliefen wohl längst. Der Heuspeicher war nur eine Notlösung, weil die vier Reisenden in den Gasthäusern von Münsingen keine Unterkunft mehr gefunden hatten. Immerhin war der Bauer, der ihnen die Scheune für eine fürstliche Vergütung überlassen hatte, so aufmerksam gewesen, Strohsäcke als Bettenersatz anzubieten.

Ans Schlafen war aber vorerst nicht zu denken. Die furchterregende Begegnung mit dem riesigen Bluthund steckte noch allen in den Knochen. Sie waren zu aufgewühlt und zu ärgerlich, den Wandler gefangen und gleich wieder verloren zu haben! Und das zweimal hintereinander.

Unmittelbar nach der Ankunft im Nachtquartier hatte Wilhelm mithilfe des Spiegels seinen Bruder zu rufen versucht, um ihn über die jüngsten Entwicklungen in Kenntnis zu setzen. Er meinte zu spüren, dass Jacob ihn ebenfalls dringend sprechen wollte. Aber das Weltenfenster schien zu klemmen – der Spiegel war dunkel geblieben. Sir D'Arcy empfahl, es später noch einmal zu versuchen. In der Zwischenzeit könne man sich überlegen, welche Lehren aus dem neuerlichen Rückschlag zu ziehen seien. Inzwischen war es kurz nach Mitternacht und sie beratschlagten immer noch.

»Sollen wir jetzt alle Katzen im Herzogtum jagen? Da ist mir der weiße Bluthund zehnmal lieber gewesen. Der war wenigstens auffällig.« Wilhelm schüttelte verzweifelt den Kopf. Wieder wanderte sein Blick hinaus zum Bauernhaus. Sir D'Arcy, Alroy und Serge saßen im Stroh hinter ihm.

»Irgendetwas an der Katze war nicht normal«, sagte der Franzose.

Wilhelm verzog den Mundwinkel. »Ja, der Wandler, der in ihr steckt.«

»Ich meine ihre schwarzen Augen. Haltet mich jetzt bitte nicht für meschugge, aber sie sahen nicht aus wie Katzenaugen. Eher wie die einer Maus. Außerdem fand ich ihr Fell merkwürdig.«

»Nachts sind alle Katzen grau«, schnaubte Alroy.

Der Navigator schüttelte den Kopf. »Unser tapferer Musketier hat recht. Vielleicht hängen diese Abnormitäten mit der Art der Verwandlung zusammen. Oder hat jemand eine Katze bemerkt? Ich meine, *bevor* der weiße Bluthund sich verwandelt hat?«

»Bei dem Pulverdampf könnten wir sie übersehen haben. Vielleicht hockte sie im Fass und ist herausgesprungen, als meine Kugel einschlug.«

»Dann hätten wir ihre Überreste finden müssen. Aber da war nichts. Das ist entweder beunruhigend oder sehr aufschlussreich.«

Wilhelm drehte sich zum Navigator um. »Wie meinen Sie das?«

»Es könnte sein, dass der Wandler gar kein anderes Lebewesen braucht, von dem er sich ... nun, sagen wir, *abpausen* kann. Ich vermute eher, dass er seine neue Gestalt durch den Riss im Phantaversum ... *zugespielt* bekommen hat.«

»Sie meinen, von dem Zwerg?«

»Möglicherweise. Das würde die Worte erklären, die der Riese dir gegenüber geäußert hat.«

»Er sprach von einem Tor, für dessen Hüter er mich gehalten hat.«

Sir D'Arcy nickte. »Und das er auf keinen Fall verschlossen

wissen wollte. Wir sollten die Suche nach der mausgrauen Katze überspringen und morgen früh sofort zum Blautopf zurückkehren. Wenn wir das Wesen aus Jacobs Welt finden und überwältigen können, dann dort.«

»Möglicherweise haben Sie …« Wilhelm verstummte mitten im Satz. Mit einem Mal hatte er das Gefühl, Jacobs Stimme zu hören. Sie rief seinen Namen.

»Alles in Ordnung, Bill?«, fragte Alroy.

»Nein. Ich meine, ja. Mein Bruder versucht, mit mir Kontakt aufzunehmen.« Wilhelm setzte sich schnell zu den anderen ins Stroh und legte eines von Jacobs Haaren auf den Reisespiegel in seinem Schoß. Diesmal öffnete sich das Weltenfenster gleichsam wie geschmiert.

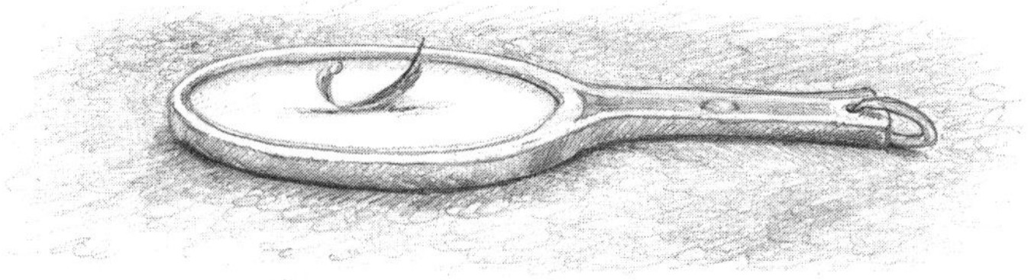

»Du lieber Himmel! Was ist denn mit dir passiert? Dein Haar ist ja ganz weiß geworden«, entfuhr es Wilhelm, als der Kopf seines Bruder im Kirschholzrahmen erschien.

Jacob erzählte es ihm, angefangen vom Wal, über die Rettung des Einhorns und die Durchquerung des Kristallmeeres bis hin zu Athrús Gefangennahme und Flucht. Da Wilhelms Gefährten die Stimme aus dem Spiegel nicht hören konnten, fasste diese für sie zwischendurch immer wieder das Wichtigste in Stichworten zusammen.

»Wir sind nach wie vor im Immerwald«, schloss Jacob seinen Bericht. »Das Einhorn meint, Athrú werde nichts unversucht lassen, um uns beide aufzuhalten. Deshalb denke immer daran, Guy: Sprich ihn *nur* mit seinem Namen an. Dann kann er dich weder verwünschen, noch dir die Gestalt rauben.«

Wilhelm nickte abwesend. Er musste das Gehörte erst einmal verdauen. Sein Bruder hatte einen Finger geopfert, um ein *Einhorn* zu retten? Er sprach mit Tieren? Und dieser Wandler ... »Wie kann Athrú zugleich hier bei uns sein und bei dir?«

»Wie meinst du das?«

Damit sein Bruder ihm folgen konnte, erzählte Wilhelm nun seinerseits, was er in den vergangenen Tagen erlebt hatte.

»Nur damit ich das richtig verstehe«, fasste Jacob das Gehörte zusammen. »Als mir ein Zwerg über die Schulter geschaut hat, war's bei dir ein Riese. Nachdem der die Gestalt eines Bluthundes angenommen hatte, musste ich eine Katze verfolgen. Und sobald die sich hier in eine Maus verwandelte, hast du eine Katze ...«

»*Spiegelwesen!*«, unterbrach ihn Wilhelm murmelnd.

»Was hast du gesagt?«

»Hast du dich je in einem Löffel betrachtet?«

»Ich bin froh, wenn ich damit etwas in mich hineinschaufeln kann. Wieso?«

»Weil du dich darin auf dem Kopf stehend und seitenverkehrt siehst. Alles ist andersherum. Irgendwie scheint es mit den Wandlern ähnlich zu sein.«

»Du meinst, es gibt *zwei* Athrús?«

»Ja. Und der Riss im Phantaversum ist der ›Löffel‹, der sie irgendwie spiegelt. Wenn der eine Athrú die Gestalt ändert, tut's der andere auch. Das würde auch erklären, warum der Hund keine ›Vorlage‹ brauchte, um sich in eine Katze zu verwandeln …«

»… als meine Mieze hier die Maus berührte«, führte Jacob den Gedanken zu Ende.

Wilhelm nickte. »Mir ist natürlich klar, wie verworren das klingt, aber etwas Besseres fällt mir auf die Schnelle nicht ein.«

»Zumal ich mich frage, wozu uns dieses Wissen nützt, wenn wir …« Jacob stockte, weil er plötzlich einen Ruf vernahm, der sogar durchs Weltenfenster hindurch zu vernehmen war: *Schuhu! Schuhu!* Er sah sich erschrocken um. Mit einem Mal weiteten sich seine Augen vor Entsetzen und er schrie wie zur Abwehr eines Fluchs den Namen des Wandlers heraus.

»*Athrú!*«

Dann glitt sein Gesicht davon, so als würde es jäh aus dem Kirschholzrahmen gewischt; zurück blieb nur Finsternis.

Wilhelm sah entsetzt seine Gefährten an, doch die lauschten nur gespannt und es war zu dunkel, um ihre Gesichter zu erkennen. Er machte sich schreckliche Sorgen. Hektisch fuhr er aus dem Stroh hoch, rief immer wieder nach seinem Bruder und schüttelte verzweifelt den Spiegel, als sei der ein Mechanismus, in dem nur etwas klemmte. Doch Jacobs Konterfei kam nicht wieder. Was hatte er über die Warnung des Einhorns gesagt? Athrú werde nichts unversucht lassen, die Brüder aufzuhalten.

Wie schon zuvor glaubte Wilhelm sich von etwas bedroht, etwas, das draußen im Dunkel auf ihn lauerte. Unwillkürlich drehte er sich um und sah wieder durchs Scheunenfenster hinüber zum Schattenriss des Bauernhauses. Auf dem Dach saß jetzt eine ungewöhnlich große Katze. Er meinte, ihre Augen glimmen zu sehen. Sie blickte zu ihm herüber.

Schuhu

Ríocht Na Sí
4. Tag

Die Maus war so groß wie ein Ochse. Angriffslustig bleckte sie die Zähne. Jacob hatte sich weit über das Weltenfenster gebeugt und beim ersten *Schuhu!* überrascht aufgeblickt. Nun meinte er zu einem Eiszapfen erstarren zu müssen. So viel Angst wie in diesem Moment hatte er noch nie verspürt. Entsetzt schrie er den Namen des Wandlers heraus.

»Athrú!«

Anders als erhofft ließ sich die Monstermaus dadurch aber

nicht bannen. Im Gegenteil, sie tippelte einen weiteren Schritt auf ihn zu und wiederholte ihr: *Schuhu! Schuhu!*

Trotz seiner schreckstarren Glieder kam er auf die Beine, stolperte in die mit Regenwasser gefüllte Felsmulde, die eben noch Wilhelms Gesicht gezeigt hatte, und schlug damit unabsichtlich das Weltenfenster zu. Während er rückwärts vor der Maus zu entkommen suchte, hörte er die Stimme des Einhorns.

»Das ist nicht Athrú, sondern nur ein Trugbild der Schuhu. Wenn sie dich anhaucht, verlierst du jeden Mut. Sie beschwört in dir deine größte Angst herauf. Wende dich von ihr ab.«

Jacob fiel rücklings von dem Felsen in die trockenen Tannennadeln und rappelte sich sofort wieder hoch. Er war zu entsetzt, um die Riesenmaus für eine Illusion zu halten. Voller Furcht drehte er sich nach ihr um. Sie hockte jetzt auf dem Findling und es schien, als wolle sie den Jungen mit ihren Knopfaugen hypnotisieren, damit er sich nicht wehrte, wenn sie ihm die Nagezähne in den Leib rammte.

Mit aller Willenskraft schaffte Jacob es, sich umzudrehen und weiterzutaumeln, weg von dem nacktschwänzigen Ungeheuer. Mit der Hand hinter sich schlagend, schrie er: »Fort mit dir, Athrú! Du kannst mich nicht töten, Athrú.« Aus den Augenwinkeln sah er, wie die Torhüterin mit strahlendem Horn um den Felsen galoppiert kam. Sie wollte ihm zu Hilfe eilen.

Als sie bis auf ungefähr zehn Schritte herangekommen war, verwandelte sich die Maus plötzlich in einen gewaltigen Uhu.

Er war mindestens fünfmal so groß wie ein Adler. Die Torhüterin stemmte ihre Klauen in den Boden, um nicht mit ihm zusammenzustoßen. Ehe sie ihm ausweichen konnte, hauchte er sie an und rief zum dritten Mal: *»Schuhu! Schuhu!«*

Ihr ganzer Körper erzitterte unter einem Schauer von Zuckungen.

Als Jacob sah, dass selbst seine sonst so unerschrockene Gefährtin diesem Gegner nicht gewachsen war, verlor er allen Mut. Wie gelähmt starrte er den riesigen Vogel an, der unvermittelt zu reden begann.

»Ich bin die Eule Schauder und wer seid ihr?«

»Die Tochter des Hüters der Harmonie«, antwortete das Einhorn mit bebender Stimme.

Jacob kniff die Augen zusammen, um aus Furcht nicht den Verstand zu verlieren. Er musste ruhig bleiben und nachdenken. Das Einhorn hatte ihm im Kristallmeer den Namen »Meister Spross« gegeben und ihm eingeschärft, diesen niemandem zu verraten, dem er nicht trauen könne, denn wer seinen wahren Namen kenne, besitze auch Macht über ihn. Vielleicht war das der Grund, weshalb er trotz der schrecklichen Angst noch einen letzten Funken Verstand im Kopf hatte und sich an die Warnung erinnern konnte.

»Ich bin Philippssohn«, sagte er.

»Ich merke, ihr sprecht beide die Wahrheit«, stellte die Eule Schauder fest und wandte sich mit zwei kleinen Schritten direkt Jacob zu. »Was sucht ihr in meinem Wald, Philippssohn?«

»Wir wollen die Weise vom Glasberg finden und sie fragen, wie man dem Wandler Athrú beikommen kann. Er huscht gerade irgendwo als Maus durch den Immerwald. Vermutlich folgt er unserer Fährte.«

»Das war Athrú?«, zischte die Eule angewidert. Ein Blitz erhellte den Himmel über dem Immerwald und Wind kam auf. Die alten Baumriesen begannen zu ächzen. »Du hast recht, er ist hinter euch her. Ich hätte ihn beinahe zum Frühstück verspeist. Ist mir nur mit knapper Not entwischt.«

»Fragt sich, wer da wem entkommen ist. Hättet Ihr ihn auch nur angerührt, würde er jetzt vermutlich als Eule durch den Immwerwald fliegen.« Jacob staunte über seine forsche Antwort. Anscheinend ließ die Wirkung des Schuhu-Atems bereits nach.

Die Eule schüttelte ihr Gefieder. »Igitt! Ein widerlicher Gedanke. Was hat der Körperdieb dir getan, dass du seinetwegen dein Leben aufs Spiel setzt?«

»Er ist in meine Welt eingedrungen und treibt dort sein Unwesen.« Ein Zittern ging durch den Boden, das sich über die uralten Wurzeln und mächtigen Stämme bis in die Baumkronen fortpflanzte. O *nein!*, schoss es durch Jacobs Kopf. Das Unwetter im Kristallmeer hatte sich ganz ähnlich angekündigt.

»Jetzt lügst du!«, fauchte der Vogel, ohne auf die von Böen gepeitschten Wipfel zu achten. »Nur Geschöpfe mit überschäumender Phantasie können die Quelle der Erleuchtung durchqueren. Athrú ist zu einfallslos dafür.«

»Er ist durch einen Riss im Phantaversum geschlüpft, den ein unachtsamer Weltenschöpfer verursacht hat. Wenn wir Athrús Geheimnis nicht innerhalb der nächsten zwei Tage lüften, wird daraus eine klaffende Bresche werden.«

»Was für ein Unglück!«, jammerte die Eule Schauder theatralisch. Ihr war anzuhören, dass sie Jacob nicht glaubte.

»Das Gleichgewicht der Phantasie würde aus dem Lot geraten«, erklärte das Einhorn ernst. Es hatte ebenfalls neuen Mut gefasst. »Dadurch würde die Harmonie im Phantaversum gestört: In der Welt der Sinne könnten Albträume wahr werden, die wiederum bei uns noch schrecklichere Hirngespinste entstehen lassen würden. Es wäre im wahrsten Sinne des Wortes ein Teufelskreis.«

Die Eule hatte den Kopf nach hinten gedreht, um die Torwächterin anzusehen. Ihre Erwiderung troff nur so vor Geringschätzung. »Das halte ich für übertrieben, *Einhörnchen*. Ihr zwei seid nur Unheilspropheten, die man am besten zum Schweigen bringt. Ich werde mich dazu opfern, damit wieder Ruhe und Ordnung in meinem Reich herrscht.«

»Was?«, japste Jacob. »Ihr könnte doch nicht …«

Das Eulenhaupt wandte sich ihm wieder zu – jetzt hatte es

erstaunlicherweise eine ganze Drehung vollzogen. *»Schuhu! Schuhu!«* Während ihr grauenerregender Atem ihm einen neuen Schauer über den Rücken jagte, drehte sie ihr mächtiges Haupt blitzschnell auf den Rücken und blies auch das Einhorn an. *»Schuhu! Schuhu!«*

Anstatt zu flüchten, schlotterten beide erneut vor Angst. Jacob brachte immerhin die Willenskraft auf, seine Augen zu schmalen Schlitzen zusammenzuziehen, weil Millionen von Tannennadeln ihn wie Schneeflocken umwirbelten. Er konnte sich kaum noch gegen den Sturm anstemmen, ohne von den Beinen gerissen zu werden.

Ein Raunen ging durch den Immerwald. Es klang wie eine Warnung der alten Bäume. Mittlerweile wurden diese von einzelnen Böen gepeitscht, die in Orkanstärke auf sie niederfuhren und sie wie Ähren im Wind umherwirbelten. Überall barsten Äste und ganze Stämme, manche wurden einfach entwurzelt und flogen in den Himmel empor. Zugleich zuckten von dort pausenlos Blitze herab und machten die Nacht zum Tage.

Die Eule Schauder lachte irre, als habe das Unwetter ihren Verstand berauscht. »Da mir das Mäuslein schon entwischt ist, werde ich mich jetzt an euch zwei schadlos halten. Zuerst kommt die Vorspeise, der kleine Philippssohn.«

Unfähig sich zu rühren, musste Jacob zusehen, wie sie ihre mächtigen Schwingen ausbreitete und zum Sprung ansetzte, um ihre riesigen Säbelklauen in seinen Körper zu graben.

In diesem Moment fuhr ein gewaltiger Windstoß wie ein unsichtbarer Riesenbesen zwischen ihm und dem Einhorn hindurch. Er packte die Schuhu bei den Flügeln und riss sie nach oben. Wie ein Blatt taumelte sie immer höher hinauf und schrie dabei, als wäre sie die Verkörperung des Wahnsinns.

Jacob bekam von dem Gekreische eine Gänsehaut. Er hatte später nie sagen können, ob die Eule irre lachte, verzweifelt weinte oder nur unglaublich wütend war. Dann krachte sie weit oben gegen eine dicke Tanne, wo sie die Besinnung verlor. Reglos stürzte sie in die Tiefe, riss dabei etliche Äste mit und beendete ihre unfreiwillige Flugeinlage mit einem dumpfem Aufprall.

»Schnell, spring auf!«, rief die Torwächterin. Kaum hatte sich Jacob auf ihren Rücken geschwungen, stürmte sie los.

»Der Riss im Phantaversum?« Er musste schreien, um den Lärm zu übertönen.

»Ja«, antwortet das Einhorn ebenso laut. »Die Eule Schauder hat wohl noch nie so ein Unwetter erlebt, sonst wäre sie nicht so übermütig gewesen.«

»Uns hat es das Leben gerettet!«

»Bist du dir da so sicher?«

Jacob schluckte. Die Torwächterin hatte recht. Zwar wich sie den umherfliegenden Ästen mit traumwandlerischer Sicherheit aus, aber ihre Sinne und ihre Schnelligkeit hatten Grenzen. Spätestens wenn es entwurzelte Bäume vom Himmel hagelte, wäre sie wohl überfordert.

Ihr Horn strahlte wie eine grüne Sonne, während sie durch das Unwetter galoppierte. So konnten sie und ihr Reiter nach einem Unterschlupf Ausschau halten und drohende Gefahren rechtzeitig erkennen. Als die Bäume zu fallen begannen, schien das aber auch nichts mehr zu nützen.

»Da vor uns!«, rief das Einhorn mit einem Mal.

Jacob strengte seine Augen an und brüllte: »Da sind doch nur Bäume.«

»Ja. Aber hast du den großen da direkt vor uns gesehen? Er schwankt nicht einmal.«

Das Einhorn flog förmlich auf den riesigen Stamm zu. Wie eine gigantische Säule ragte er vor ihnen auf. Ob er dem Hagel, der wohl gleich auf ihn niederprasseln würde, standhalten konnte?, fragte sich Jacob. Nie hatte er ein größeres Lebewesen gesehen.

Das laute Knacken von berstenden Ästen über ihm ließ ihn nach oben blicken. Ein erschreckend großer Baum raste auf ihn und das Einhorn zu. Wie schon im Kristallmeer riss Jacob die Hände hoch und brüllte, um nicht von dem herabfallenden Stamm erschlagen zu werden, ein einzelnes Wort.

»Gras!«

Der Baum verwandelte sich in ein Bündel langer, schier unzähliger Halme. Es war nicht unbedingt eine kluge Wahl, aber immerhin besser, als hätte er *Kokosnüsse!* gerufen. Im Nu war ihm die Sicht genommen. Seine Ohren hörten nur noch ein Rascheln, so als stehe er bei Sturm in einem Meer aus Schilf.

Er versuchte, sich aus dem Gestrüpp zu befreien, konnte aber die Arme nicht mehr bewegen, weil er wie ein Spinnrocken dick eingewickelt war.

Obwohl es dem Einhorn kaum besser ergehen konnte, galoppierte es weiter auf den Baumriesen zu. Doch dann verhedderte es sich in den trockenen Halmen, riss sie wieder entzwei und verfing sich abermals darin. Schließlich ging gar nichts mehr. Es strauchelte.

Jacob wurde durch die Luft geschleudert und landete zwischen den riesigen Wurzeln des Baumes.

Der Sattel

Ríocht Na Sí
4. Tag

»Tu das nie wieder!«, rief das Einhorn und prustete, weil sein ganzes Maul voller Grashalme war.

»Mir ist auf die Schnelle nichts Besseres eingefallen«, erwiderte Jacob geknickt. Beflissen zupfte er seiner Gefährtin ein paar Halme aus den Ohren.

Wie schon im Kristallmeer hatte der Sturm schlagartig aufgehört, aber immer noch stürzten um sie herum Stämme und Äste zu Boden. Das Krachen und Ächzen war furchterregend, doch der Baumriese hielt den tödlichen Schauer von ihnen fern.

»Warum ausgerechnet Grashalme, Meister Spross?«

»Warum nicht? Du hast erst vor ein paar Stunden erwähnt, dass du dich davon ernährst. Ist es nicht toll, im Essen zu baden? Und wir sind weich gefallen.«

»Hättest du wieder Laub genommen, wäre ich überhaupt nicht gestrauchelt.«

»Du hast recht. Entschuldige bitte. Wie gut, dass du gerade noch rechtzeitig diesen großen Baum entdeckt hast.«

»Du kannst dich persönlich bei ihm bedanken. Er ist der König der Bäume vom Immerwald.«

»Die Bäume haben einen König?«

»In den meisten Reichen des Phantaversums jedenfalls. Wusstest du das nicht? In deiner Welt der Sinne heißt er Ajuga. Ein anderer grüner Herrscher trägt den Namen Merleander.«

Jacob richtete sich auf, drückte das Kreuz durch und blickte an dem riesigen Stamm empor. Im Licht des Horns konnte er ein paar kleinere Bäume erkennen, die von den langen »Armen« des Königs aufgefangen worden waren. Er legte die Hände an den Mund und rief: »Vielen Dank, Majestät, für Euren Schutz.«

Der König der Bäume knarzte.

»War das eine Antwort?«, fragte sich Jacob verwundert und sah seine Gefährtin an.

»Was sonst?«, erwiderte das Einhorn und stand nun ebenfalls wieder auf. »Steig auf, Meister Spross. Der Hagel hat aufgehört. Wir sollten unsere Reise fortsetzen, ehe die Eule zu sich kommt.«

Jacob kletterte wieder auf den Rücken der Torwächterin. »Weil du gerade die Eule Schauder erwähnst – womit hat sie dich denn erschreckt?«

Die Angesprochene zögerte. »Mit dem Mörder meines Vaters.«

Jacob schüttelte verständnislos den Kopf. »Ich könnte einem so wunderbaren Geschöpf wie dir nie etwas zuleide tun.«

»Das hast du bewiesen, als du deinen Finger für mich opfertest«, sagte sie sanft. Hierauf wurde ihre Stimme kühl. »Mein Vater wurde von demselben bösen Zauberer getötet, der mich in meiner Grotte anketten ließ.«

Jacob strich mitfühlend über ihren Hals. »Ich kann verstehen, dass du dich gefürchtet hast. Glücklicherweise sind wir die alte Schuhu los. Sie kann uns nicht mehr verzagen lassen.«

»Durch die Eule Schauder haben wir nur unsere Urangst *gesehen*«, antwortete das Einhorn, während es leichtfüßig zwischen den herumliegenden Stämmen und Ästen hindurchtrabte, »aber es gibt andere in Ríocht Na Sí, die uns das Grauen *spüren* lassen können. Diese müssen wir noch viel mehr fürchten.«

Jacob verfiel in ein dunkles Grübeln. Er mochte lieber nicht fragen, an welche Schrecken das Einhorn dabei dachte. Als es über einen im Weg liegenden Stamm hinwegsetzte, kamen ihm wieder die Könige der Bäume in den Sinn. »Woher weißt du so viel über fremde Welten?«

»Das ist der Vorzug einer Torwächterin: Man hört so allerlei aus den fernen Reichen im Meer der Träume«, antwortete sie.

Beim Klang des letzten Wortes wurden seine Augenlider schwer. Er gähnte.

Das Einhorn lachte leise. »Du hast in dieser Nacht kaum geruht. Lass mich dich in den Schlaf wiegen, mein Freund. Für das, was vor uns liegt, brauchst du all deine Kraft.«

Er lächelte selig, während er sich dem Halt des kräftigen Einhornschweifs übergab. Eben hatte die Torhüterin ihn »mein Freund« genannt. Zum allerersten Mal.

Die Waldhornstimme trompetete ihn ganz sanft aus dem Schlaf. »Aufwachen, Meister Spross! Das willst du dir bestimmt nicht entgehen lassen.«

Jacob schlug die Augen auf. Das Einhorn stand am nördlichen Rand des Immerwalds unter den ausladenden Ästen einer Tanne. Vor ihnen lagen Äcker und grüne Weideflächen. Am nordwestlichen Horizont erstreckte sich eine Bergkette. *Ein* Gipfel überragte alle anderen mindestens um das Dreifache. Er glich einer riesigen Pyramide ohne Schlussstein – die Spitze war abgeflacht.

»Der Glasberg«, sagte die Torwächterin.

»Irgendwie habe ich ihn mir ... durchsichtiger vorgestellt.«

»Wir sind noch sehr weit weg. Warte ab, bis du ihn aus der Nähe siehst. Kannst du dich wieder alleine festhalten?«

»Natürlich.«

Im nächsten Augenblick bereute Jacob seine Großspurigkeit, denn das Einhorn wechselte aus dem Stand in einen scharfen Galopp. Er brauchte seine ganze Aufmerksamkeit, um nicht herunterzufallen.

Wie der Wind stürmten sie zwischen den Feldern dahin, den ganzen Vormittag lang. Auch ein paar kleinere Ortschaften durchquerten sie unterwegs. Hier und da zeigten Kinder mit ihren Fingern auf den Reiter und sein gehörntes »Ross«. Manchmal winkten sie ihnen zu und Jacob winkte zurück.

»Die Leute in dieser Gegend stehen in dem Ruf, sehr gastfreundlich zu sein. Möchtest du anhalten und dich etwas stärken?«, fragte das Einhorn nach einer Weile.

»Lieber nicht. Stell dir vor, ich schüttle ausgerechnet Athrú die Hand.«

»Wer allen misstraut, ist bald sehr einsam, Meister Spross.«

»Ich traue *dir*. Das muss im Moment genügen. Außerdem fehlt uns die Zeit zum Rasten.«

Als sie an einem Gehöft vorbeikamen, wurde Jacob dann doch schwach. Eine junge Bäuerin war so hingerissen von seinem Reittier, dass sie ihm einen ringförmigen Kuchen und einen Krug Wasser schenkte. Er nahm beides dankend an, und schon galoppierten sie wieder davon.

An einer Tränke ließ er das Einhorn abermals anhalten, legte ein weiteres von Wilhelms Haaren ins Wasser, öffnete das Weltenfenster und berichtete den Gefährten von der Eule Schauder und wie er ihr entkommen war. Die Nachricht wurde in der Welt der Sinne mit großer Erleichterung aufgenommen. Wilhelm äußerte den Verdacht, dass Athrú ihn beobachte. Im Moment seien sie mit der Kutsche auf dem Rückweg nach Blaubeuren. Nachdem man einander zur Vorsicht ermahnt und sich Glück gewünscht hatte, setzte Jacob seinen wilden Ritt fort.

Mehr und mehr staunte er über die Vielfalt der Bewohner von Ríocht Na Sí. Da gab es nicht nur Frauen, Männer und Kinder, sondern auch alle möglichen Tiere, die wie Menschen gekleidet waren. Am putzigsten fand er einen gestiefelten Kater, der schwankend aus einem Gasthaus torkelte. Außerdem bekam er Zwerge, Trolle, sogar zwei Riesen zu Gesicht. Diese Begegnungen wurden allerdings seltener, je näher sie dem Glasberg kamen. Dessen unmittelbare Umgebung war gebirgig, zuletzt sogar ziemlich unwegsam und fast unbewohnt. Als Jacob und das Einhorn zur Mittagszeit endlich ihr Ziel erreicht hatten, waren nur zwei Bergtrolle etwa eine Viertelmeile weiter südlich auszumachen – sie fuchtelten wild mit ihren Händen, als zankten sie um einen Gegenstand, der zwischen ihnen am Boden lag.

Jacob beachtete die beiden Streithähne nicht weiter, sondern sprang vom Rücken des Einhorns, um das »Fundament«, auf dem das Haus der Weisen vom Glasberg stand, eingehend zu untersuchen. Wie ein vom Himmel gefallener Stern ragte es steil vor ihnen auf und funkelte in der Mittagssonne. Jacob legte die Hand auf die steil emporstrebende Flanke. Sie sah aus wie Eis, ihre Oberfläche war auch ebenso glatt, fühlte sich aber tatsächlich eher wie Glas oder Kristall an. Als er sein Spiegelbild auf der glänzenden Fläche betrachtete, verschlug es ihm die Sprache.

»Meine Haare sind wieder so dunkel wie früher geworden!«

»Da muss ich dich enttäuschen«, sagte das Einhorn. »Sie haben sich nicht verändert.«

Er hielt seine linke Hand vors Gesicht. Es stimmte. Der kleine Finger fehlte immer noch, aber im Spiegelbild war er zu sehen. Dann fiel ihm noch etwas auf. »Ich kann *dich* gar nicht sehen.«

»Mir geht es genauso. Wahrscheinlich reflektiert der Glasberg keine Phantasiegebilde, sondern nur, was in der Welt der Sinne sichtbar ist.«

»Du meinst, wenn ich durch die Quelle der Erleuchtung zurückkehre, bekomme ich meinen Finger zurück und die Haare sind auch wieder normal?«

»Ich kann nicht sagen, ob der Berg dir ein Bild der Zukunft oder der Vergangenheit zeigt. Hast du dir schon überlegt, wie wir auf ihn hinaufkommen?«

Abermals strich Jacob mit der Hand über die schräg aufragende Bergflanke. Sie war viel zu glatt, um sich daran emporzuhangeln. Er drückte die Nase an das kristallklare Gestein und beschirmte das Gesicht wie mit Scheuklappen, um sich nicht vom eigenen Spiegelbild narren zu lassen. Den Glasberg mit Blicken zu durchdringen war unmöglich, aber er entdeckte darin einen Schemen, der ihn erschauern ließ.

»Ich glaube, da steckt jemand im Fels fest.«

»Ja«, antwortete das Einhorn ernst. »Einer der Unglücklichen, die den Gipfel stürmen wollten. Es heißt, der Glasberg verschlucke jeden, der an ihm gescheitert ist, bei lebendigem Leib.«

Die Vorstellung verursachte Jacob eine Gänsehaut. Sein Blick wanderte wieder zu den beiden Streithähnen. Von Weitem sahen sie wie etwas zu groß geratene Dickwänste mit Glatzen und Zottelfellgarderobe aus. Ob sie ebenfalls den Gipfel erklimmen wollten? Zwischen ihnen lag etwas, das wie ein Sattel aussah. Möglicherweise war ihnen ja ihr Lasttier abhanden gekommen und nun wollte der eine den anderen zur Vernunft bringen. Worum immer es bei ihrer Auseinandersetzung auch ging, es konnte wohl nicht so weltbewegend sein. Anders als bei mir, dachte Jacob. Wenn er am Glasberg scheiterte, geriet schlimmstenfalls das ganze Phantaversum aus den Fugen.

Trotzig hob er einen Felsbrocken auf und warf ihn mit Schwung gegen den Berg. Der Stein zersprang in tausend Stücke. Jacob wischte mit dem Ärmel den Staub von der Aufschlagstelle weg, konnte aber nicht den winzigsten Kratzer entdecken. Zerknirscht machte er seinem Missmut Luft.

»Er ist hart wie Diamant. Selbst ein Pickel richtet da nichts aus.«

»Wieso? Wolltest du dir eine Treppe nach oben bauen?«

Er blickte erst mürrisch das Einhorn an, dann spähte er zu dem fernen Gipfel hinauf und schüttelte ratlos den Kopf. »Um da hochzukommen, müsste man schon fliegen können.« Verschämt sah er wieder zur Torwächterin.

Sie schnaubte. »Wenn du denkst, ich lasse mir jetzt Flügel wachsen, dann muss ich dich enttäuschen.«

Ein Luftzug trug die Stimmen der beiden Streithammel herüber. Der eine hatte den anderen am Schlafittchen gepackt und schrie: »Du wirst nirgendwohin fliegen. Wenn du mir den Sattel nicht gibst, breche ich dir sämtliche Knochen im Leib und ...« Der Wind drehte und trug den Rest der Drohung anderswohin.

Jacob war wie elektrisiert. »Habe ich da gerade das Wort ›fliegen‹ gehört?«

»Ja«, antwortete das Einhorn.

»Dr. Allwissend hat doch zu mir gesagt: ›Er sucht den Berg, den niemand *ersteigen* kann.‹ Vielleicht hat er uns damit ja einen weiteren Hinweis gegeben, nämlich dass wir es wie die Vögel machen müssen.«

»Das ergibt Sinn, Meister Spross. Zum Abschied hat er uns einen guten Flug gewünscht.«

Jacob schwang sich auf den Rücken des Einhorns. »Lass uns herausfinden, worum es bei dem Gezanke geht.«

»Bist du dir ganz sicher? Mit Bergtrollen ist nicht gut Kirschen essen. Ihre Händelsucht ist berüchtigt.«

»Wenn's brenzlig wird, dann ergreifst du einfach das Hasenpanier.«

»Ich bitte dich! Du sprichst mit einem Einhorn und nicht mit Meister Lampe.« Trotz dieses eher scherzhaft gemeinten Protests trug die Torwächterin ihn zu den raufenden Bergtrollen.

Die wälzten sich gerade im Geröll, zogen sich gegenseitig an den Haaren und gaben dabei zornige, erstickte Laute von sich. Ihre ärmel- und beinlose Fellkleidung war ebenso voller Staub wie die unbedeckten Körperstellen – die rissige Haut der Streithammel sah aus, als bestehe sie aus braunem Schiefer.

Jeder Troll war ungefähr anderthalb mal so groß wie ein stattlicher Mann. Obwohl ihre Statur wegen der Dickleibigkeit und der großen, unbeschuhten Füße eher plump wirkte, bewiesen sie doch im Raufen eine erstaunliche Flinkheit. Gerade hatte der eine seine Beine dem anderen von hinten um den Leib geschlungen und drückte ihm die Luft ab. Mit seinen knubbeligen Fingern zog er dem Gegner überdies die Mundwinkel in die Breite, was diesen zwar scheinbar grinsen ließ, von ihm aber nicht als komisch empfunden wurde.

Jacob machte sich ihnen durch einen höflichen Gruß bemerkbar. »Einen recht schönen Tag, die Herren.«

Die Kampfhähne hielten augenblicklich inne und glotzten den Reiter und sein Einhorn verdutzt an. In ihrem reglosen

Harren sahen sie ob ihrer Staubigkeit wie eine Skulptur aus: *Ringkampf zweier Bergtrolle*.

Ausgerechnet der Eingeklemmte ächzte: »Wenn dir dein Leben lieb ist, dann misch dich besser nicht ein, du ...«

»Ich bin der Schlichter«, erklärte Jacob schnell. »Die Vermittlung bei Streitigkeiten ist mein Spezialgebiet. Vielleicht kann ich den Herren dabei behilflich sein, ihre Meinungsverschiedenheit in beiderseitigem Einvernehmen beizulegen.«

»Danke, aber wir kommen schon zurecht«, knurrte der Troll, der die Beinschere angesetzt hatte.

»Darf man fragen, worum es bei eurer Handgreiflichkeit überhaupt geht? Doch wohl nicht etwa um den Sattel da. Ihr habt ja nicht einmal ein Pferd.«

»Du hast ja keine Ahnung. Es ist ein *Wünschsattel*. Wer darauf Platz nimmt, kann sich wünschen, wohin immer er will, und er bringt ihn in einem Nu dorthin.«

Jacob konnte sein Glück kaum fassen. Genau das, was er brauchte! Er nickte verstehend. »Nun, wenn die Sache so ist, dann müsst ihr euch natürlich sämtliche Knochen brechen und euch gegenseitig umbringen.«

Der eingeklemmte Troll fasste diese Einschätzung offenbar als Aufforderung zur Fortsetzung der Rauferei auf, wand sich blitzschnell aus der Beinzange und nahm nun seinerseits den Gegner in den Schwitzkasten.

»Einem Fachmann wie mir«, fügte Jacob mit wichtiger Miene hinzu, »fällt natürlich gleich auf, dass ihr beide ebenbürtige Kämpfer seid. Leider werdet ihr euch am Ende gegenseitig sämtliche Knochen gebrochen und euch umgebracht haben. Am Sattel hat dann keiner mehr seine Freude.«

Die beiden Trolle wirkten verunsichert.

Jacob schlug vor, die Meinungsverschiedenheit in einem fairen Wettstreit auszutragen. Als Preis bekomme der Sieger den Sattel.

»Das ist schlau«, sagte der Bergtroll im Schwitzkasten.

»Wenn du mir die Luft abdrücken würdest, täte ich das Gleiche sagen«, grunzte der andere.

Unvermittelt fuhr die Hand des Ersteren nach oben, bekam das Ohr des Würgers zu fassen und zog es in die Länge.

»Au! Das tut weh!«, rief der Gepeinigte. »Hör sofort auf damit.«

»Nur, wenn wir's machen, wie der Schlichter gesagt hat«, verlangte der Ohrenzieher.

»Na schön. Ich bin einverstanden. Aber lass mich *sofort* los.«

»Erst wenn du mich loslässt.«

»Nein, erst wenn du ...«

»Verzeihung«, ging Jacob abermals dazwischen. »Wie wäre es, wenn ich einfach bis drei zähle und dann geben Sie sich gegenseitig frei?«

Die Bergtrolle fanden die Idee gut und willigten ein. Nachdem sie sich voneinander gelöst hatten und Jacob abgestiegen war, nahm er einen Stab, schritt genau zweihundert Schritte ab und steckte ihn ins Geröll. Die Wettkämpfer verfolgten sein Vorgehen mit kritischen Blicken. Nachdem er zu ihnen zurückgekehrt war, erklärte er ihnen die Regeln.

»Sieger ist, wer als Erster die Distanz von hier, wo ich stehe, bis zu dem Stecken zurückgelegt hat. Er bekommt den Sattel als Preis und kann damit anfangen, was er will. Haben Sie das verstanden?«

»Was kriegt der Zweite?«, fragte der etwas dickere der beiden.

»Den Stock.«

»Das ist fair.«

»Dann sage ich jetzt: ›Achtung, fertig, los.‹ Bei ›Los‹ lauft ihr los. Alles klar?«

Sie zögerten kurz, nickten dann aber beide.

»Aaachtuuung ... feeeeertig ... *los!*«

Mit lautem Gebrüll setzten sich die Bergtrolle in Bewegung. Es dauerte eine Weile, bis ihre nackten Füße die schweren Körper zum Höchsttempo beschleunigt hatten.

»Sie wirbeln ziemlich viel Staub auf«, sagte das Einhorn amüsiert.

Jacob lächelte. »Wie praktisch, findest du nicht?«

Er wartete noch, bis die Trolle zwei Drittel der Distanz zurückgelegt hatten. Dann bückte er sich schnell nach dem Sattel und hievte ihn in die Höhe. Als er neben dem Einhorn stand, zögerte er. »Du erlaubst doch?«

Es nickte. »Ausnahmsweise. Ich wollte schon immer mal fliegen.«

Mühsam schob er den Reitsitz auf den Rücken der Torwächterin. Als er unter ihrem Bauch den Riemen festschnallen wollte, erscholl von der Zielstange her ein wütendes Gebrüll. Die Bergtrolle hatten die List bemerkt.

»Das hat Zeit bis später«, beschied Jacob und schwang sich in den Sattel. Dabei geriet er samt Sitz ins Rutschen und drohte gleich wieder auf der anderen Seite abzusteigen, doch wieder einmal rettete ihn der Schweif des Einhorns vor dem Fall.

»Wünsch dich sofort weg von hier!«, drängte es.

Sein Blick wanderte zu der Staubwolke, in der er schemenhaft die wütenden Trolle sah. Es schien ihm, als kehrten sie rascher zurück, als sie zuvor weggelaufen waren.

»Schnell, Meister Spross!«, beschwor ihn die Torwächterin.

Mit einem flauen Gefühl im Magen schloss er die Augen und rief in Gedanken seinen Wunsch: *Ich möchte zum Haus der Weisen vom Glasberg hinauf.*

Plötzlich war das Gebrüll der Trolle verstummt und Jacob spürte einen eisigen Wind auf der Haut.

Die Flöte

Ríocht Na Sí
4. Tag

Als Jacob die Augen öffnete, sah er eine Landschaft, die befremdlicher kaum sein konnte. Im Grunde genommen verdiente die Hochebene diesen Namen gar nicht, glich sie doch eher einem riesigen flachen Spiegel als einem Berggipfel. Wie schon am Fuß des Massivs reflektierte das Kristallgestein nur ihn in seiner irdischen Gestalt (mit zehn Fingern und dunklen Haaren). Weil das Einhorn unsichtbar blieb, schien er im Reitersitz ein gutes Stück über dem Boden zu schweben.

Er drehte sich im Sattel um und erblickte ein paar Schritte entfernt ein bescheidenes, hübsches, schneeweiß verputztes Häuschen mit Strohdach. Um eine rot gestrichene Tür herum waren vier Fenster angeordnet, davor hingen Blumenkästen mit blutroten Geranien.

Jacob sprang vom Rücken des Einhorns und legte sich dabei fast auf den Hintern, weil der Boden spiegelglatt war. Wie eine Marionette, deren Schnüre in der Hand eines betrunkenen Puppenspielers lagen, fuchtelte er wild mit den Armen und rutschte mit den Füßen herum, bis er endlich sein Gleichgewicht gefunden hatte.

»Das sah lustig aus«, sagte das Einhorn.

»Wie schön, dass es dir gefallen hat«, brummte Jacob und machte sich wieder am Sattelgurt zu schaffen.

»Darf ich fragen, was du da tust?«

»Der Eiertanz von eben hat mir gereicht. Sollten wir noch einmal so überstürzt aufbrechen müssen, will ich fest im Sattel sitzen.«

»Meinst du nicht, du solltest mich erst fragen, ob ich dieses Mieder tragen will? Ich finde nämlich, es kleidet mich überhaupt nicht.«

Er stöhnte. »Also, von Mädchen habe ich ja schon mitbekommen, dass sie eitel sein können, aber von einem Einhorn hätte ich das, ehrlich gesagt, nicht erwartet.«

»Falls es dir noch nicht aufgefallen ist: Ich bin ebenfalls ein Mädchen, wenn auch inzwischen ein recht altes.«

»Eher eine Dame«, widersprach Jacob, verneigte sich und sagte galant: »Würden Madame mir erlauben, Ihnen diesen überaus aparten Wünschsattel umzulegen?«

Die Torwächterin gluckste. »Also gut. Wenn ein Kavalier mich so formvollendet darum bittet, kann ich wohl kaum Nein sagen. Aber mache das Mieder nicht zu eng, sonst bekomme ich keine Luft.«

Er schnallte den Sattel so locker wie möglich und so fest wie nötig. Danach wandte er sich wieder dem Gebäude zu. »Wollen doch mal sehen, ob jemand zu Hause ist.«

Da die Fensterscheiben dicht mit Eisblumen bedeckt waren, konnte er nicht erkennen, ob ihn jemand von drinnen beobachtete. Bisher hatte die Weise vom Glasberg auch nichts von sich hören lassen. Um nicht für ein Einbrecher gehalten zu werden, trat er forschen Schrittes an die rote Tür und klopfte dreimal kräftig an.

Niemand meldete sich.

Sein Blick schweifte zu den Blumen auf der Fensterbank. Sie

waren alle von einer Reifschicht überzogen. Das ganze Haus wirkte auf ihn wie erstarrt. Er hämmerte abermals gegen die Tür.

Wieder blieb alles still.

Unschlüssig sah er sich zu dem Einhorn um.

»Wer nicht wagt, der nicht gewinnt«, sagte es.

Also hob er den Riegel an und öffnete die Tür.

Sein Blick fiel in ein mit Dielen ausgelegtes Zimmer, in dem es eine rußgeschwärzte Feuerstelle gab. Darüber hingen kupferne Töpfe und Pfannen. In einem Regal neben dem Kamin reihten sich Dutzende von Büchern. Links an der Wand stand neben einer weiteren Tür eine große Holztruhe und rechts vor dem Fenster war ein schlichter Tisch mit zwei Stühlen. Auf einem saß, die leeren Augenhöhlen nach draußen gewandt, ein Skelett.

Jacob zuckte zusammen.

»Hast du etwas gefunden?«, fragte hinter ihm das Einhorn.

»Ja. Die Weise vom Glasberg.«

»Sie ist so still.«

»Das lässt sich kaum bestreiten. Ich würde sagen, sie ist schon lange tot.«

»Oh? Bist du sicher? Vielleicht schläft sie nur.«

Er betrat das Haus, ging zum Fenster und öffnete es, damit sich die Torwächterin selbst ein Bild machen konnte. Sie streckte ihren Kopf ins Haus und pflichtete seiner Einschätzung bei.

»Ja, ich würde sagen, sie ist ziemlich tot.«

»Ob es die Weise vom Glasberg ist?«

»Davon kannst du ausgehen. Sieh es dir doch nur an, es ist so nett und so adrett das Skelett.«

»Keine Ahnung, was du meinst.« Jacob fand den Anblick eher gruselig.

»Es trägt eine Bluse und einen Rock, ergo ist es eine Frau.«

»Gewesen.«

»Außerdem ist von der Weisen bekannt, dass sie die Farbe des Blutes liebte. Die blutroten Storchenschnäbel in den Blumenkästen passen dazu, ebenso die Tür und sogar die Haube auf ihrem Schädel.«

»Ein rotes Käppchen«, murmelte Jacob und betrachtete versonnen das seltsame Arrangement. Vor der Knochenfrau stand ein silberner Kerzenständer auf dem Tisch – das Talglicht war ganz abgebrannt. An dem Leuchter lehnte ein viereckiger Spiegel. Es sah aus, als sei sie über der Betrachtung ihres eigenen Gesichts verschieden …

Jäh wurde ihm das ganze Ausmaß der Tragödie bewusst. Er hatte alle Hoffnung auf die Weise vom Glasberg gesetzt und jetzt war sie tot. Verzweifelt schüttelte er den Kopf. Ihm war zum Heulen zumute. »Was machen wir jetzt nur?«

Ehe das Einhorn antworten konnte, fuhr ein Windstoß in die Stube und wirbelte vom Schoß der Toten ein Stück Pergamentpapier auf. Da Jacob auf der anderen Seite des Tisches stand, hatte er es zuvor nicht bemerkt. Jetzt jagte er dafür umso ungestümer dem durch die Luft taumelnden Blatt hinterher. Vielleicht hat die Weise vom Glasberg eine Nachfolgerin bestimmt?, dachte er.

Nachdem es ihm gelungen war, das Pergament einzufangen, las er staunend die Nachricht der Verblichenen:

Willst du meine Weisheit hören,
bring mir die Flötentöne bei.

»Würdest du mich auch einweihen?«, bat die Torwächterin vom Fenster aus.

Er las ihr die zwei Zeilen vor.

»Hört sich für mich wie ein Rätsel an«, sagte sie.

»Ja. Wie kann sie das gemeint haben? Einem Gerippe etwas beibringen – das geht doch gar nicht.« Er riss unversehens die Augen auf. »Es sei denn …«

Hektisch nestelte er den Hirschfänger aus der Lederscheide und kehrte zum Skelett zurück. Vor Aufregung vergaß er sogar seine Scheu vor den sterblichen Überresten der Weisen.

»Was hast du damit vor?«, fragte das Einhorn argwöhnisch.

Er grinste. »Ihr die Flötentöne beibringen.«

Ohne lange zu zaudern, umfasste er ihr rechtes Handgelenk, schob den Ärmel hoch und löste die Speiche – den dünneren der beiden Unterarmknochen – von den vertrockneten Knorpeln. Geschickt kürzte er sie oben und unten ein Stück, wodurch er eine leidlich gerade Röhre erhielt. Er hatte dergleichen schon oft getan, allerdings immer nur mit Holz. Nun fehlten nur noch ein paar Löcher und fertig war …

»Eine Flöte!«, staunte das Einhorn.

»Ganz recht«, antwortete Jacob hoffnungsvoll. »Wollen doch mal sehen, ob ich darauf auch spielen kann.« Er führte das obere Ende der Knochenpfeife zum Mund und blies vorsichtig hinein. Was er hierauf zu hören bekam, übertraf alle seine Erwartungen.

Die Flöte flötete nicht, sondern sie sang. *»Willkommen in meinem Haus, ihr Wanderer. Was ist euer Begehr?«*, trällerte sie mit warmer, weiblicher Stimme.

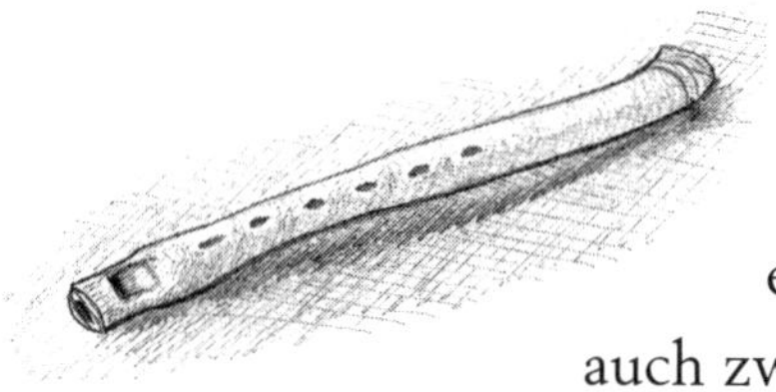

Jacob fuhr sich mit der Zungenspitze über die Lippen. »Mir brennt eine Frage auf der Seele. Oder vielleicht auch zwei oder drei. Kannst du mir helfen?«

Wieder ließ er die Luft durch die Tonlöcher strömen und der Knochen sang: *»Das vermag ich wohl. Bist du bereit den Preis zu zahlen?«*

Ehe er etwas erwidern konnte, erscholl von draußen ein Donnergrollen. »Bitte nicht schon wieder ein Unwetter«, stöhnte er.

Die Torwächterin blickte kurz zum Himmel empor und schob ihren Kopf gleich wieder durchs Fenster. »Da braut sich tatsächlich etwas zusammen. Wir sollten uns beeilen.«

Das Letzte, was Jacob jetzt gebrauchen konnte, war eine elendige Schacherei. Deshalb sagte er zu der Flöte: »Ich besitze nicht viel. Aber solange du nicht mein Leben verlangst, will ich dir nichts schuldig bleiben. Bitte hilf mir, das Geheimnis von Athrú dem Wandler zu ergründen. Er treibt in der Welt der Sinne sein Unwesen und ist zugleich auch mir in Ríocht Na Sí auf den Fersen. Wie kann ich dem ein Ende machen?«

Als er den singenden Knochen an die Lippen legte, fiel sein Blick auf den Spiegel.

»Warum zögerst du?«, fragte das Einhorn ungeduldig.

»Mir ist gerade eingefallen, dass ich das Weltenfenster öffnen sollte. Sofern wir hier nicht heil herauskommen ...« Mit einem Kopfschütteln schob er den unangenehmen Gedanken beiseite. »Wie auch immer. Je eher mein Bruder hört, was der Knochen uns zu sagen hat, desto besser.«

Rasch nahm er den Spiegel zur Hand, blies den Staub herunter, wischte ein paarmal kräftig mit dem Ärmel darüber und platzierte ihn hiernach vor der Knochenfrau flach auf den Tisch. Kaum hatte er eines von Wilhelms Haaren daraufgelegt und mit dem schweren Kerzenständer vor den durch das Fenster strömenden Winden gesichert, breiteten sich drumherum auch schon lichte Wellenringe aus. Dann erschien unter dem Leuchter Jacobs Bruder. Sein Kopf wackelte hin und her.

»Hast du ihn erreicht, Meister Spross?«, fragte das Einhorn ungeduldig. Draußen wurde es immer dunkler.

Jacob nickte, erklärte Wilhelm kurz, worum es ging, und fragte gereizt: »Kannst du nicht dieses Gezappel abstellen?«

»Nicht *ich* zapple, Jacko, sondern der Wagen schaukelt. Wir werden von einem Wolf verfolgt.«

»Glaubst du, es ist Athrú?«

»Ich fürchte, ja – so riesig wie das Vieh ist.«

Jacob liebte seinen Bruder zu sehr, um die Nachricht unbesorgt aufzunehmen. »Der Wandler ist gefährlich, Guy. Könnt ihr ihm entkommen?«

»Momentan hält er noch Abstand zu uns, weil er unseren Kutscher für einen guten Schützen hält. Bald erreichen wir Blaubeuren. In die Stadt wird er uns wohl nicht folgen.«

»Pass auf dich auf, Bruderherz.«

»Ja, ja. Jetzt führe mir mal deine Flöte vor.«

Jacob richtete noch einmal die letzte Frage an den singenden Knochen und blies in das Mundstück.

»Nur der kann den Wandler Athrú bändigen, der ihm sagt, wie er heißt und wer er wirklich ist«, antwortete die Pfeife.

»Wer er wirklich ist?«, murmelte Jacob verständnislos.

Eine heftige Windböe stieß durchs Fenster und wirbelte den Staub in der Stube auf. Blitze zuckten über den Himmel.

»Du musst die Flöte spielen«, sagte das Einhorn in beschwörendem Ton.

»Ach ja!« Jacob blies erneut hinein und sogleich sang sie die gewünschte Erklärung.

»Er ist, was seine wahre Gestalt verrät, nicht mehr und auch

nicht weniger. Sag ihm beides auf den Kopf zu und er kann sich weder verwandeln noch sich deinem Befehl widersetzen.«

»Was ist denn seine wahre Gestalt?«, fragte Jacob und pustete abermals in den Speichenknochen.

»Das vermag ich dir nicht zu sagen.«

»Ganz schön dürftig für den Knochen einer weisen Frau.«

»Ich bin nicht Dr. Allwissend«, sang die Flöte schnippisch.

Ein Donnerschlag ließ das Haus erbeben.

»Frag ihn, wer die wahre Gestalt des Wandlers kennt«, empfahl Wilhelm von der anderen Seite des Weltenfensters.

Jacob tat es und verlieh dem Unterarmknochen mit seinem Atem erneut eine Stimme.

»Es gibt einen Gegenstand in Ríocht Na Sí, der die wahre Natur einer jeden Sache und eines jeden Wesens zeigt: der Feuerkristall.«

»Der ...?« Jacob lief ein Schauer über den Rücken. War seine Suche hier zu Ende? »Das Einhorn sagte, die Zwerge hätten ein ganzes Gebirge vergeblich nach diesem Stein umgegraben.«

»Da irrt die Hüterin der Harmonie«, antwortete der singende Knochen. *»Der Zwerg, der den Feuerkristall vor vielen hundert Jahren aus dunkler Tiefe barg, hat mit niemandem über seinen Fund gesprochen. Er floh damit aus den Höhlen seines Volkes. Dann aber hat ihm in einem Augenblick der Unachtsamkeit der Flammenvogel den Kristall gestohlen. Das Tier schluckte ihn hinunter und hütet seit diesem Tag den Stein in einem glühenden Ei, das nie gelegt wurde.«*

»Dann ist das Ei noch in dem Vogel drin?«

»Singe ich so undeutlich?«

»Entschuldige. Wo finde ich diesen … lodernden Vogel?«

»Er ist nicht irgendein brennendes Federvieh, sondern der Flammenvogel – *der einzige, den es in dieser Welt gibt. Er wurde vor langer Zeit von dem bösen Zauberer gefangen, der ihn verwunschen hat. Seitdem schmachtet der Flammenvogel in Gestalt eines anderen Tiers im Schloss der Goldenen Sonne.«*

»Was für ein Tier?«

»Eines, das in einem Irrgarten lebt. Auf dem Labyrinth liegt ein Bann, weshalb ich das Geschöpf nie sehen konnte.«

»Es ist ein riesiger Auerochse«, sagte überraschend die Torwächterin. Ihr Horn glühte jetzt grün, weil von draußen kaum noch Licht ins Haus drang.

Jacob sah sie verwundert an. »Und woher weißt *du* das?«

»Der Zauberer vom Schloss der Goldenen Sonne ist derselbe, der den Hüter der Harmonie getötet hat.«

»Deinen Vater?«

»Ja. Ich war Zeugin der Gräueltat. Über mich hat er auch das Todesurteil verhängt und mir Athrú als Scharfrichter in die Grotte geschickt. Vielleicht sind wir die ganze Weile dem falschen Schurken nachgejagt. Der böse Zauberer ist ein Usurpator – er hat vor einiger Zeit dem König von Ríocht Na Sí die Macht entrissen. Seitdem regiert er selbst mit eiserner Hand.«

»Dann sinnst du bestimmt auf Vergeltung.«

»Nein, Meister Spross. Wer sich rächen will, muss zwei Gräber schaufeln. Aber ich verlange, dass irgendwann der Gerechtigkeit Genüge getan wird. Wenn du dem Schloss der Goldenen Sonne einen Besuch abstatten möchtest, dann bin ich dabei.«

»Und ob! Wir brauchen den Feuerkristall, um das Geheimnis von Athrús wahrer Gestalt zu lüften.«

»Dann sollten wir hier verschwinden, solange wir es noch können.«

»Gleich. Mir ist nur gerade noch etwas eingefallen.« Er wandte seine Aufmerksamkeit wieder der Flöte zu und sagte: »Der Wandler scheint in dieser und in meiner Welt gleichzeitig sein Unwesen zu treiben. Wie ist das möglich?«

Der singende Knochen antwortete: *»Als Athrú den Riss im Phantaversum durchquerte, wurde er ein ›Kontrabant‹, ein gespaltenes Wesen: Nur ein Teil von ihm ging fort, der andere befindet sich immer noch in Ríocht Na Sí.«*

»Ein Kontrabant?«, murmelte Jacob. Er hatte das Wort noch nie gehört.

Aus dem Spiegel drang Wilhelms aufgeregte Stimme. »Der singende Knochen meint ein Spiegelwesen, das immer aus zwei sich ergänzenden Hälften besteht, so wie Riese und Zwerg, Hund und Katze oder Wolf und …?« Er ließ die Aufzählung unvollendet, wodurch sie sich wie eine Frage anhörte.

»Und Geiß«, sang die Flöte in Jacobs Händen. Sie klang irgendwie heiter. *»Du bist fixer im Kopf als dein Bruder, junger Mann, wiewohl auch du die Natur des Kontrabanten erst er-*

ahnst. Die Gegensätze seines zwiegespaltenen Wesens müssen sich nicht auf die Gestalt beschränken. Es mögen auch Wesenszüge sein oder das Maß seiner Klugheit, also: böse und gut, mutig und feige oder listig und dumm.«

Ein ohrenbetäubendes Krachen erschütterte plötzlich das Haus.

»Was war das?«, stieß Jacob hervor.

»Das Dach ist gerade weggeflogen«, antwortete das Einhorn.

»Verschwindet da, sonst seid ihr als Nächstes dran!«, rief Wilhelm durch das Weltenfenster.

»Sofort«, erwidert Jacob und wandte sich noch einmal dem singenden Knochen zu. Um bei dem Sturm überhaupt sein eigenes Wort zu verstehen, musste er die Stimme erheben. »Sage mir schnell, ob man das gespaltene Wesen eines Kontrabanten wieder zusammenfügen kann.« Er blies in die Knochenpfeife.

»Immer langsam, junger Mann. Du hättest mir einfach nur zuhören müssen: Sag dem Wandler, wie er heißt und wer er ist …«

Jacob riss die Flöte vom Mund, als das Gebäude unter einer Windböe plötzlich ächzte und knirschte und wie unter Schüttelfrost zitterte. Der Kerzenständer kippte um. Ehe Jacob das Haar seines Bruders auf dem Spiegel festhalten konnte, wurde es fortgeweht und die Verbindung zur Welt der Sinne riss ab. Er fürchtete schon, mit dem ganzen Haus himmelwärts gerissen zu werden, doch noch hielt es dem brausenden Sturm stand.

»Das ist alles?«, rief er und blies erneut in die Flöte.

»Nein, Herr Ungeduld«, erwiderte diese patzig. *»Der Kontrabant besteht wie ein Magnet aus zwei Polen. Wenn du ihn in einem Gedanken fängst, der keinen Gegensatz zulässt, dann werden seine beiden Hälften sich wieder vereinen.«*

Ein Windstoß fegte durchs Fenster und schleuderte den Tisch samt Spiegel und Kerzenständer durch den Raum. Die Kleider der Weisen vom Glasberg bauschten sich auf, dann zerfiel ihr Skelett in Dutzende einzelner Knochen.

»Sofort raus hier!«, trompetete das Einhorn.

Jacob sah ein, dass er nicht länger bleiben konnte. Er bedankte sich bei dem singenden Knochen und in der Hoffnung auf ein versöhnliches Bitteschön blies er noch einmal hinein.

»Du schuldest mir noch den Preis für meine Antworten«, flötete die Flöte. *»Da dein Bruder sich bereits davongestohlen hat, muss ich mich an dir allein schadlos halten. Mir gefällt deine Stimme.«* Mit einem Mal glaubte Jacob sich selbst zu hören, als sie hinzufügte: *»Aber du sollst nicht ganz stumm von hier fortgehen. Deshalb gebe ich dir einen Ersatz. Lebewohl, junger Herr.«*

Er wollte widersprechen, aber es kamen nur Flötentöne aus seinem Mund. Ein kalter Schauer lief ihm über den Rücken. Vor Schreck entglitt der singende Knochen seinen Fingern, fiel zu Boden und zersplitterte. Im nächsten Moment hatte der Sturm die Bruchstücke fortgeweht.

Plötzlich spürte Jacob im Nacken etwas Feuchtes und zuckte zusammen.

»Komm, Meister Spross«, sagte das Einhorn erstaunlich

sanft. Es hatte sich durch die Tür gezwängt, um ihn zum Aufsteigen zu bewegen. Halb betäubt zog er sich in den Sattel.

»Zum Schloss der Goldenen Sonne«, rief das Einhorn.

Jacob schloss die Augen. Er spürte, wie das Haus entwurzelt und emporgerissen wurde. In Gedanken wiederholte er: *zum Schloss der Goldenen Sonne*.

Die Vettel

Blaubeuren
Herzogtum Württemberg, 20. Juni 1798

Viel verzweifelter konnte die Lage kaum noch werden. Zwar hatten Wilhelm und seine Freunde die Stadt am Blautopf wohlbehalten erreicht, doch der Wandler war wie vom Erdboden verschluckt.

Sir D'Arcy hatte gleich nach der Ankunft den Bürgermeister von Blaubeuren alarmiert. Der hielt die Nachricht von einem riesigen Wolf zunächst für einen schlechten Scherz, aber noch während der irische Edelmann ihm den Ernst der Lage erklärte, stürzte ein aufgeregter Kuhbauer ins Rathaus und beklagte den Verlust eines halben Dutzends Rindviecher. Von den Tieren seien nur noch blutige Fetzen übrig.

In Windeseile war eine Bürgerwehr aufgestellt worden, die

den Wolf zur Strecke bringen sollte. Doch bis zum Einbruch der Dunkelheit hatten sie nur ein paar Straßenköter und Katzen aufgescheucht. In der Nacht zogen bewaffnete Patrouillen durch die Gassen von Blaubeuren.

Inzwischen war es Mittwochmorgen und Wilhelm fühlte sich wie gerädert. Er hatte kaum geschlafen. Zur Furcht vor Arthrú kam die Sorge um Jacob hinzu. Ihm musste etwas Schreckliches widerfahren sein. Zwar fühlte Wilhelm, dass sein Bruder noch lebte, aber er antwortete nicht mehr auf das Rufen am Spiegel, seit die Verbindung während der Kutschfahrt nach Blaubeuren so jäh abgebrochen war.

Die Phantanauten logierten wieder im Gasthof Ochsen und saßen gerade am Frühstückstisch. Serge war im Morgengrauen zum Ort einer weiteren Metzelei gerufen worden. Ein Bauer namens Kälberer wollte den Wolf erschossen haben. Noch war der Franzose nicht wiedergekommen.

»Ich muss zum Blautopf«, sagte Wilhelm ungeduldig. »Vielleicht ist Jacob längst zurückgekehrt. Er könnte verletzt sein.«

»Dann hätten uns die Patrouillen der Bürgerwehr schon Bescheid gesagt«, merkte Alroy an.

Sir D'Arcy nickte. »Master Alistair hat recht.«

»Und was ist, wenn sie Jacob nicht erkennen?«, entgegnete Wilhelm erhitzt. »Er hat schon einen Finger verloren und die Farbe seiner Haare. Niemand von uns kann sagen, was im Haus der Weisen vom Glasberg passiert ist. Vielleicht wurde er bei dem Sturm verletzt und kann nicht mehr sprechen ...«

»Jetzt hör aber auf, Bill«, fiel Alroy ihm ins Wort.

»Wenn ihr nicht mitkommt, dann gehe ich eben allein zur Quelle.«

Sir D'Arcy legte ihm die Hand auf den Arm. »Warte wenigstens, bis unser Musketier zurück ist. Vor seiner Flinte hat der Wandler Respekt.«

»Einstweilen muss uns die Pistole genügen. Serge kann später nachkommen. Wir sagen dem Wirt Bescheid.«

»Wie ich sehe, kann nichts und niemand dich aufhalten. Schon weil ich eurer Mutter gegenüber in der Pflicht bin, werde ich dich zum Blautopf begleiten.«

Alroy nickte. »Wir lassen dich nicht im Stich.«

Wenige Minuten später waren die drei auf dem Weg zur Quelle der Erleuchtung. Im Westen zogen dunkle Wolken auf. Es würde wohl Regen geben. Sir D'Arcy bat Wilhelm, einige Leute anzusprechen, um sich nach dem Wolf zu erkundigen. Während die einen meinten, das Raubtier streiche nach wie vor in der Gegend herum, meinten die anderen, es sei in der letzten Nacht vom Kälberer Karl erschossen worden.

»Vielleicht ist an dem Gerücht wirklich etwas dran«, sagte Wilhelm, als linker Hand die Schleifmühle und das Wasserwerk in Sicht kamen.

Der Navigator schüttelte mürrisch den Kopf. »Wir sind hier nicht im Märchenland, junger Freund, wo Wünsche so einfach wahr werden. Leider ist die wahrscheinlichste von zwei Möglichkeiten meistens auch die richtige. Warum sollte sich ein so gerissenes Geschöpf wie Athrú einfach erschießen lassen?«

»Fällt euch auch etwas auf?«, mischte sich Alroy in ihr Gespräch ein. Sie hatten die Schleifmühle fast erreicht.

Die Gefragten blickten sich um. Von der Klosterschule zur Rechten bis hinüber zum Blautopf war keine Menschenseele zu sehen.

»Wo sind die Jäger der Bürgerwehr?«, fragte Wilhelm.

»Eigentlich sollte heute früh eine groß angelegte Treibjagd stattfinden«, wunderte sich nun auch Sir D'Arcy. »Wir kehren wohl besser um und finden erst einmal heraus, was da los ist.«

»Nicht, bevor ich mich am Ufer umgesehen habe«, widersprach Wilhelm und stapfte trotzig weiter auf die Quelle zu. Hinter sich vernahm er ein Seufzen. Er spürte eine innere Unruhe, die ihn mit weiten Schritten ausholen ließ. Etwas war mit seinem Bruder passiert. Jacob fühlte sich irgendwie ... *anders* an. Wilhelm tastete nach dem Spiegel in der Außentasche seiner Jacke und musste feststellen, dass er nicht da war. Er hatte ihn auf dem Zimmer im Gasthof liegen gelassen.

»Nimm die Pistole, Master Alistair. Und halte sie schussbereit«, brummte der Navigator von hinten.

Die drei umrundeten gerade das zweiten Gebäude. Vor ihnen breitete sich der Blautopf aus. Es war eine Idylle wie aus dem Bilderbuch, von bösen Wölfen keine Spur.

»Sieht alles ganz friedlich aus.« Das laut übers Wehr rauschende Wasser zwang Wilhelm die Stimme zu heben.

»Zu friedlich, wenn du mich fragst«, knurrte Sir D'Arcy. Er ließ den Silberknauf seiner Gehhilfe wie einen Zeigestock der Uferlinie folgen. »Wo ist die Postenkette, die mir der Bürgermeister zur Bewachung der Quelle versprochen hat?«

»Vielleicht erkundigen wir uns mal bei der Vettel dort«, schlug Alroy vor und deutete mit der Pistole zum Nordufer des Blautopfes. Dort saß reglos – halb von Zweigen verdeckt und daher von den anderen bisher unbemerkt – eine in Lumpen gekleidete, verhutzelte, alte Frau.

»Nimm die Waffe runter, sonst erschießt du das Mütterchen noch«, ermahnte ihn Sir D'Arcy.

»Ich gehe zu ihr rüber und frage sie mal«, sagte Wilhelm und lief sofort los.

»Sei vorsichtig, Junge«, hörte er in seinem Rücken die Ermahnung des Navigators. Es folgte eine unverständliche, weil wohl dem englischen Wortschatz entnommene Unmutsbekundung.

»Ja, ja«, rief Wilhelm über die Schulter und eilte im Laufschritt am Ufer entlang. Das Gefühl, sein Bruder stecke in großen Schwierigkeiten, wurde immer stärker, und er wollte alles tun, um ihm zu helfen.

Mit einigem Vorsprung erreichte er als Erster die Greisin. Sie saß im Schatten des Blätterwerks auf ebenjenem Baumstumpf, wo Jacob in die Quelle der Er-

leuchtung getaucht war. Ihr Blick lag auf dem tintenblauen Wasser oder genauer gesagt auf einer dünnen Schnur, die darauf schwamm – das Ende hielt sie in der knorrigen Hand.

Das Mütterlein angelt, dachte Wilhelm. Wahrscheinlich fehlten ihr die Mittel, sich eine Mahlzeit zu kaufen. So schmutzig und zerlumpt wie sie aussah, war sie augenscheinlich keine feine Dame, sondern eher eine Bettlerin. Eine Vettel eben, wie Alroy sie genannt hatte. Sie trug ein Kopftuch, das nur wenig von ihrem aschgrauen Haar erkennen ließ. Ihr Gesicht war voller Falten und die schmale Hakennase von einer dicken Warze verunstaltet. Auf dem Rücken zeichnete sich unter dem schwarzen Kleid ein Buckel ab. Ihr Gehör funktionierte offenbar noch gut, denn als Wilhelm sich ihr näherte, hob sie den Kopf und nickte ihm lächelnd zu.

»Wohin des Weges, junger Mann?« Die schrille Stimme der Alten klang wie eine Katze, der man auf den Schwanz getreten hatte.

»Zu Ihnen, gute Frau«, antwortete er. »Ich hörte, hier soll es von Jägern wimmeln, die einen blutrünstigen Wolf zur Strecke bringen wollen. Wissen Sie, wo sie alle geblieben sind?«

»Der Graupelz hat sie wohl aufgefressen.«

Jacob spürte, wie er vor Schreck erbleichte. »Das meinen Sie doch nicht etwa ernst?«

Sie kicherte. »Nein. Ich habe nur gescherzt. Die Männer mit den Schießgewehren wollten alle zur Höhle, um …« Die Alte verstummte, als Sir D'Arcy und Alroy erschienen, und senkte respektvoll das Haupt.

»In welche Höhle?«, hakte Wilhelm nach.

Sie drehte sich mühsam um und deutete in den Wald. »Das ist alles karstig hier. Voller Hohlräume. In einen von ihnen haben sie den Kadaver geworfen. Da ein Stück den Hang hinauf.«

»Können Sie uns die Höhle zeigen?«

»Nein.« Sie wandte sich wieder dem Blautopf zu und zupfte halbherzig an ihrer Angelschnur. »Ich muss mein Frühstück fangen.«

»Sie bekommen einen Kreuzer, dann können Sie sich etwas zu essen kaufen«, schlug Sir D'Arcy vor.

Die Greisin wiegte den Kopf hin und her. »Ein Kreuzerlein, da sitze ich morgen früh gleich wieder hier.«

»Dann gebe ich Ihnen zwei.«

»Liebe Leut, ihr ahnt ja nicht, wie mühsam es für eine alte Frau ist, den Hang raufzuklettern!«

»Drei Kreuzer. Das ist mein letztes Wort.«

»Na gut«, sagte sie rasch. »Ehe ich mich schlagen lasse.« Nachdem sie die Angelschnur mit einem Stein am Boden fixiert hatte, stand sie ächzend vom Baumstumpf auf. Während sie sich zum Hang umdrehte, erhaschte Wilhelm einen Blick auf ihre Augen. Irgendetwas war seltsam daran. Vielleicht litt das Mütterlein unter dem grauen Star. Ehe er die merkwürdi-

gen Pupillen genauer betrachten konnte, hatte sie sich auch schon wieder abgewandt und fuchtelte mit ihrem dürren Ärmchen in der Luft herum.

»Lauft nur schon vor. Immer der Nase nach. Da, wo es nicht mehr höher hinaufgeht, könnt ihr auf mich warten. Ich komme so schnell es geht nach.«

»Seid so lieb und helft mir«, bat Sir D'Arcy, ehe Wilhelm wieder allein losstürmen konnte. Der Navigator nahm den Gehstock in beide Hände und streckte die Arme aus. Die Jungen griffen nach der »Deichsel« und legten sich wie gehorsame Zugpferde ins Zeug. Langsam zwar, aber immer noch schneller als die Greisin, stiegen sie den bewaldeten Hang hinauf.

»Wenn die Schwaben sich auf etwas verstehen, dann wie man einem das Geld aus der Tasche zieht«, ächzte der Navigator, nachdem sie außer Hörweite der Alten waren.

»Ich glaube nicht, dass sie aus der Gegend kommt«, sagte Wilhelm.

»Du hast recht. Sie spricht nicht die hiesige Mundart.«

»Das auch. Aber mir ist aufgefallen, dass sie ihren Lohn nicht sofort verlangt hat. Einem Schwaben würde so etwas nie passieren.«

»Wir sollten auf der Hut sein.«

Wilhelm kräuselte belustigt die Lippen. »Meinen Sie, das Mütterlein könnte uns drei überwältigen und ausrauben?«

»Seltsam ist sie allemal. Habt ihr ihre Augen gesehen?«,

sagte Alroy und ließ den Pistolenlauf hörbar in seine linke Hand klatschen.

»Nein. Was ist damit?«, fragte Sir D'Arcy.

»Kann ich nicht sagen. Mir ist es nur ganz kurz aufgefallen. Ich grüble schon die ganze Zeit darüber nach, was mich daran stutzig gemacht hat.«

»Wahrscheinlich sehen wir schon alle Gespenster«, murmelte Wilhelm.

Der steile Hang zwang sie dazu, den Atem für den Anstieg zu sparen. Schweigend kämpften sie sich zwischen den Bäumen hindurch immer höher hinauf. Von unten gab ihnen ab und zu gab die Alte Anweisungen zur Kurskorrektur. »Weiter nach rechts!«, keifte sie. Oder: »Liebe Leut, so weit nun auch wieder nicht. Zurück nach links!« Als die Steigung endlich sanfter wurde, schrie sie: »Stehen bleiben! Der Eingang ist da irgendwo hinter einem Strauch verborgen.«

»Vielleicht ist es der da«, sagte Alroy und deutete mit der Pistole zu einem üppig wuchernden Busch, der ungefähr zwanzig Schritte rechts von ihnen vor einer Ansammlung von Felsen aus dem belaubten Boden wuchs.

Wilhelm wollte nicht erst auf das Mütterlein warten und lief, dicht gefolgt von einem erheblich schwitzenden Navigator und seinem Gehilfen, zu dem Gestrüpp. Als er die Zweige auseinanderdrückte, sah er tatsächlich ein dunkles Loch. »Ich habe sie gefunden«, ließ er seine Gefährten wissen.

Sir D'Arcy war einigermaßen außer Puste, während er vor

dem Busch schwankend zum Stehen kam. Er kniff ein paarmal die Augen zu und riss sie wieder auf.

»Alles in Ordnung, Sir?«, fragte Alroy.

»Mir ist von der Anstrengung nur ein bisschen schwummerig. Geht gleich vorüber.«

»Ich höre keine Stimmen in der Höhle. Anscheinend sind die Jäger schon wieder weg«, sagte Wilhelm.

Der Erste Phantanaut wandte sich der Alten zu, die von ihnen noch etwa zwanzig Schritte entfernt war. »Es ist sehr still da drin. Sind Sie sicher, dass der Kadaver da hineingeschafft wurde?«

Sie stieß einen kreischenden Lacher aus. »Aber gewiss doch. Die Höhle ist weit verzweigt. Geht nur hinein und ihr werdet schon sehen.«

Wilhelm konnte nur an den Wolf denken. Sir D'Arcy hatte immer davor gewarnt, den Wandler umzubringen. Was würde mit dem Riss im Phantaversum geschehen, wenn der Kontrabant Athrú tot war? Hätte Jacob es dann in Ríocht Na Sí mit einem unsterblichen Gegner zu tun? Aufgeregt zwängte er sich zwischen dem Busch und dem Felsen hindurch in die Höhle. Von draußen hörte er einmal mehr die verärgerte Stimme des Navigators.

»Der Junge kostet mich noch den Verstand. Du deckst uns den Rücken, Master Alistair.«

Etwas ratlos stand Wilhelm im Halbdunkel hinter dem Strauch und musterte den Höhlenraum. Er war ungefähr acht oder zehn Schritte lang und an seiner weitesten Stelle etwa halb so breit. Auf sandigem Boden lagen Blätter, ein paar vertrocknete Zweige und in einer Ausbuchtung zu seiner Linken der Schädel eines mittelgroßen Tieres. Vielleicht ein Schaf, dachte Wilhelm. In der Höhle könnte vor langer Zeit ein Bär gehaust haben. Von dem toten Wolf jedenfalls fehlte jede Spur. Allerdings waren die Schatten im hintersten Winkel der Felsenkammer auch zu dunkel, um sie mit Blicken zu durchdringen. Möglicherweise ging es dort in die Verzweigungen, von denen das Mütterlein gesprochen hatte. Ein Rascheln ließ Wilhelm zum Eingang herumfahren.

Sir D'Arcy betrat die Höhle. Er japste immer noch nach Luft. Nur einen Herzschlag später kam auch Alroy mit der Pistole herein.

»Und?«, fragte der Navigator. »Was gefunden?«

Auf den Schädel deutend, antwortete Wilhelm: »Nur das da.«

Sir D'Arcy lief zu der Ausbuchtung und stocherte mit seinem Stock im Sand. Weitere bleiche Knochen kamen zum Vorschein. »Das ist eine Ziege.«

»Eine *Geiß?*«, keuchte Wilhelm. Ihm lief ein kalter Schauer über den Rücken. Gerade war ihm bewusst geworden, was er und Alroy gesehen und doch nicht zu erklären gewusst hatten. »Der singende Knochen …«, sprudelte er aufgeregt hervor. »Ich wollte doch von ihm wissen, was in Jacobs Traumreich das Gegenstück zum Wolf ist und …«

»... die Vettel hatte die Augen einer Ziege«, kürzte Alroy die Erklärung ab.

Der Navigator stampfte mit dem Stock auf. »Das ist eine Falle. Schnell raus hier!«

Eilig strebten sie dem Höhlenausgang entgegen. Als Erster erreichte ihn Alroy. Doch anstatt in den Busch zu laufen, stieß er gegen ein unsichtbares Hindernis, prallte davon ab, fiel rücklings zu Boden und blieb reglos liegen.

Wilhelm kniete sich neben den Freund und legte ihm die Hand auf das Herz. Alroy stöhnte und schlug die Augen auf. Sein Blick war glasig, er wirkte ganz benommen, als er lallte: »Was war denn das?«

»Ein boshafter Zauber«, antwortete Sir D'Arcy. Auch er hatte inzwischen den Ausgang erreicht und klopfte mit dem silbernen Segelschiffknauf gegen etwas, das wie eine kristallene Wand klang. Erst als er kräftig dagegenhauchte und sein Atem das Hindernis in einen milchig trüben Vorhang verwandelte, wurde es sichtbar.

Mit einem Mal geschah etwas Seltsames. Der Niederschlag an der magischen Wand wurde von *außen* weggewischt. In dem runden Guckloch erschien ein Paar brauner Augen mit waagerechten Pupillen. Ziegenaugen. Ihr unheimlicher Anblick ließ sogar Sir D'Arcy vor der unsichtbaren Wand zurückschrecken. Sie waren auf Wilhelm gerichtet.

»Was staunst du so, Hüter des Tores?«, keifte die Greisin hämisch. Ihre Stimme klang so schrill, als gäbe es überhaupt kein

Hindernis. »Du müsstest doch nun wirklich eine alte Frau von einer Hexe unterscheiden können, so belesen wie du bist.«

Alroy verlor die Nerven und feuerte auf die Zauberin.

Das kugelrunde Bleigeschoss wurde an der durchsichtigen Barriere platt gedrückt, blieb einen Moment daran kleben und fiel dann zu Boden.

Die Alte kreischte vor Vergnügen. Inzwischen war die Kristallwand wieder klar und zeigte im Gestrüpp ihre ganze hässliche Gestalt. Mit Tränen in den Ziegenaugen wandte sie sich dem Navigator zu. »Das Herumgeballere hätte dein Adlatus sich sparen können, Hüter der Basis.«

»Du kannst uns nicht töten, Athrú«, rief Sir D'Arcy.

Das boshafte Grinsen wich aus der Fratze der Hexe und ihre Stimme klang plötzlich schneidend. »Du hast recht, alter Mann. Ich kann euch nicht lynchen, euch nicht mal verwünschen, doch euch einsperren und verhungern lassen, das kann ich wohl.«

Das Schloss der Goldenen Sonne

Ríocht Na Sí
4. Tag

Hatte der Wünschsattel versagt? Jacob war noch zu benommen, um seine Lage klar einschätzen zu können. Erst hatte ihm der singende Knochen die menschliche Sprache genommen, dann wäre er fast vom Sturm auf dem Glasberg zerrissen worden, und jetzt war er nicht einmal wunschgemäß gelandet.

»Du fragst dich vielleicht, warum wir nicht im Schloss des Zauberers, sondern schon wieder in einem Wald stehen«, sagte das Einhorn, als habe es seine Gedanken gelesen.

Allerdings!, pfiff Jacob. Es klang wie eine schnelle Tonfolge aus einer Rohrflöte.

»Du hast doch das Fleisch der weißen Schlange gegessen«, erinnerte ihn das Einhorn. »Wir kennen also beide die Sprache der Tiere. Pfeif einfach wie ein Wiedehopf.«

Jacob versuchte es und trällerte: »Der Wiedehopf, der Wiedehopf, der bringt der Braut 'nen Blumentopf.«

»Wunderbar!«, freute sich die Torwächterin. »Ich habe jedes Wort verstanden. Was war das?«

»Eine Zeile aus dem Lied *Die Vogelhochzeit*. Warum sind wir denn nun nicht im Schloss der Goldenen Sonne gelandet?«

»Was hast du dir denn gerade gewünscht? Dasselbe, was ich davor gerufen habe?«

»Ja«, flötete er.

»Siehst du! Ich habe nichts davon erwähnt, *in* die Höhle des Löwen zu springen. Meine Worte lauteten: ›*Zum* Schloss der Goldenen Sonne.‹ Und da sind wir. Ich kenne diesen Wald noch aus Kindertagen, als mein Vater, der Hüter der Harmonie, in dem Palast oben auf dem Hügel wohnte und ich hier oft herumgestromert bin.«

»Was ist damals passiert?«

»Der böse Zauberer hat sich als Ratgeber bei meinem Vater eingeschmeichelt. Eines Tages zeigte er sein wahres Gesicht und ermordete ihn. Ich konnte mit knapper Not entkommen. Später heuchelte er Gnade, indem er den über mich verhängten Bann aufhob und mich meinen angestammten Platz an der Quelle der Erleuchtung einnehmen ließ. Nach allem, was geschehen ist, dürfte meine Begnadigung nur der Auftakt zu einem noch größeren Ränkespiel gewesen sein.«

»Wie meinst du das?«

»Es gehörte von Anfang an zu seinem großen Plan, mich zu töten und sich freien Zugang zu allen Reichen im Meer der Träume zu verschaffen.«

»Wahrscheinlich hat er sein Schloss gut bewacht«, sagte Jacob unbehaglich. Fast wünschte er sich, die Torwächterin würde von dem Vorhaben abraten. Stattdessen deutete sie mit ihrem Horn nach oben.

»Sein Palast liegt hinter den Bäumen dort, ungefähr einen Bogenschuss weit von hier hangaufwärts. Der neue König hat ihn gegen alle Kräfte gewappnet, die er als Bedrohung empfindet. Komm, ich zeige dir die Festung.«

Das Einhorn trug seinen Freund den Hügel hinauf. Jacob fühlte sich wie gerädert, was wohl nicht nur an den Beschwerlichkeiten der letzten Tage lag. Mehr noch als die Strapazen setzte ihm die Sorge um den Bruder zu. Wilhelm hatte sich von einem großen Wolf bedroht gefühlt. Ausgerechnet der kränkliche Guy, der seine Nase lieber in Bücher steckte, als sich irgendwelchen Gefahren auszusetzen! Wie sollte er mit so einem Raubtier fertig werden? Nein, wie sollte er mit Athrú fertig werden, wenn der sich eine so tödliche Gestalt erwählt hatte?

»Da ist es.« Die sanfte Stimme des Einhorns verscheuchte Jacobs düstere Gedanken.

Zwischen den Blättern eines Ahorns hindurch gewahrte er eine mächtige Mauer, die trotz ihrer Höhe nicht trutzig wirkte. Es lag wohl an den Strebepfeilern, elegante Abstützungen, deren Flechtwerk ihn an die irischen Knotenornamente erinnerte, die Alroy ihm auf der Kutschfahrt in einem Buch mit Feengeschichten gezeigt hatte. Hinter der Mauer sah er die zwiebelförmige Spitze eines runden Turms sowie eine Reihe anderer Gebäude mit fast verspielt wirkenden Verzierungen und goldenen Dächern, die in der Nachmittagssonne prachtvoll strahlten. Die Außenmauern waren weiß.

»Es ist wunderschön«, pfiff Jacob.

»Ja, das ist es«, seufzte das Einhorn. »Wenn nur nicht sein jetziger Bewohner eine so hässliche Wesensart besäße. Falls du den verwunschenen Vogel finden willst, müssen wir das Schloss leider betreten; am besten kurz nach Sonnenuntergang, wenn der Wachwechsel gerade vorüber ist. Bist du dazu bereit?«

»Was bleibt mir anders übrig? Soll ich uns direkt in den Irrgarten wünschen, den der singende Knochen erwähnt hat?«

»Nein. Es wäre vergeblich und der böse Zauberer würde unsere Anwesenheit sofort bemerken. Er hat sein Haus mit einem Bannkreis umzogen. Das ist der Grund, weshalb ich dir riet, uns *zum* Schloss der Goldenen Sonne zu wünschen, aber nicht hinein.«

»Und wie sollen wir den Bann brechen?«

»Das vermag niemand.«

»Aber …«

»Wir können ihn jedoch überwinden.«

»Alles klar.«

»Pfeif nicht so trübsinnig, mein Freund. Sieh dir mal die Zugbrücke über dem Wassergraben an. Sie ist heruntergelassen. Der Zauberer fühlt sich hinter seinem Bannspruch so sicher, dass er ans Einfachste nicht gedacht hat. Wir können durch das Tor *gehen.*«

»Das ist nicht dein Ernst.«

»Durchaus. Doch ich muss dich warnen. Was uns jenseits der Schlossmauer erwartet, ist gänzlich ungewiss. Der Zauberer ist voller boshafter Schliche. Mache dich deshalb auf das Schlimmste gefasst.«

Durch die Bäume hindurch sah Jacob die Sonne hinter dem Horizont versinken. Er hatte ein mulmiges Gefühl. Und es wurde nicht besser, als das Einhorn sich kurz darauf in Bewegung setzte.

»Eines noch«, flüsterte es, während es fast lautlos auf das Tor zuhielt. »Lass im Schlosshof nichts fallen. Alles, was du dort aus den Händen gibst, wird sofort vertausendfacht, aber du bekommst es nicht zurück.«

Mit einem leise gepfiffenen »Ja« gab er seiner Gefährtin zu verstehen, dass er begriffen hatte.

Sein Blick wanderte zur Mauerzinne hinauf. Nirgends waren Wachen zu sehen. Wenn der Zauberer so sehr auf seine magischen Kräfte vertraute, dann war er entweder sehr mächtig oder sehr überheblich.

Das Einhorn überquerte leichtfüßig die Zugbrücke. Niemand reagierte darauf. Auch als es ins tunnelartige Tor eintrat, stellte sich ihnen keiner in den Weg. Unbehelligt erreichten sie sogar das andere Ende des Durchlasses, wo das Einhorn kurz innehielt.

Das Areal innerhalb der Mauern war viel größer, als Jacob es sich vorgestellt hatte. Linker Hand sah er ein prächtiges hohes Palastgebäude, das in der Farbe des Abendrots strahlte. Dahinter ragte die goldene Spitze des Rundturms auf. Mehrere kleinere Häuser lagen schon im Schatten. Rechts neben dem Hauptbau erstreckten sich Blumenbeete, Rosensträucher und Kieswege. Der Garten stieß an eine dichte hohe Hecke.

Das Einhorn musste wohl spüren, was Jacobs Aufmerksamkeit gefesselt hatte, denn es deutete mit dem Kopf zu der grünen Wand hinüber und raunte: »Das Labyrinth. Seine Wege sind von Feuerdorn gesäumt. Der König hat die Stacheln mit einem Zauber vergiftet. Wenn sie dich stechen, dann kannst du dich nicht mehr vom Fleck rühren.«

»Ich werde mich hüten«, flötete Jacob leise. Unbehaglich sah er sich im Schlosshof um, der sich wie ausgestorben vor ihm erstreckte. Obwohl er darüber eigentlich froh sein sollte, traute er der Ruhe nicht.

Die Torwächterin schlich weiter. Die Ballen ihrer Zehen verursachten im Kies so gut wie keine Geräusche.

Jacob konnte der Versuchung nicht widerstehen, sich ein Haar auszureißen und es probehalber fallen zu lassen. Kaum hatte es seine Hand verlassen, wurden tausend Haare daraus. Glücklicherweise zerstreute eine gütige Brise das verräterische Häuflein schnell über den Hof.

Unbehindert gelangten sie in den Garten. Das Einhorn huschte zwischen Rosenbüschen hindurch, an einem Springbrunnen vorbei und bog in einen breiten Kiesweg ein. Rechts und links standen Marmorstatuen, die ausnahmslos denselben Mann in verschiedenen Haltungen darstellten. Sämtliche Posen unterstrichen seinen Stolz und seine Machtfülle.

»Der Mörder meines Vaters«, sagte die Torwächterin.

Obwohl sie sehr leise sprach, bemerkte Jacob das Beben in ihrer Stimme. Auch ihm war unwohl beim Anblick der steinernen Zauberer, sahen diese doch alle so aus wie der König von Ríocht Na Sí, den er vor ein paar Nächten im Traum gesehen hatte: so hager und hochgeschossen wie eine Bohnenstange, das Gesicht lang, der schmallippige Mund breit, die gebogene Nase scharf wie ein Messer, die eng zusammenstehenden großen Augen bohrend, die Brauen darüber so buschig und wulstig wie zwei haarige Raupen, die Stirn zerfurcht und die Prinz-Eisenherz-Frisur strähnig. Er war nicht die Art von Mensch, für den man auf Anhieb Sympathie empfand.

Während die Torwächterin das Figurenspalier durchschritt, kam es Jacob so vor, als könnten die Statuen jederzeit zum Leben erwachen. Ihre starren Augen schienen ihn argwöhnisch zu beobachten. Angestrengt richtete er den Blick auf die Lücke in der hohen, sauber beschnittenen Hecke, die den Eingang des Irrgartens bildete. Nur noch vier steinerne Paare mussten sie hinter sich bringen … noch drei …

Plötzlich traten zwei Gestalten aus dem Labyrinth heraus: der Zauberer und ein schwarzer Ziegenbock.

Das Einhorn blieb sofort stehen. Ein Zittern durchlief seinen Körper, das unwillkürlich auch Jacob erschaudern ließ. Angesichts des zottigen Tieres neben dem König musste er sogleich an die Worte des singenden Knochens denken. Geiß und Wolf seien zwei der möglichen Wesenheiten ein und desselben Kontrabanten, hatte die Flöte erklärt. Der Bock musste der Wandler sein.

»Seid mir gegrüßt, Torwächterin von Ríocht Na Sí«, spöttelte der Zauberer mit näselnder Stimme. »Man behauptet, Katzen besäßen sieben Leben, aber Ihr scheint siebenundsiebzig zu haben. Ich kann Euch allerdings versichern, dass Ihr von weit mehr Lanzen- und Pfeilspitzen gespickt werdet, wenn Euer Horn auch nur zu glimmen beginnt oder Ihr zu fliehen versucht. Wen habt ihr mir da mitgebracht?«

Jacob hörte von allen Seiten das Tappen von Schritten. Er wagte zuerst nicht den Kopf zu drehen, bemerkte aber aus den Augenwinkeln einige gedrungene Gestalten in Rüstungen. Sie reckten den Eindringlingen blitzende Lanzenspitzen entgegen. Als dann doch einer der Wachleute in sein Blickfeld geriet, lief ihm ein kalter Schauer über den Rücken.

Der Soldat besaß zwar, soweit die Rüstung dies erkennen ließ, den Körper eines Mannes, aber sein Kopf war der eines Dachses.

Ungläubig hielt Jacob nach anderen Leibgardisten Ausschau und entdeckte Gesichter von Igeln, Mardern, Katzen, Hunden, Geiern … Waren das alles verzauberte Tiere oder verwunschene Menschen?

Und wozu überhaupt diese seltsame Menagerie?, fragte er sich. Warum vertraute der König zum eigenen Schutz nicht einzig seiner Zauberkraft? Vermutlich, weil dem Mächtigen das Alleinsein nicht behagte. Er liebte es, von Bewunderern und dienstbaren Geistern umgeben zu sein. Sicher hatte der böse Magier sich aus Furcht vor Verrat diese verlässlichen Schergen herangezogen: Tiere, die ihm in blindem Gehorsam folgten.

Das Einhorn zeigte sich nicht im Geringsten überrascht. Anstatt dem König zu antworten, wandte es sich an den Wandler, wohl um ihn mit seinem Namen zu bannen, wie Jacob vermutete. »Hast du deinem Herrn etwa verschwiegen, wer dir auf den Fersen ist, Athrú?«

»Ihre Majestät der König weiß über alles Bescheid«, meckerte der Ziegenbock.

Der Zauberer nickte. »Ich wollte es eigentlich aus dem Munde des Weltenwanderers hören.«

»Er kann nicht sprechen«, erklärte das Einhorn.

Ein schmallippiges Lächeln kräuselte den Mund des Schlossherrn. »Wer's glaubt …«

»Es ist wahr, Zauberer. Ein singender Knochen hat meinem Freund die Stimme genommen.«

»Dann verratet Ihr mir, was Euch hierherführt. Hat der Alte Euch geschickt, um seine Tochter zu befreien?«

Jacob merkte, wie sich die Rückenmuskeln des Einhorns anspannten. Offenbar war es von der Frage ebenso überrascht wie er.

»Welche Tochter?«

»Ihr braucht mir nicht die Unwissende vorzuspielen«, knurrte der König, »und mich schon gar nicht für dumm zu verkaufen. Ihr seid wohl kaum in mein Schloss eingedrungen, um mich zu töten. So verrückt kann niemand sein, schon gar nicht die Tochter des Hüters der Harmonie, die meine tödliche Macht nur allzu gut kennt.«

Abermals spürte Jacob, wie die gehässigen Worte seine Gefährtin trafen. Bebte ihr Leib aus Zorn oder aus Furcht vor dem bösen Zauberer? Ihre Antwort jedenfalls klang beherrscht. »Selbst wenn Ihr mich zu Stein verwandelt, kann ich über Eure Gefangene nichts sagen.«

»Lüge!«, fauchte er. »Als meine Späher Euch heute Nachmittag entdeckten, war mir sofort klar, dass Ihr die Prinzessin entführen wollt. Deshalb habe ich Euch hier, am Eingang des Labyrinths, erwartet. Besser, Ihr gesteht alles, dann wird meine Strafe gnädig ausfallen.«

»Ihr irrt, Zauberer«, beharrte das Einhorn kühl. Mehr sagte es nicht.

Und auch der Zauberer schwieg.

Dafür drohte nun der Ziegenbock: »Wenn du nicht redest, dann knöpfen wir uns deinen Freund vor. Du wirst staunen, wie schnell er dich verpfeift.«

»Ich wäre nicht überrascht«, erwiderte die Torwächterin hintergründig.

Wer den Schaden hat, braucht für den Spott nicht zu sorgen, dachte Jacob. Er wollte schon die Flötenstimme erheben, um für seine Freundin Partei zu ergreifen, doch der Zauberer kam ihm zuvor.

»Ich werde Euch Eure Dreistigkeit austreiben, Torwächterin. Die nächste Nacht werdet ihr zwei hinter Gittern verbringen, um darüber nachzudenken, wie man einem König zu antworten hat. Morgen Mittag will ich wissen, wer euch geschickt hat und wie euer Plan aussieht.«

»Ihr werft uns in den Kerker? Das sieht Euch ähnlich.«

»Nein«, erwiderte der Zauberer grinsend. »Für meine Ehrengäste habe ich etwas weit Besseres. Ein ›Zimmer mit Aussicht‹.« Während noch die Speicheltropfen seiner Gehässigkeit durch die Luft spritzten, streckte er blitzschnell die Hände aus und rief ein unverständliches Wort.

Im nächsten Moment lag Jacob bäuchlings in einem runden »Vogelbauer«. Der eng vergitterte Käfig hing in luftiger Höhe an einem langen Balken, und dieser wiederum ruhte auf der zwiebelförmigen Kuppel des Schlossturms. Am anderen Ende des hölzernen Trägers – wesentlich dichter an der goldenen Dachspitze – schwebte ein ganz ähnlicher, größerer Käfig mit dem Einhorn darin. Die Konstruktion war wie eine Waage, in des Wortes ureigenem Sinne, zauberhaft ausbalanciert.

An der vom König versprochenen Aussicht allerdings konnte sich Jacob nicht berauschen. Dazu steckte ihm der Schreck viel zu tief in den Knochen. Er reckte den Hals und spähte nach unten.

Im Schlosshof zog die Palastwache ab. Es mussten an die

zweihundert Armbrustschützen und Pikeniere sein. Von ihnen unbeachtet lag am Eingang des Labyrinths der Wünschsattel. Wohlweislich hatte der Zauberer ihn nicht zum Turm hinaufverbannt.

Der Irrgarten selbst stellte sich von oben als ein schwindelerregendes Wirrwarr aus Hecken und Gängen dar. Zwischendrin sah Jacob immer wieder leuchtende Farbkleckse – vermutlich Blumen. Aus der Mitte des Labyrinths lugte das flache Kegeldach eines silbernen Pavillons heraus. Ob der Zauberer dort die von ihm erwähnte Prinzessin gefangen hielt? Oder gar den verwunschenen Flammenvogel? Vielleicht leben ja sogar beide einträchtig zusammen in dem Labyrinth, grübelte Jacob. Unterdessen strich sein Blick über die Palastmauern hinaus in die Ferne.

Rings um den Schlosshügel erstreckten sich Wälder, dahinter Äcker und ganz weit im Norden, so fern und unerreichbar wie der Mond, sah er blutrot die Spitze des Glasberges im letzten Licht des Tages glühen.

Als plötzlich ein Windhauch die »Käfigwaage« in Drehung versetzte, zuckte Jacob erschrocken zusammen. Der Balken begann gefährlich auf und ab zu pendeln.

»Rühr dich nicht!«, raunte von gegenüber das Einhorn. »Sonst stürzen wir beide in den Tod!«

Die schwarze Robe

Ríocht Na Sí
5. Tag

Es war wohl die furchtbarste Nacht seines Lebens gewesen. Jacob hatte gefroren, und weil er sich nicht bewegen durfte, waren seine Glieder am Morgen so steif wie Eiszapfen.

»Bist du wach, Meister Spross?«, hörte er irgendwann die leise Stimme der Torwächterin.

Er lag immer noch auf dem Bauch. Vorsichtig hob er den Kopf und lugte an der Turmspitze vorbei. »Ich weiß nicht, ob ich überhaupt geschlafen habe. Die ganze Nacht musste ich ...« Er biss sich auf die Unterlippe. »Meinst du, der Zauberer kann uns hören?«

»Er hat seine Ohren überall, aber ich nehme nicht an, dass er die Sprache des Wiedehopfes versteht.«

Jacob hatte mit solcher Selbstverständlichkeit geflötet, dass ihm der Verlust der eigenen Stimme gar nicht mehr bewusst gewesen war. Umso schmerzlicher empfand er ihn jetzt. In einer bedrückten Molltonart pfiff er: »Wie kommt es, dass er sich mit dir verständigen kann?«

»Der böse Zauberer hat es vor langer Zeit gelernt – als er plante, meinen Vater und mich zu ermorden.«

Weil Jacob bewusst war, wie ungerne die Torwächterin über dieses düstere Kapitel ihres Lebens sprach, wechselte er das

Thema. »Kennst du eigentlich die Prinzessin, um die der Zauberer sich so sehr sorgt?«

»Das kann nur die Tochter des alten Königs sein. Vermutlich will der Zauberer seine Herrschaft festigen, indem er sie heiratet. Ich schätze aber, sie hat ihm einen Korb gegeben, weil sie mit Prinz Silberlocke verlobt ist.«

»Das würde erklären, warum der Zauberer sie im Labyrinth gefangen hält.« Obwohl Jacob diese Königstochter nicht kannte, empfand er Mitleid mit ihr. Wie lange musste sie wohl schon die Launen des Thronräubers ertragen?

»Hast du in der letzten Nacht darüber nachgedacht, wie du dein Ziel erreichst?«, fragte das Einhorn.

»Ununterbrochen. Ich werde ...«

»Sag es nicht«, fiel es ihm ins Wort. »Warte damit, bis der Zauberer dich fragt. Und dann sei auf alles gefasst.«

Jacob kam sich vor wie ein Stück Dörrobst. Die Mittagssonne brannte unbarmherzig auf ihn nieder. Durch winzige Verlagerungen seines Körpers ließ er die Schatten der Gitterstäbe über sich hinwegwandern. Viel fruchtete das nicht. Er hätte darauf gewettet, dass sein Gehirn inzwischen auf die Größe einer Rosine geschrumpelt war.

Plötzlich lag er auf dem kühlen Marmorboden einer großen, säulengesäumten Halle. Neben ihm ragte die Hinterhand des Einhorns auf – es blickte in die andere Richtung. Verwirrt hob er den Kopf. Der lange, hohe Saal war voller Lanzenträger und

Armbrustschützen. Über ihren Köpfen reihten sich bunte Glasfenster, die wie Ahornblätter geformt waren.

»Ich hoffe, Ihr seid zur Besinnung gekommen«, ertönte hinter ihm die Stimme des Zauberers.

Jacob raffte sich vom Boden auf und drehte sich um. Kaum zehn Schritte entfernt saß der Zauberer auf einem goldenen Thron. Er trug einen langen scharlachroten Mantel mit golden glänzender Borte. Neben ihm hockte auf einem silbernen, etwas kleineren Stuhl der schwarze Ziegenbock und funkelte die Gefangenen aus seinen braunen Augen mit den geschlitzten Pupillen feindselig an.

»Wir waren nie von Sinnen«, antwortete das Einhorn gleichmütig.

»Dann erzählt mir nun alles über Eure Absichten.«

»In dieser Geschichte bin ich nur die Dienerin. Mein Begleiter hat sich hierhergewünscht.«

»Jetzt lass Er sich nicht jedes Wort aus der Nase herausziehen«, fuhr der Zauberer Jacob an. »Wenn ihr zwei nicht ein ganzes Jahr in Käfigen auf der Turmspitze hängen wollt, dann spreche Er und zwar sofort!«

Jacob hatte sich seine Antwort in der letzten Nacht fein säuberlich zurechtgelegt und brachte sie jetzt zu Gehör. In einem sehr melodischen Pfeifkonzert.

»Schluss damit!«, donnerte der Schlossherr und schüttelte empört den Kopf. »Meint Er, Er kann mir einen Wiedehopf vorgaukeln? Soll das ein Zauber sein? Wenn ja, dann hat er hier keine Macht, junger Mann. Von Seiner Flöterei lasse ich mir nicht die Sinne vernebeln und mir schon gar nicht die Prinzessin ausspannen. Niemand außer mir wird sie bekommen, es sei denn, Er bezwingt zuvor den Gehörnten im Irrgarten.«

»Mein Freund kann nicht reden«, sagte das Einhorn ruhig.

»Was soll das heißen?«

»Das habe ich Euch schon gestern erklärt, Zauberer: Seine Stimme ist verwunschen worden.«

»Kann er wenigstens lesen und schreiben?«

Jacob nickte.

Der König winkelte träge den Arm auf der Thronlehne an, seine erhobene Hand zuckte kurz und ein gelbliches Blatt nebst Schreibfeder erschien darin. »Dann kritzel dein Geständnis auf dieses Pergament. Ich will wissen, warum du hier bist.«

Ein bunt gekleideter Diener huschte herbei, nahm dem König das Schreibzeug aus der Hand, brachte es dem Gefangenen und bot ihm, indem er sich hinkniete, den Rücken als Unterlage an. Jacob kritzelte sein Anliegen in wenigen Worten aufs Papier.

Bitte schenkt mir eine einzige Blume
aus dem Herzen Eures Labyrinths.

Nachdem er fertig geschrieben hatte, streckte Jacob das Blatt dem König entgegen. Der bedeutete dem Einhorn, die Worte vorzulesen, was es bereitwillig tat.

»Das ist alles?«, fragte der König amüsiert.

Jacob nickte.

»Was bekomme ich als Gegenleistung?«

Wonach gelüstet es Euch denn?

schrieb Jacob aufs Blatt und ließ es von seiner »Dienerin« vorlesen.

Der Schlossherr lächelte. »Ich bin alt und runzlig. Gib mir deine Gestalt und du bekommst dafür eine schwarze Robe, die feiner gewebt ist, als je ein Mensch es könnte.«

Das Herz in Jacobs Brust blieb wohl für kurze Zeit stehen, so sehr erschreckte ihn die Forderung des bösen Zauberers. Im ersten Moment wollte er ihm ein empörtes Nein entgegenflöten. Dann aber musste er an Wilhelm denken, der dringend seine Hilfe brauchte, und an den Riss im Phantaversum. Und auch an die Prinzessin. Mit zittriger Hand schrieb er die Antwort aufs Pergament:

Euer Wort soll mir Befehl sein.
Nur verschont bitte mein Leben.

»Einverstanden«, sagte der König, nachdem ihm das Einhorn Jacobs Entscheidung mitgeteilt hatte. »Begeben wir uns hinaus zum Eingang des Irrgartens.«

Hilfe suchend blickte Jacob zum Himmel empor, aber diesmal war kein Unwetter in Sicht, das ihn hätte retten können. Nur einige bleifarbene Wolken trieben vorüber, so eilig, als wollten sie sich anderswo zu einem Donnerwetter versammeln. Es war schwülwarm. Wenigstens zupfte hin und wieder ein kühlender Luftzug an seinen Kleidern.

Er fühlte sich wie ein Delinquent vor der Hinrichtung, während das Einhorn ihn über den Schlossplatz trug. Etwa drei Dutzend Pikenträger sorgten dafür, dass sie dem König und seinem zottigen Begleiter nicht zu nahe kamen, die acht oder zehn Schritte vor ihnen liefen. Auf dem Kiesweg zwischen Rosengarten und Labyrinth blieben sie stehen. Der Zauberer lächelte diebisch.

»Mein Irrgarten ist recht unübersichtlich. Verlauft euch nicht darin.«

»Wenn Ihr zur Seite tretet, dann können wir unser Glück versuchen«, schlug das Einhorn kühl vor.

»Nur Geduld, Torwächterin. Bevor ich euch passieren lasse, will ich nur schnell meinen Lohn kassieren.«

»Haltet Ihr das für gerecht, ehe mein Freund seine Blume gepflückt hat?«

»Wer sagt denn, dass der König von Ríocht Na Sí gerecht ist?«, antwortete der Zauberer mit einem unverschämten Grinsen. »Ich nehme nicht an, euch zwei lebend wiederzusehen.«

Ehe noch jemand etwas sagen oder tun konnte, hob er in einer beschwörenden Geste die Arme und rief mit tosender Stimme ein einzelnes Wort.

Einen Wimpernschlag später war Jacob blind. Ein Gefühl der Panik ließ ihn aufschreien, aber es kam nur ein hässliches Krächzen aus seiner Kehle. Hatte der Zauberer etwa mit der schwarzen Robe, die feiner gewebt sei, als je ein Mensch es könnte, den Verlust des Augenlichts gemeint?

Mit einem Mal bemerkte Jacob einen Lichtschimmer am Rand seines Gesichtskreises und dann wurde ihm bewusst, dass er unter Kleidern begraben war. Seinen *eigenen* Kleidern.

Denn der Zauberer hatte ihn in einen großen Kolkraben verwandelt.

Aufgeregt kämpfte er sich aus Hemd und Jacke heraus und floh den Hals seiner Gefährtin hinauf. Auf deren Kopf blieb er atemlos stehen und erschrak angesichts des vor ihm gähnenden Abgrunds (selbst einem Raben, der anderthalb mal so groß wie seine stattlichsten Artgenossen war, musste ein ausgewachsenes Einhorn ziemlich hoch erscheinen).

»Ich wünsche euch ein erfolgreiches Blumenpflücken«, sagte der Zauberer. Er sah nun aus wie eben noch Jacob, wirkte in dem scharlachroten Mantel allerdings reichlich verloren.

Der Geißbock meckerte belustigt.

Unbehaglich wandte sich Jacob um und zuckte zusammen, als er hinter sich seine Garderobe vom Rücken des Einhorns rutschen sah. Wovor hatte seine Freundin ihn gewarnt? *Lass im Schlosshof nichts fallen ...*

Schon begann sich seine ganze Habe zu vervielfachen. Bevor die einzelnen Stücke den Boden berührt hatten, wurden daraus tausend Hemden, Jacken, Hosen, Hirschfänger, doppelt so viele Strümpfe und Schuhe sowie – das erschreckte ihn am meisten – auch tausend Beutel mit Wilhelms Haaren.

Durch die wundersame Vermehrung war nicht nur dem Raben, sondern auch dem Einhorn die Sicht genommen. Der Wäscheberg türmte sich bis über ihre Köpfe hinweg. Durch eine Lücke fiel etwas Licht, wodurch Jacob zwei oder drei der tausend Lederbeutel sehen konnte. Alle waren halb geöffnet und die meisten Haare des Bruders herausgefallen. Jedes einzelne hatte sich ebenfalls vertausendfacht. Sie zu verlieren war für Jacob schlimmer als alles andere, denn sie stellten die einzige Verbindung zu Wilhelm dar.

Schnell reckte er sich, um wenigstens ein kleines Haarbüschel zu retten. Wieder musste er an die Mahnung des Einhorns denken. *Alles, was du dort aus den Händen gibst, wird sofort vertausendfacht, aber du bekommst es nicht zurück.*

Plötzlich fuhr ein Windstoß in den Stoffberg und wirbelte alles empor. Verzweifelt sah Jacob seiner damit ebenfalls entschwindenden Hoffnung nach. Dabei streifte sein Blick den bösen Zauberer, der immer noch – oder schon wieder? – mit erhobenen Armen vor dem Eingang des Irrgartens stand. Zweifellos hatte er die Kleider samt den Beuteln und Haaren in die Wolken hinaufgeschleudert.

An diesem Tag regneten in der Gegend rund um das Schloss der Goldenen Sonne Tausende Kleidungsstücke vom Himmel und Abertausende Haare.

Magenreißen

Über dem Blautopf
Herzogtum Württemberg, 20. Juni 1798

Das Gejammer der Hexe war kaum auszuhalten. Wegen des am Abend aufgekommenen Nieselregens hatte sie sich in dem Busch vor der Höhle ins Laub sinken lassen, den Buckel zum Eingang gewandt, und klagte den Gefangenen drinnen ihr Leid.

»Es wird immer schlimmer. Ich fühle mich wie mitten entzweigerissen. Vielleicht war irgendeines von den Schafen, die ich gefressen habe, krank.«

»Da hattest du noch einen anderen Körper, Athrú«, sagte Sir D'Arcy unbeeindruckt. Er stand mit Wilhelm und Alroy hinter der unsichtbaren Barriere und beobachtete mit düsterer Miene die sich windende Frau.

Ihre knochige Hand wedelte abfällig über die Schulter hinweg. »Was verstehst du schon vom Wesen eines Wandlers«, keifte sie angriffslustig. »Ich habe mir nur den Magen verdorben. Vielleicht wird es mir besser gehen, wenn ich einen von euch verspeise.«

»Das kannst du nicht tun, Athrú.«

Sie kicherte. »Du meinst, weil du meinen Namen kennst?« Sie steckte ihre schmutzigen Finger in den Mund und stieß einen schrillen Pfiff aus.

Wenige Augenblicke später raschelte es im Gebüsch und drei große Wolfshunde erschienen vor der Höhle.

»Meine neuen Freunde«, erklärte die Hexe. »Ursprünglich waren es vier, aber ein übermütiger Bauer hat einen von ihnen erschossen. Sie kennen noch meine letzte Gestalt und respektieren mich als ihren Rudelführer. Ihr glaubt nicht, wie nützlich der Kadavergehorsam dieser Tiere ist. Da könnt ihr noch so oft meinen Namen rufen, wenn ich es meinen vierbeinigen Freunden befehle, werden sie mir ohne Zögern diesen zarten Jungen dort bringen und ihn mir in mundgerechte Stücke zerlegen.« Ihr knorriger Zeigefinger deutete über die Schulter hinweg zielgenau auf Alroy. »Und sollte es zu meinem Wohlbefinden beitragen, fresse ich danach dich, Torhüter. Den zähen Alten muss ich vermutlich erst lange in Milch kochen, ehe er zart wird.«

Wilhelm war starr vor Schreck. Früher hatte er immer einen wohligen Schauer verspürt, wenn er die Märchenfrau von Hänsel und Gretel und der Hexe in ihrem Knusperhäuschen erzählen hörte, aber nie wäre ihm in den Sinn gekommen, selbst einmal auf dem Speiseplan einer Menschenfresserin zu stehen.

»Dein Reißen hat einen ganz anderen Grund, Athrú«, rief er verzweifelt. »Du bist ein Kontrabant. Das ist wider die Natur der Phantasie. Eine Hälfte von dir ist hier und die andere in Ríocht Na Sí. Deshalb fühlst du dich wie zerrupft. Kehre dahin zurück, woher du gekommen bist, und es wird dir sofort besser gehen.«

Die Hexe drehte sich ächzend um und grinste. »Das würde dir wohl gefallen. Dann könntest du die Quelle der Erleuchtung wieder für unsereiner verschließen. Aber wir haben andere Pläne, Hüter des Tores. Morgen Nacht wird aus dem Riss im Phantaversum ein weit klaffendes Loch werden. Nachdem ich deinen Freund und dich verspeist habe.«

Der Gehörnte

Ríocht Na Sí
5. Tag

Eine schwarze Robe, die feiner gewebt war, als je ein Mensch es könnte. Die Worte hallten wie blanker Hohn durch Jacobs Sinn. Der Zauberer hatte vom Gefieder eines Kolkraben gesprochen. Und er hatte nicht einmal gelogen.

»Du siehst prachtvoll aus, wenn ich das bemerken darf«, sagte das Einhorn, während es zwischen den Dornenhecken hindurchschritt. Sie waren schon weit ins Labyrinth eingedrungen.

»Danke«, krähte Jacob. Sogar seine schöne Rohrpfeifenstimme hatte er verloren. Wenigstens konnte er sich trotzdem weiter mit seiner Gefährtin verständigen: in der Rabensprache.

»Da ist wieder eine Gabelung. Welche Richtung?«, fragte sie.

»Rechts.«

»Bist du sicher?«

»Ja. Bis zum silbernen Gartenhaus müssen wir noch zweimal den Gang wechseln. Ich habe den Irrgarten stundenlang aus dem Käfig heraus studiert. Sein Plan hat sich mir in den Kopf eingebrannt. Ach übrigens, bist du denn sicher, dass der Zauberer mit dem Gehörnten nur einen Ochsen gemeint hat?«

»Wovon sollte er sonst gesprochen haben?«

»Ach, nichts«, krächzte Jacob leise.

Nach einigen weiteren Abzweigen hörte er plötzlich ein Schnaufen und Stampfen. Er ahnte schon, wer da nahte. Noch ehe er ihn sehen konnte, begann das Horn der Torwächterin grün zu leuchten.

»Vielleicht steigst du jetzt besser ab«, sagte sie traurig, fast so, als wolle sie Abschied nehmen.

»Was hast du vor?«, fragte er besorgt.

»Gib auf die Dornen acht. Ein Stich und du bist gelähmt«, erwiderte sie, als habe sie ihn nicht gehört.

Kaum hatte sich Jacob flatternd von ihrem Rücken geschwungen, wurden seine schlimmsten Befürchtungen auch schon wahr. Etwa zwanzig Schritte von seiner Gefährtin entfernt lief aus einem Seitengang ein mächtiger, rotbrauner Auerochse hervor – es war unverkennbar ein Stier.

Als er die Torwächterin gewahrte, blieb er stehen und schnaubte; aus seinen Nüstern kamen Rauchwolken hervor. Das furchterregende Tier senkte herausfordernd den Kopf – die Spitzen seiner geschwungenen Hörner zielten genau auf das Einhorn. Angriffslustig scharrte er mit dem Vorderhuf im Gras.

»Das ist der verwunschene Flammenvogel«, sagte die Torwächterin leise und bot dem massigen Gegner ihrerseits die Stirn. Das Strahlen ihres Horns umhüllte sie jetzt wie eine große Seifenblase.

Als kümmere den Bullen die Macht dieser mächtigen Waffe nicht, stürmte er los. Dabei wurde sein Fell heller und rötlicher.

Auch das Einhorn begann zu laufen.

Jacob zog sich angstschlotternd in den hintersten Winkel der Kampfbahn zurück. Mehr als um sich selbst sorgte er sich um seine Freundin. Was sollte ein so anmutiges Geschöpf gegen einen derart kraftstrotzenden Gegner ausrichten?

Der Zweikampf erinnerte ihn an ein mittelalterliches Ritterturnier, bei dem die Recken mit gesenkten Lanzen aufeinander losstürmten. Der entscheidende Unterschied war, die vierbeinigen »Kämpen« besaßen keine stählernen Rüstungen. Nur noch drei, vier lange Sätze trennten sie voneinander. Es sah aus, als würden sie sich jeden Moment ihre Hörner gegenseitig in den Leib rammen.

Plötzlich machte das Einhorn einen gewaltigen Satz und sprang über den Auerochsen hinweg. Der warf den Kopf hoch und ein Feuerstoß schoss aus seinem Maul. Der glühend heiße Atem perlte von dem grünen Lichtkokon der Torwächterin ab.

Die schneeweiße Kriegerin hatte also doch einen Panzer.

Kurz bevor sie elegant hinter dem Bullen im Gras landete, zog sie mit ihren scharfen Klauen zwei Reihen von Striemen in sein Hinterteil. Sofort drehte sie sich wieder um.

Der Stier – er hatte unterdessen die Farbe rot glühenden Kupfers angenommen – konnte seinen schweren Leib nicht so schnell zum Stehen bringen. Erst knapp vor dem Raben warf er sich herum. Jacob rutschte fast das Herz ins Gefieder.

Ein kurzes Keuchen und Luftschnappen, dann rannten die beiden Fabelwesen abermals aufeinander zu. Diesmal hob der Stier das Haupt früher an und versuchte, mit einem nach oben gerichteten Flammenschwall die Taktik des Einhorns zu durchkreuzen. Dadurch verlor er aber den Überblick am Boden.

Die Torwächterin schien auch tatsächlich zum Sprung anzusetzen, doch unvermittelt senkte sie den Kopf und zischte wie ein Schwert an der rechten Flanke des Bullen entlang. Um Haaresbreite verfehlte sie dabei die Hecke. Jacob hielt unwillkürlich den Atem an.

Der Auerochse fuhr brüllend herum. Von vorn bis hinten erstreckte sich über seinen Körper eine blutende Wunde.

Wiewohl Jacob die Geschicklichkeit des Einhorns bewunderte, überraschten ihn doch die vergleichsweise harmlosen Folgen ihrer Finte. Im Kristallmeer hatte sie mit ihrem Horn einen ganzen Hagelschauer zu Staub verwandelt. Offenbar war der Auerochse kaum weniger mächtig als sie, wenn ihre bedrohlichste Waffe ihm nur eine tiefe Schramme beibringen konnte.

Wütend schnaubte der Bulle neuerliche Rauchwolken und kratzte mit den Hufen im Gras. Mittlerweile glich sein Fell weiß glühendem Stahl. Mit unverminderter Kraft stürmte er abermals los.

Als das Einhorn diesmal einen Sprung antäuschte, dann aber an der linken Flanke des Stiers vorbeistürmen wollte, warf dieser schnaubend den Kopf herum. Jacob glaubte schon, seine

Gefährtin sei dem Stoß abermals entkommen, dann aber sah er Blut an ihrer Hinterhand.

»Nein!«, krähte er entsetzt.

Die beiden Fabelwesen nahmen keine Notiz davon. Der Kampf zwischen ihnen wurde immer unerbittlicher. Sie stießen, traten und rempelten und versuchten immer wieder, den Gegner mit ihren spitzen Hörnern zu treffen. Jacob kam es so vor, als wolle das Kräftemessen gar kein Ende nehmen.

Jedenfalls kein gutes für ihn und seine Freundin.

Denn die wütenden Angriffe des Stiers gingen nicht spurlos an ihr vorüber. Sie hinkte. Ihr Atem rasselte. Schaum troff aus ihrem Maul. Bald bluteten beide aus zahlreichen Wunden und wie der Auerochse wurde auch die Torwächterin merklich schwächer. Darunter litt natürlich auf beiden Seiten die Zielsicherheit. Jeder hoffte nur noch auf den *einen* verzweifelten Glückstreffer, der allem ein Ende machte.

Als das Einhorn einem weiteren Stoß der Stierhörner ausweichen musste, strauchelte es plötzlich, überschlug sich und blieb dicht vor der Hecke liegen.

Der entkräftete Bulle kam nicht sofort zum Stehen. Schnaubend wandte er sich um und senkte den Kopf, um die Blöße seiner Gegnerin zum tödlichen Stoß zu nutzen.

»Bitte steh auf«, krächzte Jacob verzweifelt, als er sah, wie mühsam sich seine Gefährtin herumwälzte.

Der Auerochse rannte wieder los.

Jacob konnte nur noch an das Einhorn denken, das ihm zur

kostbaren Freundin geworden war. Die Furcht vor dem weiß glühenden Ungetüm spürte er nicht mehr. Stattdessen durchströmte ihn trotzige Entschlossenheit, als er zum ersten Mal seine Rabenschwingen benutzte, um vom Boden abzuheben.

Unterdessen stürmte der Stier weiter auf die am Boden liegende Torwächterin zu. Je näher er kam, desto tiefer senkte er den Kopf, um seine Hörner in ihren Bauch zu stoßen.

Jacob schoss geradewegs auf ihn zu. Kaum befand er sich zwischen dem Auerochsen und seiner Gefährtin, breitete er die Schwingen aus, um dem Angreifer die Sicht zu nehmen.

Der warf wütend den Kopf herum, um den lästigen Vogel zu vertreiben, doch Jacob wich im letzten Moment zur Seite aus. Durch den Stoß in die Luft veränderte der Stier unwillkürlich die Richtung, nicht viel, aber es genügte der Torhüterin, um dem sonst unvermeidlichen Aufprall auszuweichen. Während der Bulle sie verfehlte, stieß sie ihm ihr Horn tief in die Schulter.

Er brüllte, knickte vor Schmerz ein, stürzte in die Dornenhecke und blieb röchelnd liegen.

Jacob krähte triumphierend, flog eine Schleife und kehrte zu seiner Gefährtin zurück. »Der Auerochse bewegt sich noch. Steh lieber schnell auf!«

Tatsächlich schien die Gefahr keineswegs gebannt. Der Bulle wirkte nur leicht benommen von dem Sturz. Vielleicht hatte der Zauberer den Wächter des Irrgartens ja gegen das Gift der Dornenhecke immun gemacht.

Mühsam kämpfte sich das Einhorn auf die Beine. Als es gerade wieder auf allen vieren stand, geschah etwas Überraschendes.

Von den Hörnern des Auerochsen ausgehend breiteten sich Flammen über seinen Körper aus. Im Nu brannte das ganze Tier.

Jacob und das Einhorn wichen erschrocken vor der beißenden Hitze zurück. Ungläubig sahen sie, wie der Stier sich im Feuer auflöste und allmählich etwas anderes erkennbar wurde.

Ein großer goldener Vogel.

Die Niederlage des Auerochsen und wohl auch das Gift der Hecke mussten den Bann des bösen Zauberers gebrochen haben. Wie ein Phönix aus der Asche wuchs der Vogel aus den sich rasch beruhigenden Flammen. Bald züngelten sie nur noch wie über einer Kohlenglut im Kamin. Dadurch konnten die Gefährten eine überraschende Entdeckung machen.

»Er hält etwas in den Klauen«, krächzte Jacob aufgeregt. »Es sieht aus wie …« Ihm stockte der Atem.

»Das glühende Ei, das nie gelegt wurde«, sprach das Einhorn aus, was der singende Knochen ihnen verraten hatte.

Jacob schlug hektisch mit den Flügeln. »Tu doch etwas! Wir müssen es bekommen. Das ist der Feuerkristall.«

Ehe einem von ihnen einfiel, wie sie des Steines habhaft werden konnten, war die Verwandlung des flammenden Vogels auch schon abgeschlossen. Seine Krallenfüße – im rechten hielt er das glühende Ei – glichen denen eines Geiers. Alles darüber kam einem Flamingo sehr nahe, allerdings war es mindestens dreimal so groß.

Bis zu diesem Augenblick hatte der flammende Vogel nur still dagestanden, jetzt aber schien er zu erwachen. Seine lodernden Augen wandten sich der Torwächterin zu. Ihr Anblick schien ihn zu erschrecken, denn er ließ einen heiseren Schrei vernehmen und breitete die mächtigen Schwingen aus.

»Die diebische Elster versucht abzuhauen. Halt sie auf!«, stieß Jacob hervor.

»Ich kann nicht fliegen, du schon«, antwortete sie, brachte ihr Horn aber trotzdem zum Glimmen und schickte sich an, die »diebische Elster« an der Flucht zu hindern. Doch das Einhorn war noch zu schwach, um rechtzeitig einzugreifen.

Der aufgeschreckte Flammenvogel stieß sich vom Boden ab und schlug heftig mit den Flügeln. Weil er zu groß und schwer war, um senkrecht aufzusteigen, glich sein Flug entlang des Gangs eher einem Auf- und Abtorkeln: Mit jedem Flügelschlag stieg er ein gutes Stück nach oben, um beim nächsten Ausholen fast dieselbe Strecke wieder nach unten zu sinken. So gewann er nur langsam an Höhe.

Jacob schwang sich ebenfalls in die Luft. Er wusste zwar nicht, wie er den großen Flammenvogel aufhalten oder auch nur attackieren sollte, ohne sich das Gefieder zu versengen, aber er wollte das glühende Ei nicht kampflos aufgeben.

Am Ende des Gangs hatte der flammende Vogel immer noch nicht ganz die Höhe der Heckenwand erreicht. Hektisch schlug er mit den Flügeln, schwang sich tatsächlich weit genug hinauf, sackte aber im nächsten Augenblick wieder ein Stück herunter und blieb im Feuerdorn hängen.

Im Nu fing das stachelige Gestrüpp an zu brennen.

Während der darin gefangene Vogel schrie und zappelte, sich aber nicht zu befreien vermochte, drehte Jacob vor der Hecke ab, um den Flammen nicht zu nahe zu kommen.

Mit einem Mal sah er das glühende Ei. Der flammende Vogel musste es bei seinen verzweifelten Befreiungsversuchen wohl unabsichtlich fortgeschleudert haben. Zumindest flog es in weitem Bogen in den Gang zurück. Als es auf dem Boden aufschlug, brach es entzwei. Eine Feuerzunge schoss hervor und heraus kullerte nicht etwa ein glühendes Dotter.

Sondern ein flammender, roter Kristall.

Jacob legte die Flügel an und stieß wie ein Falke nach unten. Ehe er die »Beute« erreichte, hatten seine scharfen Rabenaugen sie schon untersucht.

Entgegen seinen Erwartungen war der Feuerkristall nicht rund, sondern besaß selbst die Form eines Eis. Zahlreiche Facetten zerteilten seine glatte Oberfläche in viele kleine Flächen. Diese waren nicht ebenmäßig wie bei einem von Menschenhand geschliffenen Juwel, sondern so ungleich wie die Bruchkanten eines lange im Erdreich liegenden Feuersteins. Im Gegensatz zu einem solchen war der Kristall aber durchscheinend. Aus seinem Innern heraus leuchtete er, als sei ein rubinroter Stern darin eingeschlossen.

Jacob packte mit seiner rechten Klaue den Stein, der eines jeden wahre Gestalt zeigen konnte, und schwang sich sofort wieder in die Luft. Seine Freundin war in respektvollem Abstand zur lodernden Dornenhecke stehen geblieben. Mit ausgebreiteten Schwingen landete er auf ihrem Rücken.

»Wir haben ihn!«, krähte er übermütig.

»Und mussten dafür einen teuren Preis zahlen«, erwiderte sie matt. Anschließend deutete sie mit ihrem Horn auf die lodernde Hecke. »Fällt dir etwas auf?«

Es war ein merkwürdiges Bild. Mitten in der Feuersbrunst schrie der Flammenvogel, schlug aufgeregt mit den Flügeln und vermochte sich dennoch nicht zu befreien. Doch weder Tier noch Gestrüpp verbrannten. Die Hitze schien ihnen nichts auszumachen.

»Vermutlich hat der Zauberer die Hecke verhext«, krächzte Jacob.

»Du hast jetzt einen Wahrheitskristall. Vielleicht kann der dir des Rätsels Lösung sagen.«

Jacob musste sich zwar enorm verbiegen, doch er schaffte es tatsächlich, Kopf und Fuß so dicht zusammenzubringen, dass er durch den Feuerkristall hindurchsehen konnte.

»Das gibt's ja nicht. Weder die Hecke, noch der Vogel brennen. Aber ich kann doch die Hitze spüren, wie ist das …?«

»Illusion«, sagte das Einhorn müde.

»Was?«

»Du fühlst, was du empfinden zu müssen glaubst.«

»Muss ich das jetzt verstehen?«

Sie seufzte erschöpft. »Es ist doch nicht so schwer, mein Freund. Der Geist gaukelt uns vor, was wir für die Wirklichkeit halten *wollen*. Für alles andere sind wir taub und blind. Der Feuerkristall siebt diese Trugbilder aus. Was übrig bleibt, ist die unverfälschte Wahrheit.«

Mit einem lang gezogenen Schrei schaffte es der Flammenvogel endlich, sich aus der Hecke loszureißen. Schwerfällig schwang er sich empor und verschwand hinter dem Feuerdorn.

»Du wolltest noch eine Blume pflücken, ehe wir gehen«, erinnerte die Torwächterin ihren Freund.

»Nicht irgendeine«, antwortete Jacob entschlossen. »Ich habe an eine ganz bestimmte Rose gedacht. Sie dürfte gleich nebenan zu finden sein. Im silbernen Gartenhäuschen.«

Die Prinzessin

Ríocht Na Sí
5. Tag

Weder Federn noch Haare waren angesengt, als das Einhorn den Raben Jacob um die letzte Biegung im Herzen des Irrgartens trug. Vor ihnen öffnete sich ein kleiner, hübscher, viereckiger Garten. In der Mitte stand der silberne Pavillon.

Unter dem spitz zulaufenden, von vier Säulen getragenen Dach befand sich ein rosafarbenes Himmelbett. Außerdem waren noch ein Sofa, Tisch und Stühle sowie eine Frisierkommode mit einem hohen Spiegel zu sehen. An Letzterer saß auf einer gepolsterten Bank, so als müsse sie weder Auerochsen noch Feuersbrünste fürchten, eine junge Frau, die leise summend eine Bürste durch ihr langes, blondes, seidiges Haar gleiten ließ. Ihr Gesicht war nur im Spiegel zu sehen.

Jacobs Begeisterungsfähigkeit für das weibliche Geschlecht war ziemlich begrenzt und das nicht erst, seit er im Körper eines Kolkraben steckte, doch die Schönheit dieses Mädchens rührte sogar sein kleines Vogelherz zu Tränen. Sicherheitshalber blickte er durch den Feuerkristall, aber das tat dem Liebreiz der jungen Dame keinen Abbruch. Der einzige Unterschied, den der rote Stein offenbarte, war ein kleiner, goldener, gezackter Reif, den die Prinzessin aus Fleisch und Blut *nicht* auf ihrem Haupte trug. Kein Zweifel, es musste die Prinzessin sein.

Das verletzte Einhorn hinkte zwischen einem Spalier kugelförmig beschnittener Bäumchen hindurch, die in großen Blumentöpfen standen. Als es dem Pavillon schon ganz nahe gekommen war, drehte sich die Prinzessin erschrocken um. Ihre besorgte Miene verwandelte sich in ein bezauberndes Lächeln. Sie hatte wohl den Auerochsen erwartet und war überrascht, das Einhorn zu sehen. Und den Raben.

Anmutig erhob sie sich von ihrem Sitz und kam den Besuchern bis zu dem Geländer entgegen, das den Pavillon umzäunte. Sie war mittelgroß und schlank. Ihre roten Lippen lächelten, bis sie die vielen Wunden der Torhüterin bemerkte. Ein Ausdruck des Mitleids erschien auf ihrem engelsgleichen Gesicht.

Die Prinzessin trug ein knöchellanges, weites, weißes Kleid aus Spitzen und um die Taille ein breites rosafarbenes Seidenband. Es war am Rücken zu einer Schleife gebunden, die Enden hingen bis fast auf den Boden herab. Trotz der ernormen Mengen feinen Tuchs, das ihren Körper umhüllte, wirkte sie sehr zart. Sie mochte siebzehn, höchstens achtzehn Jahre sein.

»Guten Tag, ihr zwei«, sagte sie freundlich. Überraschung schwang in ihrer glockenhellen Stimme. »Du siehst arg mitgenommen aus, liebes Einhorn. Hat der Stier dir die Verletzungen beigebracht?«

Es nickte.

»Komm etwas näher, damit ich dich berühren kann.«

Die Torwächterin zögerte.

»Nun mach schon!«, drängte sie Jacob.

Sie trat dicht ans Geländer heran, und ehe sie sich versah, hatte die Prinzessin sich vorgebeugt, den Kopf des Einhorns zwischen ihre Hände genommen

und es auf die Nase geküsst. Dabei rutschte ein schlanker Flakon, ein kristallenes Fläschchen, das an einer silbernen Kette hing, aus ihrem Halsausschnitt. Das Gefäß war mit einer öligen, gelblich-grünen Flüssigkeit gefüllt.

Einen Moment war Jacob von dem im Sonnenlicht glitzernden Gegenstand abgelenkt, dann aber wechselte sein Blick wieder zum Einhorn. Überrascht sah er, wie sich sämtliche Wunden am Körper seiner Freundin schlossen.

»Das ist meine Gabe«, sagte die Prinzessin mit würdevoller Miene, während sie ihren Kettenanhänger in den Halsausschnitt zurücksteckte. »Ich bin eine Heilerin. Ein Kuss von mir kann selbst Tote auferwecken.«

Das Einhorn bedankte sich, indem es das Knie vor der Prinzessin beugte und respektvoll das Haupt senkte.

Sie lächelte. »Apropos, wie geht es dem Auerochsen. Ist er … *tot?*«

Die Torwächterin schüttelte den Kopf. »Der verwunschene Flammenvogel hat seine wahre Gestalt *und* seine Freiheit wiedererlangt.« Da diese Antwort für die Prinzessin nur wie ein Waldhornsolo klang, hob sie fragend die Augenbrauen.

»Sie versteht nicht die Sprache der Tiere«, krächzte Jacob und schüttelte aufgeregt sein Gefieder. Plötzlich fielen ein paar weiße Bröckchen heraus: das Fleisch der weißen Schlange. Diese winzigen Reste mussten sich bei der Verwandlung in seiner »schwarzen Robe« festgesetzt haben. Inzwischen waren sie so trocken wie alte Brotkrumen.

Jacob zögerte nicht lang, sondern schwebte zu Boden, pickte das größte Stückchen auf, flatterte damit zur Prinzessin und setzte sich vor ihr aufs Geländer. Er reckte ihr den Schnabel entgegen und wackelte aufgeregt mit dem Kopf hin und her.

»Was willst du mir sagen, großer Rabe?«, fragte sie.

Er warf das Bröckchen in die Luft und fing es geschickt wieder auf.

»Soll ich dir das abnehmen?«, rätselte sie.

Er nickte eifrig.

»Und dann?«

Das Einhorn schmatzte vernehmlich, und als es damit die Aufmerksamkeit der Prinzessin auf sich gelenkt hatte, malmte es mit den Zähnen.

»Ihr meint, ich soll den Krumen essen?«, riet die Prinzessin.

Nun nickten alle beide.

Sie druckste ein wenig herum. »Ich will nicht unhöflich sein, aber normalerweise nehme ich nichts in den Mund, das vorher ein Tier im Maul gehabt hat.« Ihr Blick wechselte zu Jacob. »Oder im Schnabel.«

Die Torwächterin ließ Ehrfurcht einflößend ihr Horn erglühen und schnaubte unwillig.

»Ist ja schon gut«, wiegelte die Prinzessin ab und hielt Jacob die geöffnete Hand unter den Schnabel. Er ließ das Fleisch der weißen Schlange hineinfallen.

Nach kurzem Zögern warf sich das Mädchen den Krumen in den Mund.

»Wurde aber auch Zeit«, krächzte Jacob.

»Ich kann dich verstehen!«, entfuhr es der Prinzessin.

Er stellte das Einhorn und sich selbst vor. »Bist du die Tochter des alten Königs?«

»Ja, mein Vater ist der frühere Regent von Ríocht Na Sí und außerdem schon sehr betagt. Ich hoffe, der Kummer hat ihn nicht ins Grab gebracht, nachdem der Wandler mich am Tag meiner Verlobung mit Prinz Silberlocke aus dem Schloss des Silbernen Mondes entführte.«

»Ich hörte, dass er sich zwar sehr um dich sorgt, doch sonst soll es ihm gut gehen«, erklärte das Einhorn.

»Kennst du die wahre Gestalt des Wandlers?«, erkundigte sich Jacob ungeduldig.

Die Prinzessin schüttelte den Kopf. »Nein. Um mich zu überlisten, hat er einer meiner Hofdamen den Körper gestohlen. Zuletzt habe ich ihn als schwarzen Ziegenbock gesehen.«

»Kannst du uns etwas über die Absichten des bösen Zauberers berichten?«

Sie bejahte abermals. Als dieser ihren Vater entthronte, ließ er ihn am Leben, weil er einen Volksaufstand fürchtete. Deshalb und weil seine Herolde die bevorstehende Hochzeit mit der Prinzessin verkündeten, glaubten die Untertanen, der Neue herrsche mit der Billigung des Alten. Tatsächlich wolle der Zauberer zur Festigung seiner Macht mithilfe des Wandlers ein Söldnerheer aufstellen, eine schreckliche Armee aus gedungenen Unholden, dem schlimmsten Abschaum des ganzen Phantaversums.

»Jetzt wird mir einiges klar«, krächzte Jacob. Weil zu befürchten stand, dass die Vorgänge im Irrgarten dem Zauberer nicht verborgen geblieben waren, erklärte er der Prinzessin kurz ihre Absichten. Auch wie er sie zu befreien gedachte, machte er ihr klar.

Sie wirkte beunruhigt. »Jetzt kann ich mit einem Mal auch die brennenden Hecken sehen. Bist du sicher, dass du mir nachher wieder meine alte Gestalt zurückgeben kannst?«

»Vertrau mir«, gurrte er.

Das Einhorn lächelte amüsiert, was aber nur ihm auffiel.

Argwöhnisch musterte sie das sonderbare Paar. »Ich schätze eure guten Absichten wirklich«, zauderte sie noch immer, »doch wenn der Zauberer euren Verrat bemerkt, wird er die Palastwache alarmieren und seine schlimmsten Schergen auf euch hetzen. Wie wollt ihr ihm entkommen?«

»Wir hatten einen Wünschsattel«, erwiderte Jacob lahm. Ihm war klar, dass sie gerade die Achillesferse seines Befreiungsplans gefunden hatte. »Ich muss sowieso den Wandler durch den Feuerkristall betrachten, um seine wahre Gestalt zu sehen. Bei der Gelegenheit können wir uns den Sattel zurückholen. Er funktioniert zwar nicht *im* Schloss, aber wenn wir aus dem Bannkreis heraus sind, bringe ich uns im Handumdrehen in die Grotte des Einhorns am Meer der Träume.«

»Wieso denn dorthin? Ich möchte lieber so schnell wie möglich zu meinem Vater, ins Schloss des Silbernen Mondes.«

»Du kannst den Sattel nachher von mir haben und dich damit nach Hause wünschen. Aber *ich* muss so schnell wie möglich in die Quelle der Erleuchtung steigen, um in meine Welt zurückzukehren. Spätestens bis morgen, bis zum Anbruch der Mittsommernacht, muss mein Bruder erfahren, wie er Athrú zur Rückkehr nach Ríocht Na Sí zwingen kann. Gelingt das nicht, wird der Riss, von dem ich dir erzählt habe, sich womöglich nie wieder schließen und das ganze Phantaversum gerät aus den Fugen.«

Die Prinzessin dachte einen Moment darüber nach. Mit einem Mal schmunzelte sie. »Wenn das so ist, dann solltet ihr zwei euch nicht durch die Suche nach dem Sattel unnötig in Gefahr bringen. Ich habe eine bessere Idee.« Sie streckte Jacob ihre feingliedrige Hand entgegen. »Siehst du den silbernen Ring an meinem Finger? Es ist ein Wünschring. Seine Macht gleicht der deines Sattels; vielleicht wurden beide sogar von demselben Meister angefertigt. Eine Umdrehung genügt, und der Ring bringt uns, wohin immer ich es will – sofern ich nicht so dumm bin und ihn innerhalb der Palastmauern benutze.«

»Du meinst, dann versagt er wie unser Sattel?«

»Schlimmer. Der Zauberer hat mich eindringlich gewarnt. Im Bannkreis könne mein eigener Wunsch mich töten, drohte er.«

»Dann warten wir eben, bis das Schloss der Goldenen Sonne

hinter uns liegt. Draußen wird der Ring uns vor unseren Verfolgern retten. Es ist wohl sowieso besser, wenn ihr zwei euch im Wald versteckt, während ich noch einmal zurückfliege und dem Wandler sein Geheimnis entreiße.«

Das Einhorn schnaubte missfällig. »Werde bloß nicht übermütig, Meister Spross. Noch sind wir *im* Bannkreis des bösen Zauberers und daraus auch nur *einmal* zu entkommen ist ein gefährliches Unterfangen. Wir könnten ernstlich Schaden nehmen. Die Prinzessin wird uns nicht helfen können, solange sie ...«

»Da kann ich dich beruhigen«, unterbrach diese die Torwächterin. Sie erklärte ihren Rettern, wie sie trotzdem ihre Wunden würde heilen können.

»Dann gibt es keinen Grund, noch länger zu zögern«, krähte Jacob. »Ich habe dir erklärt, was du zu tun hast, Prinzessin. Bist du bereit?«

Sie nickte tapfer.

Hierauf beugte sie sich langsam vor und gab dem Raben Jacob einen Kuss, nicht, um ihn zu heilen, sondern um von ihm eine neue Gestalt zu empfangen. Denn als ihre Lippen seinen Schnabel berührten, verwandelte sie sich augenblicklich in eine Teerose. Das hübsche Blümchen hatte dieselbe Farbe wie zuvor die Seidenschleife am Kleid der Prinzessin.

Der Kolkrabe sah aus wie das Wappentier eines geheimnisvollen Adelsgeschlechts: mit einer Rose im Schnabel und einem

Feuerkristall in der rechten Klaue. So durchquerte er auf dem Rücken des Einhorns den Flammentunnel. Sie spürten die Hitze, doch kein Haar, keine Feder, kein Blütenblatt wurde versengt.

Als sie den Irrgarten verließen, lag der Schlosshof verlassen da. Nur auf der Freitreppe, die ins Palasthaus führte, standen der Zauberer und sein bockgestaltiger Heerführer Athrú. Sie waren in ein angeregtes Gespräch vertieft.

»Das ist *die* Gelegenheit, unbemerkt zu entkommen«, krächzte Jacob leise.

»Warum siehst du den Wandler nicht gleich jetzt durch den Feuerkristall an? Dann brauchst du dich später nicht noch einmal in Gefahr zu begeben«, schlug das Einhorn flüsternd vor.

»Ich habe Angst, die Blume bei den Verrenkungen zu verlieren. Es ist schwieriger, die ›dornige Prinzessin‹ im Schnabel zu tragen, als ich gedacht hatte. Zuerst sollt ihr zwei in Sicherheit sein. Wir machen's wie besprochen: Sobald wir draußen sind, flieg ich auf die Mauerkrone und schau mir Athrú von oben an.«

»Wie du willst, Meister Spross.«

Das Einhorn durchquerte den Garten, wobei es hinter jedem Busch und Bäumchen Deckung suchte. Vom Rand der Grünanlage lief es leise über den kiesbestreuten Platz in den Schatten der Palastmauer und von dort weiter in Richtung Tor.

Mit einem Mal sah Jacob, wie der Zauberer sich umwandte. Einen Moment lang wirkte er überrascht. Doch der Schreck hielt nicht lange an. Er wedelte nur kurz mit der Hand und ein lautes Rasseln hallte über den Hof.

Jacob stockte der Atem.

»Er hat das Gittertor geschlossen. Du musst fliehen«, drängte das Einhorn.

»Nicht ohne dich. Vielleicht lässt uns der König gehen, wenn er sieht, dass ich nur eine Teerose ...«

»Niemals wird er das tun«, unterbrach ihn die Torwächterin. »Wenn er den Mund aufmacht, dann lügt er. Flieh mit der Prinzessin und dem Feuerkristall, ehe es zu spät ist.«

»Aber ...«

»Flieg!«, rief das Einhorn noch einmal.

Jacob hätte vor ohnmächtiger Wut am liebsten laut gekräht, aber dann wäre ihm die Rose aus dem Schnabel gefallen. Also breitete er schluchzend die Flügel aus, sprang vom Rücken seiner Gefährtin und flatterte so schnell es ging in die Höhe.

Unter sich sah er, wie die Torwächterin mit leuchtendem Horn auf den König und seinen Ziegenbock zugaloppierte. Durch den Angriff wollte sie die Aufmerksamkeit von dem fliehenden Raben ablenken.

Als sie den mit weißen Marmorplatten ausgelegten Platz vor der Freitreppe erreichte, streckte ihr der böse Zauberer die Arme entgegen und rief ein Wort der Macht.

Mitten im Lauf erstarrte das Einhorn zu Stein.

Ein großes Wagnis

Ríocht Na Sí
5. Tag

Wenn in allen Welten des Phantaversums je ein Rabe geweint hatte, dann der Rabe Jacob. Das Einhorn war ihm in den letzten Tagen zur Freundin geworden. Er hatte es lieb gewonnen. Ohne die Torwächterin von Ríocht Na Sí wäre er nie so weit gekommen. Und nun hatte sie sich für ihn geopfert. Sich vorzustellen von diesem märchenhaften Geschöpf sei nur noch eine leblose, graue Statue vor dem Palast des bösen Zauberers übrig, war kaum zu ertragen.

Trübe blickte er auf den Feuerkristall und die rosafarbene Blume herab, die er nach der Landung unter der alten Ulme ins Moos hatte fallen lassen. Würde er jetzt noch die Kraft besitzen, die Prinzessin wieder zurückzuverwandeln? Im zähen Gedankenstrom trieb eine Erinnerung vorüber.

Ich bin eine Heilerin. Ein Kuss von mir kann selbst Tote auferwecken.

»Kannst du versteinerte Einhörner wieder lebendig machen?«, krächzte er leise.

Er schloss die Augen und sammelte sich innerlich für den bevorstehenden Kraftakt. Dabei kamen ihm die Bedenken des Einhorns in den Sinn, jemand könnte auf der Flucht zu Schaden kommen. Ob es schon beim silbernen Gartenhäuschen vorgehabt hatte, die Aufmerksamkeit des bösen Zauberers auf sich zu lenken, um ihre Gefährten zu retten?

Jedenfalls war die Antwort der Prinzessin trostreich gewesen. Sie versprach, selbst in Gestalt einer Rose die Wunden ihrer Gefährten zu heilen. Wörtlich hatte sie gesagt: »Reiße der Blume ein Blütenblatt aus und lege es auf deine Zunge, und du wirst geheilt. Aber lasst mir auf jeden Fall *ein* Blatt übrig, sonst kann ich nicht zurückverwandelt werden.«

Jacob riss der Teerose ein Blütenblatt aus und schob es sich ins Gefieder. Für alle Fälle, dachte er. Dann schloss er abermals die Augenlider, um sich besser konzentrieren zu können. In seinem Sinn erschien die Gestalt des schönen Mädchens. Als er die Augen wieder öffnete, stand die Prinzessin vor ihm und lächelte.

»Warum hast du mir ein Blatt ausgerissen?«

»Du hast es gemerkt?«, staunte er.

»Ich war nicht tot, sondern nur verwandelt. Hast du befürchtet, meine Rückverwandlung könnte misslingen?«

»Ehrlich gesagt war es das erste Mal.«

Sie streifte ihr Kleid glatt und sah an sich herab. Nachdem sie auch ihre Hände eingehend betrachtet hatte, sagte sie schmunzelnd: »Dafür ist es dir aber gut gelungen. Ich muss dir danken, Rabe Jacob. Du hast mich gerettet.«

Er seufzte traurig. »Ich wünschte nur, das Einhorn hätte dafür nicht mit dem Leben bezahlen müssen.«

Sie ließ sich neben ihm ins Moos sinken und streichelte ihm

sanft über den Kopf. »Es ist nicht tot, mein tapferer schwarzer Ritter.«

»Woher willst du das wissen?«, schluchzte er. »Du bist eine Blume gewesen, als es ...«

»... zu Stein verwandelt wurde?«

Er sah sie überrascht an.

Sie lächelte abermals. »Ich konnte nicht nur fühlen, wie du dir eines meiner Blütenblätter stibitzt hast, sondern sah auch unsere ganze Flucht. Nicht mit Augen, sondern mit dem Geist. Übrigens ergeht es der Torhüterin ganz ähnlich. Sie ist gefangen in steinerner Reglosigkeit, sieht und hört aber alles um sich herum. Es ist ein grausamer Fluch, mit dem der böse Zauberer sie geschlagen hat. Aber ich kann sie heilen.«

»Du meinst mit dem Blütenblatt«, stieß Jacob aufgeregt hervor. »Ich fliege gleich zu ihr und lege es ihr ...« Er verstummte, als wieder das Bild der versteinerten Gefährtin vor seinem inneren Auge erschien.

»Ganz richtig«, erriet die Prinzessin seinen Gedanken. »Das Maul des Einhorns ist verschlossen. Deshalb kannst du das Blatt nicht auf seine Zunge legen. Um es zu heilen, muss ich es selbst küssen.«

»Dazu müsstest du aber noch einmal ins Schloss der Goldenen Sonne gehen. Ein ziemliches Wagnis, findest du nicht?«

Die Prinzessin nickte. »Das ist richtig. Doch ihr beide habt vorher mich gerettet. Ich bin es der Torhüterin schuldig, dasselbe jetzt für sie zu tun.«

»Der Zauberer könnte uns alle versteinern lassen.«

»Ja, das wäre möglich. Allerdings lässt er sich leicht vom eigenen Hochmut und Hass blenden. Er hält sich für den klügsten und mächtigsten Mann von Ríocht Na Sí. So selbstverliebt wie er ist, dürfte er glauben, seine Magie hätte uns derart erschreckt, dass wir auf schnellstem Weg ins Schloss des Silbernen Mondes geflohen sind.«

»Bist du sicher, dass er nicht irgendeinen neuen Zauber ausgesprochen oder wenigstens seine ganze tierische Wachmannschaft alarmiert hat, um den Palast vor uns zu schützen?«

»Nein. Sicher bin ich mir nur einer Sache: Hochmut macht blind und der böse Zauberer ist das eingebildetste Wesen von Ríocht Na Sí.«

»Zu schade, dass dein Wünschring uns nicht direkt zur Torwächterin bringen kann!«

»Ja. Deshalb sollten wir bis kurz vor Sonnenaufgang warten. Dann ist es am dunkelsten und die Wachen können kaum die Augen offen halten. Ich bringe uns mit dem Ring bis zum Bannkreis. Von da an müssen wir auf unser Glück vertrauen.«

Das Mädchen und der Rabe erschienen vor der Zugbrücke wie aus dem Nichts. Der Mond war bereits untergegangen. Nur wenige Sterne leuchteten ihnen den Weg. Leise huschte die Prinzessin über den hölzernen Steg.

Jacob glitt lautlos zum Gittertor voraus. Ihm wäre es lieber gewesen, die Prinzessin in Gestalt einer Blume zum Einhorn zu bringen und sie erst im Schlosshof zurückzuverwandeln, aber sie hatte den Vorschlag abgelehnt. Im eigenen Körper könne sie für ihn den Feuerkristall tragen, hatte sie erklärt – er steckte jetzt in einer Tasche ihres Kleides. Der Hauptgrund für ihr Sträuben, so vermutete er, war wohl ein anderer: Sie wollte kein zur Untätigkeit verdammtes Mauerblümchen sein, sondern selbst ins Geschehen eingreifen.

Die Prinzessin erreichte das äußere Gittertor. Jacob ließ sich auf ihrer Schulter nieder und wiegte den Kopf hin und her.

»Was soll das bedeuten?«, fragte die Prinzessin flüsternd.

»Nichts. Mich zwickt's nur am Hals.«

»Vielleicht ein Floh.«

»Das hat mir gerade noch gefehlt. Kriegt man das Ungezieſer mit Küssen weg?«

»Auf den Trick falle ich nicht herein, Herr Rabe! Außerdem bin ich verlobt.«

Jacob wäre vermutlich rot angelaufen, wenn sein Federkleid dies zugelassen hätte. Die Prinzessin glaubte doch tatsächlich, er wolle sich eine Liebkosung erschleichen.

Sein betretenes Schweigen gab ihnen Gelegenheit, die Umgebung mit den Ohren zu erkunden. Abgesehen von einer Nachtigall, die im Wald ihr Lied sang, war alles still.

Gras!

Einmal mehr brauchte Jacob sich nur vorzustellen, wie sich das Eisengitter verwandelte, und es geschah. Mühelos drückte die Prinzessin die Halme auseinander.

»Autsch!«

»Was ist?«, krächzte Jacob leise.

»Ich habe mich geschnitten.« Sie legte den blutenden Finger an die Lippen und die Wunde schloss sich im Nu.

»Das ist praktisch«, bemerkte er.

Die Durchquerung der Schlossmauer geriet nur deshalb nicht zu einem blinden Tappen im Dunkeln, weil vom Schlosshof her Fackellicht durch das innere Gittertor drang. Um der Prinzessin weitere Schnittwunden zu ersparen, verwandelte er es in Seetang.

»Igitt!«, flüsterte sie, als sie die langen, feuchten Bänder zerteilte.

Auf dem Schlosshof herrschte Friedhofsstille. Nur die Fackeln, die in eisernen Halterungen an der Fassade des Hauptgebäudes steckten, fauchten hin und wieder, wenn der Wind in sie fuhr. Dann zitterten die Schatten des versteinerten Einhorns am Boden und vermittelten ein trügerisches Gefühl von Lebendigkeit. Aber die Statue des mitten im Lauf erstarrten Fabelwesens bewegte sich nicht.

Die Prinzessin bückte sich und las ein paar größere Kieselsteine auf.

»Wozu brauchen wir die?«, fragte Jacob.

»Das wird sich zeigen«, antwortete sie leise.

»Dann traust du der Ruhe also auch nicht. Hoffentlich hast du recht, was den krankhaften Stolz des Zauberers anbelangt, und wir tappen nicht sehenden Auges in eine Falle.«

Anstatt auf sein Unken einzugehen, deutete sie zum Platz zwischen dem Tor und den Marmorplatten vor der Freitreppe. »Wenn ich über den Kies gehe, wird er unter jedem meiner Schritte knirschen. Kannst du da vielleicht …?«

»Kein Problem.« Geräuschlos schwebte er zum Boden hinab und berührte diesen mit dem Schnabel. Im nächsten Moment lag vor ihnen ein dichter Rasenteppich.

Die Prinzessin nickte anerkennend. Sie bückte sich, streckte den Arm aus und der Rabe stieg wieder auf ihre Schulter. Hiernach huschte sie über die Wiese zur versteinerten Torwächterin. Als die zwei bereits auf dem mit Marmorplatten ausgelegten Vorplatz waren, flogen plötzlich die großen Türen des Hauptgebäudes auf.

Tausendfach

Ríocht Na Sí
6. Tag

Für Jacob war es immer noch eine verstörende Erfahrung, jemand anderen in seinem Körper zu sehen. Er spürte einen Schauder, als der böse Zauberer in Begleitung des Ziegenbocks Athrú auf die Freitreppe vor dem Palast hinaustrat.

Hinter ihnen strömten zahlreiche Wachen ins Freie. Die Augen in ihren Tiergesichtern funkelten bedrohlich im Fackellicht. Auch aus den umliegenden Schatten kamen Armbrustschützen und Lanzenträger hervor. Es sah so aus, als hätten sie, unter Tarnmänteln verborgen, schon die ganze Zeit dort im Hinterhalt gelauert.

»Mit eurer Vorstellung von Freundschaft und Treue seid ihr so berechenbar«, rief der Zauberer hämisch. »Ich dachte mir schon, dass ihr die Torwächterin nicht im Stich lassen würdet. Ergebt Euch, Prinzessin, dann geschieht Euch nichts.«

»Und was passiert mit meinen Freunden?«

»In meinem Garten könnte ich noch eine hübsche Figurengruppe gebrauchen. Ich glaube, ich nenne sie *Das Einhorn und der Tor*.«

»Hole den Feuerkristall heraus!«, krächzte Jacob leise.

Die Prinzessin warf ihm einen fragenden Seitenblick zu, während sie in die Tasche griff.

»Halte ihn mir kurz vor die Augen. Ich muss einen Blick auf den Ziegenbock werfen.«

»Nein«, rief die Prinzessin und fuchtelte zur Ablenkung trotzig mit den Armen in der Luft herum. Schließlich stützte sie das Kinn in die Hand, die den rubinroten Kristall hielt, und während der Rabe auf ihrer Schulter hindurchspähte, fügte sie laut hinzu: »Auf keinen Fall lasse ich mich noch einmal in Euren Irrgarten einsperren.«

»Du kannst ihn wieder wegstecken«, raunte Jacob benommen. Was er gerade gesehen hatte, konnte doch unmöglich die wahre Gestalt eines so schrecklichen Wesens wie dem Wandler sein? Hatte der Feuerkristall etwa Schaden genommen?

»Wenn du dich weigerst, dann schmücken eben *drei* neue Statuen meine Blumenbeete«, drohte der Zauberer. Seine Augen verengten sich. »Ich bin neuerdings etwas kurzsichtig. Was hältst du da eigentlich in der Hand?«

Die Prinzessin vertauschte den Feuerkristall in ihrer Tasche gegen einen Kieselstein, den sie zwischen Daumen und Zeigefinger in die Höhe hob. »Ein kleines Andenken aus dem Schloss der Goldenen Sonne.«

Er lachte. »Glaubst du wirklich, du kannst mir entkommen?«

»Das wird sich zeigen.«

»Du bist eine Närrin.« Er gab den rechts von ihm stehenden Wachsoldaten einen Wink und rief: »Ergreift sie!«

Jacob flatterte aufgeregt mit den Flügeln. »Du musst das Einhorn heilen.«

Die Prinzessin schleuderte den Kiesel in Richtung der heranstürmenden Krieger. Als sich die Flugbahn des Steins neigte, verwandelte er sich in tausend Geschosse. Etliche Tiersoldaten wurden am Kopf getroffen und sanken ohnmächtig zu Boden. Bei anderen wiederum prasselte der Hagel gegen die Rüstungen und verursachte einen Mordslärm. Rasch wandte sie sich zur anderen Seite und ließ dort einen ähnlichen Schauer niedergehen.

»Ergreift die Prinzessin! Ich will sie lebend«, kreischte der

Zauberer wütend mit seiner hellen Knabenstimme. Doch diesmal folgten die Tiere seinem Befehl nur schleppend. Die überraschende Attacke des vermeintlich wehrlosen Mädchens hatte unter ihnen Verwirrung gestiftet.

Jacob schöpfte wieder Hoffnung. Rasch setzte er auf den Rücken des versteinerten Fabelwesens über und rief: »Schnell, Prinzessin! Küsse das Einhorn.«

Sie trat an die Statue heran und wiederholte, was sie tags zuvor am silbernen Pavillon getan hatte.

Jacob spürte, wie der Leib des Einhorns unter ihm erzitterte. Es erwachte aus der Starre. Allerdings fiel der Fluch des bösen Zauberers nicht so schnell ab, wie er sein Opfer verwandelt hatte. Dies gab weiteren Soldaten die Gelegenheit zum Vorrücken.

»Da!«, rief die Prinzessin zornig, während sie immer neue Kiesel schleuderte. »Und *da* und *da* und *da* ...« Ihr Vorrat an Munition schmolz schnell dahin.

»Halt!«, rief Jacob, als sie nur noch einen einzigen, besonders schweren Stein hatte. »Gib ihn mir.«

»Was hast du vor?«

»Das wirst du gleich sehen. Steig auf und flieht, sobald das Einhorn sich wieder bewegen kann.«

Er nahm den Kiesel aus ihrer Hand und schwang sich damit in die Lüfte.

Erst jetzt wurde ihm bewusst, dass die Nähe der Prinzessin ihn geschützt hatte. Nun umschwirrten ihn plötzlich zahlreiche Pfeile. Doch sein schwarzes Gefieder machte ihn vor dem Hintergrund des Nachthimmels so gut wie unsichtbar, weshalb die Schützen nicht genau zielen konnten. So verfehlten ihn Dutzende der tödlichen Geschosse, während er rasch Höhe gewann.

Die meisten Armbrustbolzen zischten über die Palastmauer hinweg und richteten keinen Schaden an. Brenzlig wurde es allerdings für Jacob, als einige vertausendfacht wurden, weil sie über dem Schlosshof den höchsten Punkt der Flugbahn überschritten hatten und als tödlicher Hagelschauer dorthin zurückkehrten. Wie durch ein Wunder entkam er sämtlichen Geschossen mit knapper Not, unten im Hof dagegen fällten sie mehr Krieger als die Steine der Prinzessin.

Derweil hatte das Einhorn endlich seine Starre verloren und lief mit dem Mädchen auf das Tor zu. Eine Schar von Lanzenträgern rannte ihnen brüllend hinterher. Sogar der Ziegenbock hatte sich von der Seite seines Herrn gelöst, um die Verfolgung aufzunehmen. Die Armbrustschützen zielten zwar auf das Einhorn, zögerten jedoch, von ihren Waffen Gebrauch zu machen und sich damit erneut selbst in Gefahr zu bringen. An den Raben verschwendeten sie schon gar keinen Gedanken mehr.

Jacob segelte zur Freitreppe zurück. Über dem Schlossherrn blieb er wie ein Falke mit rüttelnden Flügeln stehen. Plötzlich spürte er wieder das Kneifen am Hals. Unwillkürlich neigte er den Kopf zur Seite, um das unangenehme Gefühl loszuwer-

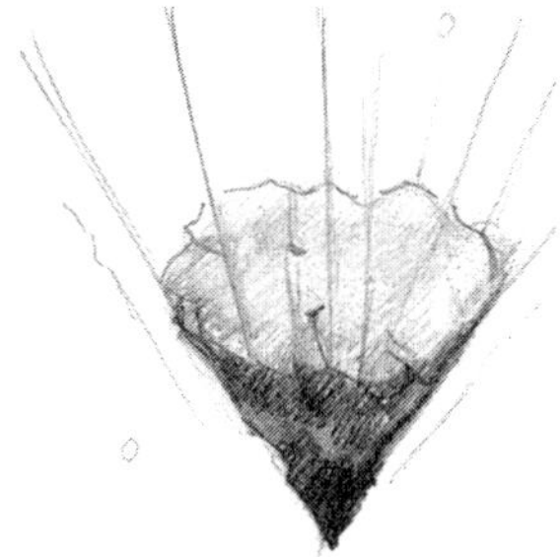

den. Dabei rutschte ihm der Stein aus dem Schnabel. Im Fallen vertausendfachte sich das schwere Geschoss.

Der König schien die drohende Gefahr zu erahnen. Er warf plötzlich den Kopf zurück, riss die Augen auf und öffnete den Mund, wohl um einen Abwehrzauber auszusprechen. Doch es war schon zu spät. Einer der Kiesel traf den Schlossherrn mitten auf die Stirn und blieb dort stecken. Die übrigen neunhundertneunundneunzig prasselten rings um ihn herum auf den Marmorboden.

Das davon verursachte Geräusch war so ohrenbetäubend, dass sämtliche Blicke sich der Freitreppe zuwandten. Selbst das Einhorn und die Prinzessin drehten sich noch einmal um und sahen, wie der Zauberer, einem nassen Sack gleich, umfiel. Hiernach verwandelte er sich wieder in den hageren Alten, dessen steinernes Ebenbild in so ermüdender Vielzahl den Schlossgarten verunzierte.

Ein schrecklicher Gedanke blitzte durch Jacobs Kopf: Wenn er jetzt ebenfalls seine wahre Gestalt zurückbekam und das in schwindelnder Höhe, dann war es aus mit ihm. Rasch stieß er auf seine Gefährten hinab. Im

Sturzflug sah er unter sich den Ziegenbock laufen. Mit einem Mal wirbelte Athrú herum und lief zu seinem Herrn zurück.

Auf dem Schlosshof herrschte gespenstische Stille. Den mächtigen Zauberer wie einen gefällten Baum auf der Treppe liegen zu sehen, hatte seinen Wachen einen Schock versetzt. Nur das dumpfe Trommeln der Einhornhufe im Rasen war zu hören. Es näherte sich schnell dem »Seetangtor«. Jacob – immer noch im Körper des Raben – landete hinter der Prinzessin und krähte aufgeregt.

»Wir müssen schnell weg von hier! Vielleicht ist der Bann gebrochen und du kannst deinen Wünschring sofort benutzen.«

Die Prinzessin drehte am Ring, aber nichts geschah. »Es muss ein sehr starker Fluch sein.«

»Oder der böse Zauberer lebt noch«, keuchte das Einhorn.

Unvermittelt erscholl hinter ihnen lautes Geschrei. Jacob blickte zur Freitreppe. Von dem Ziegenbock fehlte jede Spur, doch an der Stelle, wo der König niedergesunken war, lag jetzt etwas, das einem fallen gelassenem Mantel glich. Und daneben stand – Jacob konnte es kaum fassen – die lange, hagere Gestalt des Zauberers.

In seiner Stirn steckte immer noch der Stein, was ihn aber nicht im Geringsten zu stören schien. Gebieterisch deutete er auf das Tor und donnerte: »Tötet sie alle!«

Die wundersame Wiederauferstehung des gefällten Monarchen verlieh seinen tierischen Kriegern neuen Mut. Mit lautem Gebrüll stürmte die ganze Menagerie dem Einhorn hinterher.

Pfeile und Lanzen zischten durch die Luft und wurden vertausendfacht.

Ehe sie ihr Ziel erreichen konnten, sprang das Einhorn mit einem beherzten Satz durch das Gitter aus Seetang. Zugleich warf die Prinzessin das Letzte hinter sich, was sie noch entbehren konnte: ihre Haarbürste.

Im nächsten Augenblick waren daraus auch schon tausend geworden. Anstatt den Haufen stacheliger Borsten zu durchdringen, blieben die Geschosse darin stecken und verwandelten die Barriere in einen großen Igelberg, den kein Verfolger so schnell würde überwinden können.

Kurz darauf sprengte das Einhorn durch das »Grastor« auf die Zugbrücke hinaus. Jacob glaubte sich schon in Sicherheit. Doch darin irrte er.

Auf einmal regnete vom Torhaus ein ganzer Hagel von Lanzen und Armbrustbolzen auf die Fliehenden herab. Obwohl sie hier draußen nicht vertausendfacht wurden, war ihre Zahl bedrohlich groß.

»Wir schaffen's nicht bis zum Ende der Brücke. Benutze den Wünschring«, rief Jacob.

»Zu gefährlich. Er könnte uns alle töten«, entgegnete die Prinzessin.

Plötzlich traf eine Lanze den Widerrist des Einhorns. Mit einem Schmerzensschrei brach es zusammen. Die Prinzessin flog ein Stück weiter, schlug dann hart auf und rollte über die Holzplanken, bis sie stöhnend liegen blieb. Jacob indes breitete die Flügel aus und landete nach einer kleinen Schleife sanft neben der schwer atmenden Torwächterin.

»Bitte steh auf!«, flehte er sie an. Rings um sie herum schlugen Pfeile und Lanzen ein.

»Ich kann nicht«, keuchte sie. »Du musst ohne mich fliehen.«

»Nein. Ich lasse dich nicht noch einmal zurück.« Trotzig kletterte er auf den Hals seiner Freundin und breitete in einer hilflosen Geste der Verzweiflung seine Flügel über ihren Kopf aus. An die Prinzessin gewandt, rief er: »Schnell, komm zu uns und benutze den Wünschring!«

»Lass mich lieber die Torhüterin heilen«, erwiderte sie, während sie sich auf alle viere hochstemmte und zum Einhorn zurückkrabbelte.

»Das dauert zu lange«, widersprach Jacob aufgeregt. »Du musst uns *sofort* hier wegbringen.«

Ein Armbrustbolzen zischte an seinem Kopf vorbei, bohrte sich durch seinen rechten Flügel und danach in den Hals der Torwächterin. Er kreischte und sie brüllte abermals vor Schmerz.

Endlich hatte die Prinzessin ihre Gefährten erreicht. Sie warf sich schützend über das Einhorn, umfing auch den Raben mit ihren Armen, drehte ihren Wünschring und rief: »Zur Quelle der Erleuchtung.«

Gleich darauf waren das Mädchen, der Rabe und das Einhorn verschwunden.

Verkehrte Welt

Ríocht Na Sí
6. Tag

Als Jacob aus der Ohnmacht erwachte, spürte er nicht mehr die Wärme des Einhornhalses unter sich. Auch der liebevoll ihn umfangende Arm der Prinzessin war verschwunden. Dafür fühlte sich sein Körper so an, als sei er gerade gerupft worden und liege nun in einer Bratröhre – die Luft war schwül und heiß. Sein rechter Flügel tat abscheulich weh, er musste wohl gebrochen sein. Außerdem war ihm speiübel. Ein Geruch nach faulen Eiern stieg ihm in die Nase, was den Brechreiz nur noch verschlimmerte. Irgendwo blubberte etwas. Er öffnete träge die Augen.

Es dauerte eine Weile, bis er seine Umgebung nicht nur als verschwommene Schleier wahrnahm. Was er dann sah, war allerdings nicht dazu angetan, ihn zu beruhigen.

Er lag, halb unter Schlingpflanzen begraben, in einem Moor.

Um sich herum sah er dunkle Tümpel, auf deren spiegelnder Oberfläche die Welt kopfzustehen schien: Der Himmel war unten, die wie Bretter aussehenden Wurzeln mächtiger Baumriesen oben, gleich gewaltigen Säulen ragten ihre Stämme dazwischen auf, und Schlingpflanzen, dick wie Schiffstaue, wuchsen verkehrtherum der im Wasser schwimmenden Sonne entgegen. Ab und zu trieben übelriechende Schwaden vorbei.

Hoffnungslosigkeit machte sich in ihm breit. Der Feuerkristall hatte ihm Athrús Geheimnis verraten und nun konnte er nichts damit anfangen. Alles schien sich gegen ihn verschworen zu haben, sogar die Zeit – der Mittsommertag dämmerte bereits. Seinen Vorrat an Haaren des Bruders hatte er, obwohl vertausendfacht, durch eine einzige magische Geste des bösen Zauberers verloren. Würde er Wilhelm je wiedersehen?

Der Gedanke, sich hilflos in sein Schicksal ergeben zu müssen, machte Jacob wütend. Verzweifelt versuchte er, sich aus dem Gestrüpp zu befreien. Dabei durchzuckte seinen rechten Flügel ein so heftiger Schmerz, dass er fast die Besinnung verlor.

Plötzlich hörte er ein Geräusch. Gab es in diesem Moor vielleicht Raubtiere, für die ein Kolkrabe ein Leckerbissen wäre? Er drehte den Kopf zur anderen Seite und traute seinen Augen nicht.

Vor ihm stand das Einhorn. Seine Freundin war gesund und munter, und obenauf saß die Prinzessin.

»Träume ich?«, krächzte er.

Das Mädchen ließ sich rasch vom Rücken der Torwächterin gleiten, kniete sich neben ihn und streichelte ihm lächelnd über den Kopf. »Nein. Der Wünschring hat uns ins Andersmoor geschickt, einen riesigen Sumpf, weit im Süden von Ríocht Na Sí. Vermutlich hat der böse Zauberer diese Boshaftigkeit in seinen Bannkreis eingewoben, um mich im Falle der Flucht an der Heimkehr zu hindern. Aus dem Moor herauszukommen, dürfte nicht leicht sein. Hier geschieht nichts, wie man es sich wünscht. Alles ist verkehrt herum.«

»Tut mir leid«, jammerte Jacob.

»Wieso? Dich trifft keine Schuld. Es sind die Machenschaften des bösen Zauberers. Mir scheint, dein Flügel ist verletzt. Kannst du ihn bewegen?«

»Nur, wenn ich danach in Ohnmacht fallen will.«

Sie beugte sich zu ihm herab, küsste ihn zwischen die Augen, richtete sich wieder auf und lächelte. »Ist es jetzt besser?«

Jacob konnte es kaum glauben. Der Flügel ließ sich wieder ganz normal bewegen. »Der Schmerz ist wie weggeblasen, aber ich fühle mich immer noch völlig erschöpft.«

»Das liegt am Andersmoor. Meine Heilkraft kann sich hier nicht frei entfalten. Warte ...« Die Prinzessin griff in ihren Halsausschnitt, förderte den Kettenanhänger zutage – jenen schlanken Flakon, der Jacob schon im Irrgarten des Zauberers aufgefallen war – und zog den Kristallstöpsel heraus.

»Ich dachte, da ist Parfüm drin«, wunderte er sich.

Sie lächelte. »Das Öl der Silberrose duftet tatsächlich sehr angenehm. Wichtiger aber ist etwas anderes: Ein Tropfen davon gibt dir Energie für hundert Tage. Als ich mich weigerte, den bösen Zauberer zu heiraten, ließ er mich hungern und dürsten, um so mein Jawort zu erzwingen. Nur mithilfe des Rosenöls habe ich überlebt. Dir wird es auch wieder auf die Beine helfen.«

Sie ließ ein wohlbemessenes Quäntchen des Blumenextraktes in Jacobs Schnabel fallen. Der Tropfen schien all die Kraft zu enthalten, die ihm durch die Mühsale der letzten Tagen abhanden gekommen war. Mit einem Mal fühlte er sich wie neu geboren, genauer gesagt, wie ein frisch geschlüpfter Rabe.

»Sie ist wirklich eine große Heilerin«, freute sich die Torwächterin.

Jacob flatterte zu ihr und rief: »Ich bin so froh dich gesund wiederzusehen. Jetzt lasst uns den Ring benutzen und zur Quelle der Erleuchtung springen.«

Die Prinzessin schüttelte traurig den Kopf. »Das ist zu gefährlich. Im Andersmoor muss man sich immer alles genau andersherum wünschen, um ans Ziel zu gelangen. Aber was ist das Gegenteil von ›Bring mich zur Grotte des Einhorns‹? Es könnte uns noch Schlimmeres widerfahren, wenn ich den Ring hier gebrauche.«

Jacobs Zuversicht schlug in Verzweiflung um. Er musste wieder an seinen Bruder, den Wandler und den Riss im Phantaversum denken. »Und wie kommen wir jetzt von hier weg?«

»Ich werde euch zum Rand des Moores tragen«, sagte das Einhorn.

»Wie lange dauert das?«

»Ich weiß es nicht.«

»Mir brennt die Zeit auf den Nägeln ... ich wollte sagen, den Krallen. Wir wissen nicht sicher, ob der böse Zauberer besiegt ist. Und selbst wenn dem so wäre, ist fraglich, ob auch Athrú aufgegeben hat. Wilhelm muss so schnell wie möglich erfah-

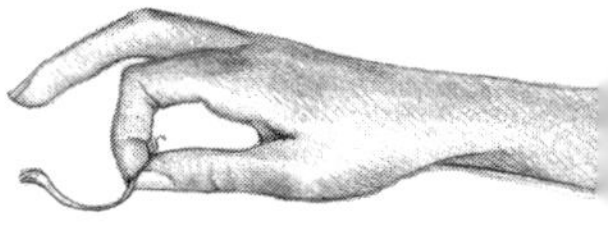

ren, wie er die andere Hälfte des Kontrabanten aus der Welt der Sinne verbannen kann. Bis die Nacht anbricht, muss der Riss im Phantaversum geschlossen …« Ein heftiges Zwicken am Hals ließ Jacob verstummen. Ärgerlich kratzte er sich mit den Krallen an der Stelle.

»Was hast du nur?«, fragte die Prinzessin.

»Ich weiß nicht. Seit ich diese ›schwarze Robe‹ trage, piekt's mich am Hals. Vielleicht habe ich einen Dorn in der Haut.«

»Heb mal den Schnabel, damit ich nachsehen kann.«

Er gehorchte.

Die Prinzessin fuhr ihm mit den Fingern durchs Gefieder. Mit einem Mal lächelte sie. »Da haben wir ja den kleinen Bösewicht.«

»Etwa doch ein Floh?«, entfuhr es Jacob.

»Nein.« Er spürte ein Ziepen, als rupfe sie ihm eine Feder aus. Dann hielt sie ihm den Plagegeist zwischen Daumen und Zeigefinger unter den Schnabel. »Nur ein Haar. Es hat sich in die weiche Haut am Hals gebohrt.«

»Halt, nicht wegwerfen!«, krähte er aufgeregt, weil sie es gerade fallen lassen wollte.

Die Prinzessin hielt inne und sah ihn aus den Augenwinkeln fragend an. »Das ist *nur* ein Haar, Jacob.«

Er schüttelte erhitzt den Kopf. »Nein. Es ist *nicht nur* irgendein Haar. Es ist das Haar meines Bruders Wilhelm. Jetzt kann ich endlich mit ihm in Verbindung treten und ihm alles erzählen.«

Die List

Über dem Blautopf
Herzogtum Württemberg, 21. Juni 1798

In der Nacht war aus dem Nieseln richtiger Regen geworden. Dicke Tropfen fielen aus dem Himmel. Obwohl der Strauch vor der Höhle schon seit Stunden keinen Schutz mehr bot und die Hexe bis auf die Haut durchgeweicht war, saß sie weiter mit dem Rücken zum Eingang da und rührte sich nicht von der Stelle. Wilhelm kam es so vor, als bewache nur ihr Körper die Gefangenen, während ihr Geist durch ferne Gefilde streifte. Vielleicht durch Ríocht Na Sí.

Seit dem Erwachen kurz vor Tagesanbruch kauerte er im Schneidersitz am Boden und beobachtete die Alte. Auch seine Freunde beäugten sie immer wieder scheu. Die Drohung der Hexe schwebte wie ein Damoklesschwert über ihnen. Wenn sie jetzt mit ihren Wolfshunden in die Höhle käme, um sich Alroy zum Frühstück zu holen, dann könnten sie sich nicht einmal wehren – die letzte Kugel aus der Pistole war wirkungslos von der unsichtbaren Barriere abgeprallt.

Der Morgen dämmerte gerade, als Wilhelms Kopf plötzlich hochfuhr.

»Was ist?«, flüsterte der Rotschopf.

»Jacob.«

»Du meinst …?«

Wilhelm nickte. »Er ruft mich. Und ich Hornochse habe den Spiegel im Gasthof vergessen. Ich brauche dringend einen anderen oder ...« Ihm war gerade eingefallen, wie er den Wandler vielleicht überlisten konnte. Entschlossen stand er vom Boden auf und ging zum Ausgang.

»Wir haben Durst, Athrú.«

Die Alte reagierte nicht.

»Wir haben Durst«, wiederholte er.

Eine leichte Bewegung des Kopfes ließ erkennen, dass ihr Geist ins Hier und Jetzt zurückgekehrt war. Sie zuckte die Achseln. »Was kümmert's mich?«

»Jemand von uns könnte sterben.«

»Das werdet ihr sowieso bald.«

»Und warum hast du uns bis jetzt verschont?«

Sie drehte sich langsam zu ihm um und grinste. »Weil ich Frischfleisch lieber mag als madige Kadaver.«

Er unterdrückte einen Schauer. »Du lügst. Als du noch im Körper des Riesen stecktest, hast du mich ›Hüter des Tores‹ genannt. Ich habe viel darüber nachgedacht und weiß jetzt, wie ich das Tor verschließen kann. Genau das werde ich gleich tun, wenn du uns nicht *sofort* eine Schale mit Wasser bringst.«

Ihr hässliches Greisengesicht spiegelte kurz Bestürzung wider. Dann aber lachte sie. »Du spielst mir nur etwas vor. Wenn du wüsstest, wie du meine Pläne durchkreuzen könntest, dann hättest du es längst getan.«

»Mein Bruder ist noch in Ríocht Na Sí. Nur deshalb habe ich

gezögert. Aber wenn wir sowieso alle sterben müssen, dann will ich dir vorher wenigstens noch ordentlich die Suppe versalzen.« Wilhelm drehte sich um und schickte sich an, ins Dunkel der Höhle zurückzukehren.

»Warte!«, keifte die Hexe.

Er wandte sich wieder zu ihr um.

»Ich will mal nicht so sein. Jedes Vieh bekommt was zu saufen.« Sie murmelte etwas Unverständliches, machte aus dem Handgelenk eine seltsame Geste und vor Wilhelms Füßen stand plötzlich eine hölzerne Schale voll klaren Wassers. »Teilt es euch ein, denn mehr bekommt ihr nicht.« Athrú drehte ihnen wieder den Rücken zu.

Wilhelm hob die Schale behutsam vom Boden auf und ging damit in den hintersten Winkel der Höhle, wo die Hexe ihn nicht sehen konnte. Sir D'Arcy und Alroy gesellten sich zu ihm.

Rasch holte er eins von Jacobs Haaren hervor und legte es aufs Wasser. Fast augenblicklich begann es zu strahlen und mit seinem Licht die ganze Schale auszufüllen. Allmählich wurde das Leuchten schwächer und ein Kopf erschien.

»Ein ... *Rabe?*«, raunte Wilhelm verwirrt. Über dem Tier waren Baumkronen und in den Lücken des Blattwerks ein purpurroter Himmel zu sehen.

Hinter dem Vogel erschien überraschend ein menschliches Antlitz, das schöner war, als Wilhelm je eines gesehen hatte. Es gehörte einer jungen Frau, fast noch ein Mädchen.

»Kannst du mich verstehen?«, fragte es.

»Klar und deutlich«, erwiderte er leise.

Der pechschwarze Vogel krächzte etwas. Offenbar wiederholte er Wilhelms Worte für die Prinzessin, die den Jungen jenseits des Weltenfensters weder sehen noch hören konnte, ihm aber als Raben-Dolmetscherin diente. Auf diese Weise erfuhr Wilhelm die unglaublichen Einzelheiten von Jacobs Abenteuern in Ríocht Na Sí, von seiner Verwandlung in einen Kolkraben und auch von Athrú, der zuletzt als Ziegenbock – dem Gegenstück zum Wolf – gesehen worden war.

»Jetzt hat er die Gestalt einer Hexe angenommen«, flüsterte Wilhelm. Er war ganz benommen von den besorgniserregenden Neuigkeiten.

Nachdem der Rabe einmal mehr gekrächzt hatte, erschien ein weiteres Tier im Weltenfenster: ein Einhorn. Wilhelm vernahm eine Stimme, die einem Waldhorn glich, dann hörte er wieder den Vogel und endlich die Worte der Prinzessin.

»Die Torhüterin meint, in Ríocht Na Sí sei das Gegenstück zur Hexe der Zauberer. Und Jacob sagt, Athrú müsse seinen eigenen Herrn angefallen und ihm den Körper geraubt haben. Wahrscheinlich besitzt er jetzt auch dessen Macht.«

»Du lieber Himmel!«, raunte Wilhelm bestürzt. »Jetzt ist mir klar, warum der Wandler plötzlich hexen kann.« Er fasste in knappen Worten ihre missliche Lage zusammen, ehe er zu der entscheidenden Frage kam. »Kennst du Athrús wahre Gestalt, Jacob?«

Der Rabe nickte. Er beschrieb krächzend und krähend, was er im Feuerkristall gesehen hatte. Die Prinzessin zog das rubinrote Juwel aus einer Tasche ihres Kleid, und während sie es ins Weltenfenster hielt, übersetzte sie Jacobs Schilderungen.

Wilhelm konnte es nicht fassen, was er da hörte. »Bist du sicher? Hinter einem so mächtigen Wesen verbirgt sich eine so unscheinbare Gestalt?« Ungläubig schüttelte er den Kopf, bis daraus unversehens ein Nicken wurde. »Wenn ich's mir recht überlege, passt alles zusammen: Die größten Schurken der Geschichte waren oft jämmerliche Erscheinungen. Nimm nur die Revolutionäre, die in Frankreich das Leben der einfachen Leute verbessern wollen. Im Namen von Freiheit, Gleichheit und Brüderlichkeit haben sie eine Herrschaft des Terrors errichtet. Das Böse gedeiht offenbar prächtig hinter einer unscheinbaren Fassade.«

»Eines ist noch wichtig«, betonte Jacob und erzählte, was ihm der singende Knochen verraten hatte. »Du musst Athrú in einem Gedanken fangen, der keinen Gegensatz zulässt. Nur so können sich seine beiden Gestalten wieder vereinen.«

»Du meinst ein Paradoxon?«

»Ja. Weißt du noch? Du hast mir einmal etwas über Thomas von Aquin erzählt, wie er zu beweisen versuchte, dass Gott nichts tun muss, was logisch unmöglich ist, und trotzdem allmächtig sein kann. Ich habe daraus eine Denkfalle gebaut und darin Doktor Allwissend gefangen. Vielleicht fällt dir für Athrú ja etwas Ähnliches ein.«

Wilhelm lief es eiskalt über den Rücken. Er traute sich dergleichen zwar durchaus zu, wenn er genügend Zeit zum Knobeln hatte, aber die Nacht des Mittsommers würde in wenigen Stunden anbrechen, und er war viel zu sehr durch den Wind, um einen klaren Gedanken zu fassen. Sein Bruder steckte im Körper eines Raben. Das war grauenvoll! Niemand wusste, wie sich die Verwünschung wieder rückgängig machen ließ. Außerdem hockte draußen eine Hexe mit einem mordsmäßigen Hunger auf Menschenfleisch. Jeden Moment konnte sie ihre Wolfshunde hereinschicken …

»Wilhelm!« Die sanfte Stimme der Prinzessin entriss ihn aus seinem düsteren Grübeln.

»Ja?«

»Dein Bruder sagt, er werde so schnell wie möglich zu dir zurückkehren, um dich zu befreien. Aber sollte er aufgehalten werden, dann musst du Athrú allein besiegen.«

Wilhelm nickte beklommen. »Ich lasse mir etwas einfallen.«

Die letzte Reise

Ríocht Na Sí
6. Tag

»Wie gut, dass gerade Ebbe ist«, sagte das Einhorn. Es stand oberhalb der Quelle der Erleuchtung bei den Ringen, an denen es vor fünf Tagen festgekettet war. Sein Blick lag auf den Gefährten, die unterhalb des Felsgrats voneinander Abschied nahmen.

In den letzten Stunden hatte die Torwächterin noch einmal alles gegeben, war förmlich durch das Andersmoor geflogen, damit Jacob noch rechtzeitig das Meer der Träume erreichte. Er hatte die Richtung vorgegeben, indem er ab und zu über die Baumkronen aufstieg und das Einhorn auf kürzestem Weg zum südlichen Rand des Sumpfgebietes lotste. Kaum hatten sie diesen erreicht, war der Wünschring zum Einsatz gekommen.

Die Prinzessin kniete jetzt auf der Klippe, auf der Jacob damals gestrandet war. Sie nahm ihre Silberkette ab, legte sie zu einem doppelten Ring zusammen und hängte sie ihm um den Hals. »Ich möchte dir dies zum Abschied schenken.«

»Das kann ich nicht annehmen«, widersprach er überrascht.

Sie lächelte. »Du musst. Das Öl wird dich vor Hunger und Durst schützen. Und wenn du das mir stibitzte Rosenblatt ins Fläschchen tust, dann ist es darin gut verwahrt, denn das Kristallgefäß ist unzerstörbar. Du hast das Blatt doch noch?«

Er nickte überwältigt. Rasch zupfte er das Blütenblatt aus dem Gefieder.

Die Prinzessin rollte es zusammen, steckte es in den Flakon und stöpselte ihn wieder zu. Dann streichelte sie dem Raben liebevoll den Kopf. »Ich werde dich vermissen, mein schwarzer Ritter.«

»Ich dich genauso, Prinzessin. Da Ríocht Na Sí meine Schöpfung ist, beschließe ich, dass du und Prinz Silberlocke und eure vielen, vielen Kinder glücklich werden sollt bis ans Ende eurer Tage.«

Sie lachte glockenhell. »Vielen Dank, Herr Weltenbaumeister. Wir werden es gerne beherzigen, denn wir lieben uns sehr.«

Jacob wiegte verlegen den Kopf hin und her. »Könntest du mich zum Abschied noch einmal küssen?«

»Du bist ein kleiner Schwerenöter«, sagte sie schmunzelnd, erfüllte ihm aber den Wunsch.

»Schade«, krächzte er traurig.

Sie runzelte die Stirn. »Hat es dir nicht gefallen?«

»Doch. Sehr sogar! Aber ich hatte gehofft, meine richtige Gestalt zurückzubekommen.«

Die Prinzessin streichelte ihn abermals. »Diesen Fluch kann ich leider nicht heilen, mein schwarzer Ritter. Nicht hier in

Ríocht Na Sí. Und nicht, solange die Macht des bösen Zauberers im Wandler Athrú weiterlebt.«

Er nickte bedrückt.

Sie zog den Feuerkristall aus der Tasche und streckte ihn Jacob entgegen. »Hier. Es wird Zeit, dass du ihn zurückbekommst.«

Er zögerte. »Ich glaube, ich habe Wilhelm heute früh gar nicht erklärt, wie er den Stein richtig benutzt, und nach meiner Rückkehr in die Welt der Sinne wird er mich nicht verstehen. Könntest du bitte ein paar erklärende Zeilen auf ein Blatt Papier ...« Er riss erschrocken den Schnabel auf. »O nein! Wir haben kein Schreibzeug dabei.«

»Doch, haben wir«, widersprach das Einhorn. »Die Grotte war vor meiner Zeit ein Piratenversteck. Gleich nebenan ist eine zweite Höhle, in der die Seeräuber gehaust haben. Da findest du alles Nötige.«

Die Torwächterin ließ ihr Horn erglühen und führte die Gefährten in den Nachbarraum. Er war angefüllt mit Truhen voller Gold, Perlen und Edelsteinen. In einer Schatulle fanden sich auch feines Pergament und eine Schreibkohle.

Rasch notierte die Prinzessin unter der Überschrift »Gebrauchsanweisung für den Feuerkristall« alles Wissenswerte über den Stein und wickelte ihn dann in das Blatt ein. Nachdem alle in die Grotte zurückgekehrt waren, reichte sie das kleine Paket an Jacob weiter, der es mit seiner rechten Klaue fest umschloss.

»Danke«, krächzte er. Ihm war ganz schwer ums Herz. »Jetzt solltest du aber endlich deinen Wünschring benutzen, damit dein Liebster dich wieder in die Arme schließen kann.«

Ihr Blick wanderte zum Einhorn. Sie nickte lächelnd. »Hab schon verstanden. Du willst dich ungestört von deiner Freundin verabschieden. Lebe wohl, kleiner schwarzer Ritter.«

Die Prinzessin drückte dem Raben einen letzten Kuss auf die Stirn, dann drehte sie ihren Ring und verschwand.

Jacob seufzte. »Sollte ich je meine wahre Gestalt zurückerhalten, muss ich wohl für immer unverheiratet bleiben.«

»Du meinst, weil du dein Leben lang von dieser Holden träumen und jede andere Frau mit ihr vergleichen wirst?«, fragte das Einhorn belustigt.

Er nickte. »Nachdem ich die Prinzessin kennengelernt habe, kann ich mir einfach nicht vorstellen, dass mir je ein Mädchen so wie sie gefallen wird. Eher bleibe ich bis an mein Lebensende mit Wilhelm zusammen und sammle Geschichten von Traumreichen wie diesem, als mich ...«

»... in die Fänge eines Hausdrachens zu begeben?«, hallte überraschend eine näselnde Stimme aus dem hinteren Teil der Grotte.

Ihr Klang ließ Jacob erschauern. Sein Kopf flog herum. Im Halbschatten sah er einen Sattel am Boden liegen. Es war derselbe, den der böse König im Schloss der Goldenen Sonne beschlagnahmt hatte.

Das Horn der Torwächterin strahlte grün auf, als hinter dem

Sattel die Gestalt des Zauberers zum Vorschein kam. In seiner Stirn steckte immer noch der Kieselstein. Ehe einer der beiden Gefährten reagieren konnten, hatte er schon einen Dolch auf Jacob geschleudert.

Die goldene Klinge wirbelte ein paarmal in der Luft herum und traf den Raben mitten in die Brust.

Das Letzte, was Jacob in seinem kurzen Vogeldasein vernahm, war die Stimme des Zauberers, die vor unbändigem Zorn förmlich überzukochen schien. »Du willst über mich siegen?«, schäumte er. »In Ríocht Na Sí hat alles seinen Preis. In diesem Fall ist es dein Leben.«

Die Torwächterin von Ríocht Na Sí schrie, als ihr Freund tot zusammensank. Seinen Rabenkörper so reglos auf der Klippe liegen zu sehen bereitete ihr ebenso viel Schmerz, als hätte Athrús Klinge ihr eigenes Herz durchbohrt.

Dessen boshaftes Lachen hallte durch die Grotte. »Hast du geglaubt, ich lasse meine Pläne von ein paar Rotzlöffeln durchkreuzen? Du dummes, dummes Einhorn. Ich habe einen freien Willen und tu, was immer mir gefällt. Selbst der Zauberer konnte mich nicht aufhalten. Jetzt werde ich an seiner Stelle …«

Athrú blieb das Wort im Halse stecken, weil die Torwächterin plötzlich wie eine Furie herumgewirbelt war und mit gesenktem Haupt auf ihn zustürmte. Offenbar hatte er dem Zauberer mit dem Körper zwar auch die Macht gestohlen, wusste diese jedoch nicht richtig einzusetzen. Warum sonst hätte er Jacob mit einem Messer töten sollen, anstatt sich seiner dunklen Kräfte zu bedienen?

Schnell trat er zwei Schritte vor, um sich auf den Wünschsattel zu schwingen. Schon stand er breitbeinig über dem Sitz und ließ sein hageres Hinterteil herabsinken. Panisch vor Angst brüllte er den Namen seines Zufluchtsortes.

»Zum Schloss der Goldenen ...«

Das Horn der Torwächterin bohrte sich tief in seine Brust, ehe er seinen Wunsch ganz ausgesprochen hatte.

»Du sollst sterben, wie mein Freund gestorben ist«, donnerte sie, während sie das Horn wieder aus dem Körper des Zauberers zog. Ihre Stimme klang so Ehrfurcht gebietend wie eine Posaune.

Athrú lächelte schwach und stammelte: »Du dummes ... dummes Einhorn. Indem du mich tötest ... machst du meinen Konterpart in der Welt der Sinne unsterblich.«

Nach dieser düsteren Prophezeiung sank er zu Boden und verschied. Der Wünschsattel aber verschwand, als hätte es ihn nie gegeben.

Die Torwächterin neigte sich traurig über den leblosen Raben, dessen Krallen sogar noch im Tode den Feuerkristall umklammerten. Immer noch steckte der Dolch in Jacobs Brust. Ein Stückchen weiter links und das Kristallfläschchen hätte die Klinge vielleicht abgelenkt.

»Du hast für uns alles geopfert, was ein Menschenkind nur geben kann«, sagte das Einhorn mit bebender Stimme. Es schluchzte leise, beugte sich noch tiefer hinab, zog die Waffe mühsam mit dem Maul aus dem Vogelleib und warf sie achtlos ins Wasser. Danach weinte es bittere Tränen.

Diesmal vermochte es dem Freund damit keine Linderung zu verschaffen. In Ríocht Na Sí besaß nur die Prinzessin die Gabe, Tote wieder lebendig zu küssen. Mit dem Wünschsattel hätte der Leichnam vielleicht noch ins Schloss des Silbernen Mondes geschafft werden können, bevor die Verwesung einsetzte. Leider hatte Athrú mit dem letzten Atemzug seinem Gegenspieler auch dieses Mittel der Rettung genommen …

Die Gedanken der Torwächterin gerieten ins Stocken, als sie das Rosenblatt in dem Kristallflakon bemerkte. Ihr wurde schlagartig klar, dass das Blatt nur Jacobs Zunge berühren müsste und er könnte wieder leben. Aber wie sollte sie es aus dem schlanken Gefäß herausholen? Es war, wie die Prinzessin betont hatte, unzerstörbar.

In ihrer unsäglichen Trauer stand die Torhüterin lange, sehr lange sogar, über den toten Freund gebeugt und beklagte still dessen ungerechtes Schicksal. Schließlich kamen ihre Gedanken zur Ruhe und sie entsann sich der gehässigen Worte des Wandlers: *Du willst über mich siegen? In Ríocht Na Sí hat alles seinen Preis. In diesem Fall ist es dein Leben.* Hatte er damit unabsichtlich seine Niederlage eingestanden oder zumindest Jacobs Aussicht auf einen späten Triumph angedeutet?

»Vielleicht gibt es noch eine Hoffnung, Meister Spross«, sagte das Einhorn liebevoll, nahm behutsam den Flügel des Raben ins Maul und stieg mit ihm ins Wasser.

Als Torwächterin hatte sie ein besonderes Gespür für die darin wirksamen Kräfte. Die Quelle der Erleuchtung speiste das Meer der Träume, dessen Wogen wiederum sämtliche Gestade des Phantaversums umspülten, unter ihnen auch die Welt der Sinne. Dorthin gehörte Jacob und deshalb zog die irdische Heimat nun an seinem Leib. Sie wollte ihn nach Hause zurückholen.

So, als hielte es ein Bleigewicht zwischen den Zähnen, sank das Einhorn herab. Wenigstens ein kleines Stück Weges wollte es den Gefährten begleiten. Es selbst durfte auf keinen Fall den Frevel des Wandlers wiederholen, durfte Ríocht Na Sí niemals verlassen. Jedenfalls nicht an diesem Tag, an dem das Gefüge des Phantaversums endgültig zu zerreißen drohte. Damit sie beide, Jacob und die Torwächterin, leben konnten, mussten sie voneinander scheiden.

Deshalb öffnete das Einhorn sein Maul und ließ den Freund in die dunkle Tiefe entschwinden. Das Letzte, was es von ihm sah, war das rote Glühen des Feuerkristalls. *Leb wohl, Meister Spross!*, rief es ihm in Gedanken nach. *Bitte lebe, mein Freund!*

Die wahre Gestalt

Über dem Blautopf
Herzogtum Württemberg, 21. Juni 1798

Wilhelm schreckte hoch, als plötzlich die Hexe neben ihm stand. Ihre Ziegenaugen musterten ihn voller Hass. Sein Blick wanderte zum Höhleneingang, wo die hechelnden Wolfshunde standen.

»Noch kann ich deinen Plan vereiteln«, drohte er, damit sie ihre vierbeinigen Häscher nicht auf Alroy hetzte.

»Anscheinend versucht dein Bruder, es gerade zu tun«, keifte sie. »Kommt mit!«

Die Hexe drehte sich um und schlurfte durch den Höhleneingang nach draußen. Ebenso heimlich, wie sie die unsichtbare Barriere zuvor errichtet hatte, war sie nun verschwunden.

Wilhelm wechselte einen kurzen Blick mit Alroy und Sir D'Arcy. Sie zuckten mit den Achseln. Sogar der erfahrene Navigator wirkte ratlos. Mit dem Kopf deutete er zum Ausgang. Es war wohl das Beste, Athrú nicht unnötig zu reizen.

Nacheinander traten sie ins Freie. Der Regen war in ein schwaches Tröpfeln übergegangen. Über den Baumwipfeln blitzte schon wieder die Sonne durchs Gewölk. In einer guten Stunde würde sie ihren höchsten Stand erreichen. Sobald die Gefährten hinter dem Busch hervorgekommen waren, gesellte sich jedem ein Wolfshund hinzu.

»Nur, damit ihr auf keine dummen Gedanken kommt«, sagte die Hexe. »Folgt mir.«

Sie lief den Hang hinab zur Quelle der Blau. Aus den Augenwinkeln hielt Wilhelm Ausschau nach Jägern oder nach Serge oder irgendwelchen anderen Personen, die ihnen zu Hilfe kommen konnten, aber die Gegend rund um den Blautopf war wie ausgestorben. Durch welche Lügen schaffte es die Hexe nur, sämtliche Leute von diesem Ort fernzuhalten?

Bald hörte Wilhelm das Wasser, das übers Wehr ins Bachbett rauschte. Fieberhaft zerbrach er sich den Kopf darüber, wie er sein Wissen über Athrús wahre Gestalt in einen Vorteil ummünzen konnte.

»Stellt euch ans Wasser«, befahl die Hexe, nachdem alle am Ufer den Baumstumpf erreicht hatten, wo nach wie vor ihre Angelschnur unter einem Stein klemmte.

»Was sollen …?«, wollte Sir D'Arcy gerade aufbegehren, verstummte aber sofort wieder, weil sein Bewachungshund ihn drohend anknurrte.

Stumm nahmen sie wie geheißen Aufstellung. Die Hexe hievte ihren knochigen Körper auf den Stumpf und benutzte diesen als Ausguck. Ihre unheimlichen Augen suchten den Blautopf ab. Was sie allerdings dort zu finden hoffte, wusste niemand außer sie allein.

Plötzlich ging Wilhelm ein Stich durchs Herz. Er zuckte heftig zusammen, riss die Augen auf und blickte seine Freunde entsetzt an.

Alroy runzelte fragend die Stirn. Er bewegte nur die Lippen: *Was ist?*

Auch Sir D'Arcy hatte Wilhelms Verhalten bemerkt und formulierte ebenfalls eine lautlose Frage: *Jacob?*

Wilhelm liefen mit einem Mal Tränen über die Wangen. Er spürte, was der Navigator einmal als »große Leere« bezeichnet hatte. Mit einem schwachen Nicken hauchte er: »Mein Bruder ist tot.«

Die Hexe fuhr zu ihm herum und keifte: »Maul halten.«

Der Wolfshund im Rücken des Jungen knurrte.

Aber diesmal ließ sich Wilhelm davon nicht einschüchtern und zischte: »Du bist ein Ungeheuer ...«

Ein abgefeimtes Lächeln erstrahlte auf dem Gesicht des Wandlers.

»Nenn ihn nur beim Namen«, rief Sir D'Arcy. Der Hund, der ihm im Nacken saß, begann bedrohlich zu bellen.

»Athrú, ich verabscheue dich«, fügte Wilhelm schnell hinzu.

Der Navigator nutzte den Moment der Ablenkung, wirbelte herum und zog seinem wölfischen Bewacher den silbernen Segelschiffknauf des Gehstocks über den Schädel. Der Hund jaulte auf und sank bewusstlos zu Boden.

Wilhelm rechnete fest damit, als Nächstes einen Befehl der Hexe zu hören, um ihm die verbliebenen Hunde auf den Hals zu hetzen, doch stattdessen geschah etwas gänzlich Unerwartetes.

Athrú stieß einen gellenden Schrei aus, der allen das Mark in den Knochen gefrieren ließ. Sogar die Hunde wichen jaulend zurück und ergriffen die Flucht.

Die Hexe wandte sich wieder Wilhelm zu und keifte: »Ihr Narren. Habt geglaubt, mich austricksen zu können. Die Spießgesellin deines Bruders hat gerade mein Alter Ego ermordet, aber törichterweise nicht bedacht, dass der ewige Tod nur einen Gegensatz kennt: die Unsterblichkeit.«

»Das wollen wir doch mal sehen«, knurrte Sir D'Arcy, holte mit seinem Stock aus und schleuderte ihn wie einen Kriegshammer auf die Hexe. Einmal mehr staunte Wilhelm über die flinke Wehrhaftigkeit des Navigators, denn das Wurfgeschoss traf Athrú genau zwischen die Augen.

Der Wandler fiel rücklings vom Baumstumpf. Doch anstatt mit zertrümmertem Schädel liegen zu bleiben, rappelte er sich sofort wieder hoch und rieb sich nur die Stirn. »*Autsch!* Das hat wehgetan. Dafür wirst du mir büßen, alter Mann.«

»Du lässt deine dreckigen Finger von ihm, alte Vettel«, brüllte Alroy, bückte sich blitzschnell nach einem faustgroßen Stein, täuschte einen Wurf an, aber erst als die Hexe sich tief bückte, schoss er ihn auf sie ab.

Diesmal wurde sie am Hinterkopf getroffen. Sie taumelte nur kurz und richtete sich – soweit es ihr krummer Rücken erlaubte – gleich wieder auf. »*Au!* Jetzt ist aber Schluss damit. Ihr könnt mich nicht töten. Niemand kann mich besiegen. Aber ich werde euch in Frösche verwandeln, damit endlich Ruhe ist.« Sie hob in einer beschwörenden Geste die Arme.

Wilhelm war der Fehler seines Freundes sofort aufgefallen. Indem dieser den Wandler mit einem Schimpfnamen anschrie, hatte er ihm freie Hand gegeben, sie alle zu verhexen oder sogar zu töten. Schnell trat er schützend vor Alroy und rief: »Das kannst du nicht, Athrú, denn wir kennen deine wahre Gestalt.«

Die Hexe hielt inne. »Das ist unmöglich.«

»Nein. Du bist ein Zwerg, Athrú.«

Sie lachte hämisch. »Weit gefehlt.«

Wilhelm dachte fieberhaft über andere Namen für kleine Märchen- und Sagengestalten nach. »Dann musst du ein Erdwurm sein, Athrú.«

Die Hexe grinste. »Irrtum, du Schlaumeier.«

»Ein Angehöriger des kleinen Volkes? *Athrú?*« Gerade noch rechtzeitig war ihm eingefallen, den Eigennamen des Wandlers hinzuzufügen.

»Was soll das werden?«, keifte sie gereizt. »Ein dämliches Ratespiel? Meine wahre Natur, die kennst du nicht, und meine Gestalt, die siehst du nicht. So wird es auch immer ...«

»Du bist ein Däumling, Athrú.«

Wilhelms letzter verzweifelter Versuch ließ den Wandler erstarren. Seine Ziegenaugen glotzten entsetzt den Jungen an, der ihm sein kostbarstes Geheimnis entrissen hatte. Athrú presste seine Hände an die Schläfen, als fürchte er, sein Kopf könnte zerplatzen. Doch es geschah eher das Gegenteil.

Unvermittelt schrumpfte er. Vor den Augen der staunenden Phantanauten fiel er förmlich in sich zusammen, bis er nur noch so groß wie Wilhelms Daumen war.

Alroy streifte sich den Schuh vom Fuß und schleuderte ihn auf den Däumling. Er traf sogar, aber der Winzling stand sofort wieder auf und lachte in zwar piepsigem, aber unvermindert gehässigem Ton: »*Haha!* Ihr könnt mich vielleicht in diesem Körper einsperren, aber meine Unsterblichkeit nehmt ihr mir nicht. Jetzt wird der Riss im Phantaversum sich niemals schließen. Ihr Narren werdet schon bald bereuen, jemals dem Däumling Athrú begegnet zu sein. Während eure Welt verwüstet wird, bleibe ich auf ewig mein eigener Herr. Ich tu, was immer ich will.«

»Du lügst«, widersprach Wilhelm prompt. »Hättest du die freie Wahl der Entscheidung, könntest du auch tun, was du *nicht* möchtest. Wenn du aber immer nur machst, was dir gefällt, dann kannst du keinen freien Willen haben.«

Der Däumling öffnete den Mund und blähte die winzige Brust auf, als wolle er Wilhelms Worte mit einer verächtlichen Erwiderung fortwischen, aber dann kam kein einziger Piep heraus. Das Argument des Jungen klang logisch. Jeden Tag nach Lust und Laune zu handeln, um sich die eigene Unabhängigkeit zu beweisen, war auf Dauer nicht wirklich befriedigend. Machte man sich damit nicht zum Sklaven der eigenen Gier? Es missbehagte Athrú aber sichtlich, nicht sein eigener Herr zu sein. Mit grimmiger Miene suchte er nach einem Schlupfloch aus dem Dilemma.

»Bill«, flüsterte eine Stimme hinter Wilhelm. Er drehte sich zu Alroy um. Dieser deutete mit dem Kopf zum Blautopf.

Während der Wandler nach wie vor in der Zwickmühle seiner widerstreitenden Gedanken feststeckte, suchte Wilhelm mit Blicken die Quelle ab, bis er entdeckte, was Alroys Aufmerksamkeit erregt hatte.

Nur zwölf, fünfzehn Schritte westwärts dümpelte in Ufernähe ein offenbar toter, rabenschwarzer Vogel im Wasser. Es war ein ungewöhnlich großer Kolkrabe. Er trug eine silberne Kette um den Hals, und in der rechten Klaue hielt er etwas, das rötlich glühte.

»Jacob?« Wilhelms Stimme hauchte so leise, dass niemand ihn verstand. Er wankte. Ihm war schwindlig. Die Bäume am Ufer schienen ihn zu umtanzen. Benommen taumelte er zu dem Raben hin, hob einen am Ufer liegenden, vertrockneten Ast auf und fischte damit den Vogel aus dem Wasser. Die Augen des Tieres waren geschlossen. Mit einiger Anstrengung entwand er dem Klauengriff das eiförmige Paket, wickelte es auseinander und las atemlos die mit Kohle aufs Papier geworfenen Zeilen:

Gebrauchsanweisung für den Feuerkristall

Ein Blick durch den rubinroten Stein genügt, und du siehst eines jeden wahre Gestalt. Kein Trugbild kann den Feuerkristall täuschen.

Die Prinzessin

PS: Das Heilblatt in dem Kristallbehälter weckt Tote auf. Leg es dem Leidenden auf die Zunge. Benutzt du es, lass Weisheit walten, denn es wirkt nur ein einziges Mal.

Athrú hatte sich noch nicht aus der Gedankenfalle befreit, als Wilhelm mit zitternder Hand den Feuerkristall ans rechte Auge hob und hindurchblickte. So erhielt er Gewissheit über das, was sein Herz längst wusste: Vor seinen Füßen lag kein Rabe, sondern ein unbekleideter Knabe, tot und mit einer blutigen Wunde in der Brust.

Wilhelm knickten die Knie weg. Schluchzend sackte er über dem Vogel zusammen, der sein über alles geliebter Bruder war, und begann haltlos zu weinen. Es waren bittere Tränen, die auf den verwunschenen Raben herabtropften. Zärtlich streichelte er dessen gefiederte Brust.

Irgendwann spürte er eine schwere Hand, die seine Schulter drückte, und Sir D'Arcys tiefe Stimme sagte: »Es tut mir so leid, Wilhelm. Dein Bruder war ein so tapferer Bursche.«

Eine unbändige Wut stieg in Wilhelm auf. Er wand sich aus dem Griff des Navigators heraus und stapfte mit langen Schritten und geballten Fäusten zum Baumstumpf zurück. Dahinter stand immer noch der Däumling. Er blinzelte benommen. Es sah so aus, als käme er allmählich wieder zu sich.

»Wie kommt es, dass du ein zwiegespaltenes Wesen bist?«, fauchte Wilhelm.

Der Winzling zögerte.

»Antworte!«, herrschte Wilhelm ihn an.

Athrú breitete die Ärmchen aus. »Das ist doch klar. Wir sind ein Kontrabant: Ein Teil von uns ist hier und der andere dort.«

»Du lügst, wenn du den Mund aufmachst. Ich glaube dir nicht. Kannst du deine Behauptung beweisen?«

»Natürlich. Wäre es anders, könntest du mich nicht sehen. Ich bin hier, während mein anderer Teil in Ríocht Na Sí weilt.«

»Man kann nicht eine Behauptung mit einer anderen beweisen. Du nimmst nur an, dass sich dein anderer Teil in Ríocht Na Sí befindet«, entgegnete Wilhelm trotzig.

»Das stimmt nicht«, protestierte der Kleine. Offensichtlich fühlte er sich in seiner Kontrabantenehre verletzt. »Du hast selbst erlebt, dass ich unsterblich geworden bin, als mein anderes Ich in Ríocht Na Sí starb.«

»Aber wenn ein Teil von dir tot ist, dann bist du kein zweifaches Wesen mehr.«

Athrú wurde erkennbar nervös. »Doch. Auch eine leblose Hälfte ist eine Hälfte.«

Wilhelm hielt dem Däumling den Feuerkristall entgegen. »Dann werfe ich das hier in die Quelle der Erleuchtung. Es ist ein Läuterungsstein: Sein Feuer verleiht allem Wahren Glanz, aber jeden Trug lässt es in Rauch aufgehen. Der Kristall wird in Ríocht Na Sí auftauchen und deine sterbliche Hülle verbrennen. Wenn sie zu Asche zerfällt, dann musst auch du vergehen.«

»Das lässt du gefälligst bleiben«, piepste der winzige Wandler entrüstet, stampfte mit dem Fuß auf und schrie vor unbändigem Zorn. Aber seine ganze Unsterblichkeit nützte ihm nichts gegen die Kraft eines Riesen wie Wilhelm.

Der nämlich hatte sich der Quelle der Erleuchtung zugewandt und schleuderte den Feuerkristall mit Schwung ins tintenblaue Wasser.

»Nicht doch!«, schrillte der Däumling, wirbelte herum und sprang dem Stein hinterher.

Und wie ein solcher ging er sofort unter und wurde nie wieder in der Welt der Sinne gesehen.

Das Teerosenblatt

Am Blautopf
Herzogtum Württemberg, 21. Juni 1798

Wilhelms Augen sprangen hin und her, während er wieder und wieder das Postskriptum der Prinzessin las. Er kniete am Ufer des Blautopfes neben dem toten Bruder.

»Kann so etwas sein?«, flüsterte er und schüttelte wie zur Antwort ungläubig den Kopf.

»Probier es aus, Bill«, sagte Alroy voller Zuversicht. »Schaden kann es Jack auf keinen Fall.«

»Aber ich finde es irgendwie … gotteslästerlich. Es kommt mir vor wie … Hexerei.«

»In unserer Welt der Sinne hättest du damit vermutlich sogar recht«, pflichtete ihm Sir D'Arcy bei. »Aber was hier allein durch göttliche Macht, dunkle Künste oder schwarze Magie erreicht werden kann, gehört in anderen Reichen des Phantaversums zu den normalen Auswirkungen der dort gültigen Naturgesetze. In einer Traumwelt ohne Schwerkraft könnte man dich für einen Zauberer halten, wenn du einen Stein zu Boden fallen lässt. Hättest du es deshalb aber unterlassen, den Feuerkristall in den Blautopf zu werfen?«

Wilhelm schüttelte den Kopf.

Der Navigator deutete auf den Vogelleichnam. »Siehst du. Und hier haben wir es mit einem verwunschenen Raben zu tun. Jacobs Gestalt stammt aus Ríocht Na Sí. Ich fürchte, der Riss im Phantaversum wird sich nicht schließen, solange der Fluch des bösen Zauberers noch auf ihm lastet. Also benutze *bitte* das Heilblatt!«

Mit zitternder Hand streifte Wilhelm das Kettchen über den Kopf des Raben, zog danach behutsam den Stopfen heraus und drehte das Gefäß um. Das Rosenöl rann ihm zwischen den Fingern hindurch und schwemmte bald auch das zusammengerollte Blütenblatt in den Flaschenhals.

»Gib Obacht, damit der Wind es dir nicht entreißt«, sagte Sir D'Arcy.

Wilhelm benutzte Daumen und Zeigefinger wie eine Pinzette, um das zarte, rosafarbene Blatt aus dem Flakon zu ziehen. Er blickte zu Alroy auf. »Kannst du bitte seinen Schnabel öffnen?«

Der Rotschopf kniete sich auf der anderen Seite neben den Raben und kam der Aufforderung nach.

»Also dann«, sagte Wilhelm beklommen, zögerte aber. Die Angst, dieses letzte Mittel könnte versagen, lähmte ihn.

»Hab Vertrauen in deine eigene Phantasie«, sagte Sir D'Arcy aufmunternd.

Wilhelm atmete tief durch und legte dem Vogel das feuchte Blatt auf die Zunge.

Nichts geschah.

Alroy schloss behutsam den Schnabel des Raben und schlug wie beschämt die Augen nieder.

Kopfschüttelnd ließ Wilhelm seinen tränenverhangenen Blick zu dem Pergament schweifen, das neben Jacob auf dem Boden lag. *Benutzt du es, lass Weisheit walten, denn es wirkt nur ein einziges Mal.* »In Ríocht Na Sí vielleicht«, murmelte er, »aber nicht hier, nicht in der Welt der Sinne.« Er beugte sich zu dem Raben hinab und küsste ihn auf die Stirn.

Als er sich wieder aufrichtete, blickten ihn die dunklen Augen des Vogels an.

»Jacob!«, keuchte Wilhelm aufgeregt.

»Krah, krah!«, erwiderte der Rabe. Er wälzte sich auf die Beine, als wolle er die Flucht ergreifen.

Doch stattdessen verwandelte er sich!

Zunächst sah es so aus, als wüchse er nur mit der gleichen atemberaubenden Geschwindigkeit, mit der zuvor der Wandler Athrú verzwergt war. Dann aber veränderte sich seine Gestalt in die eines Knaben, die Federn gingen zurück und wichen rosiger Haut. Zuletzt stand Jacob vor den staunenden Gefährten wie er leibte und lebte.

»Ich bin nicht tot?«, war das Erste, was er in seinem zweiten Leben sagte.

»Nein, aber nackt«, antwortete Alroy.

Wilhelm fiel seinem Bruder um den Hals und küsste ihn auf beide Wangen, so lange, bis er zu protestieren begann.

Der Navigator zog seinen Rock aus und legte ihn um Jacobs Schultern. »Besser so«, brummte er. »Sonst werden wir bei der Rückkehr in die Stadt noch verhaftet.«

Plötzlich erscholl vom Baumstumpf her ein wütendes Knurren. Der Wolfshund, den Sir D'Arcy zuvor niedergeschlagen hatte, war aus der Bewusstlosigkeit erwacht. Er bellte, knurrte mit gefletschten Zähnen und bellte abermals.

»Nur nicht weglaufen«, sagte der Navigator leise. »Schaut ihm in die Augen. Zeigt ihm, dass ihr keine Angst vor ihm habt.«

Letzteres fiel den Jungen schwer. Wilhelm hatte für bissige Hunde nie viel übrig gehabt und Jacob war noch zu benommen, um seine Furcht zu verbergen.

Der Wolfshund begann zu laufen. Er hatte sich sein Opfer ausgesucht. Nicht etwa den alten Mann, der ihm fast den Schädel eingeschlagen hatte, sondern das nackte Menschenkind.

Starr vor Entsetzen blickten alle dem Raubtier entgegen, das mit großen Sätzen näher kam. Der Navigator fand zuerst die Fassung wieder und ließ seinen Stock abermals durch die Luft sausen.

Athrús letzter Getreuer wich dem Geschoss mühelos aus und rannte weiter.

Der Rotschopf zielte mit der Pistole auf ihn.

Der Hund hatte sein Opfer fast erreicht und sprang mit weit aufgerissenem Rachen auf ihn zu.

Alroy drückte ab.

Ein Knall hallte durch den Wald und der Wolfshund wurde aus seiner Flugbahn geschleudert. Jaulend fiel er zu Boden und blieb reglos liegen. Die Kugel hatte ihn mitten ins Herz getroffen.

Verwundert musterte Alroy die Waffe. Auch Wilhelm und Sir D'Arcy sahen ihn überrascht an.

»Jetzt wird's aber wirklich unheimlich. Wie kannst du mit einer leeren Pistole einen Hund erschießen?«, fragte der Navigator verblüfft.

Alroy zuckte die Achseln.

Plötzlich hallte eine vergnügte Stimme mit französischem Akzent über das Wasser. *»Mon dieu!* Das war knapp. Aber auf einen Meisterschützen wie Serge kann man sich eben verlassen.«

»Wer ist denn das?«, fragte Jacob verwirrt.

Sir D'Arcy lächelte befreit. »Darf ich vorstellen? Das ist Serge, unser privater Musketier.«

Mittsommernacht

Am Blautopf
Herzogtum Württemberg, 21. Juni 1798

Der längste Tag im Jahr neigte sich dem Ende zu. Die Sonne war bereits hinter dem Horizont verschwunden, als der Erste Phantanaut mit seinem Gehilfen und den zwei Neophyten Jacob und Wilhelm im Gasthof Ochsen das Einweihungszeremoniell beging. Serge war als Beobachter zugelassen.

Alle saßen um den rechteckigen Tisch im Zimmer des Navigators herum. Ein Kerzenleuchter spendete ihnen Licht. Außerdem stand in ihrer Mitte das Phantalabium. Auf dem Boden vor der Tür stapelten sich noch das schmutzige Geschirr und die Reste des Festessens, das aus Anlass von Jacobs glücklicher Wiederkehr aufgetafelt worden war.

»Ihr zwei, einer wie der andere, habt dem ganzen Phantaversum einen großen Dienst erwiesen«, sagte Sir D'Arcy zum wiederholten Mal. Zuvor hatte er seinen Freunden bereits versichert, dass mit der Rückkehr Athrús nach Ríocht Na Sí auch dessen Gespaltenheit beendet und der Riss im Phantaversum wieder verschlossen war. Aus eigener Kraft vermochte ein Geschöpf der Phantasie nicht in die Welt der Sinne zurückzukehren, um dort Unheil zu stiften.

Der Navigator wandte sich dem Heimkehrer zu. »Leider konnten wir dich im Spiegel weder sehen noch hören, wenn das Weltenfenster offen stand. Wilhelm ist der Einzige außer dir selbst, dem ein Blick in dein Traumreich vergönnt war.«

Jacob reckte unbehaglich den Hals. »Warum sagen Sie das, Sir?«

»Weil ich dich nach dem Beweis fragen muss, mit dem jeder Phantanaut die Echtheit seiner Welt zu belegen hat. Niemand kann ein Traumreich durchwandern, ohne etwas mitzubringen.«

»Einen Beweis? Sie haben sich mit Riesen und Hexen herumschlagen müssen. Ist das nicht Beweis genug?«

»Nicht zu vergessen die Auferweckung eines toten Raben und dessen anschließende Verwandlung in einen Knaben namens Jacob Grimm. Ich finde, das genügt allemal. Was meinst du, Master Alistair.«

»Für mich ist er der phantanautischste Phantanaut, dem ich je begegnet bin.«

Sir D'Arcy nickte zustimmend. »Also meinetwegen können wir an diesem Punkt die Formalien beenden und die heilige Formel der Initiation sprechen.«

Jacobs Blick sank auf seine Hände herab, die vor ihm auf dem Tisch lagen. Mit sämtlichen Fingern. Nur ein dünner Narbenring erinnerte noch daran, dass einer der zehn gefehlt hatte …

»Bist du bereit?«, fragte der Navigator.

Erschrocken sah Jacob von dem kleinen Finger an seiner Linken auf und nickte.

Sir D'Arcy räusperte sich und vollzog die feierliche Aufnahme des Neulings in den Bund der Weltenschöpfer mit den Worten: »Nur, wer seinen Träumen folgt, verändert die Welt. Du hast es vollbracht, Jacob Grimm, und so heißen wir dich im Zirkel der Phantanauten willkommen. Von nun an gehört es zu deinen Pflichten, das Andenken an Ríocht Na Sí zu bewahren. Erst dadurch wird aus dem Weltenschöpfer Jacob der Weltenmeister – einer, der Verantwortung für das von ihm

Hervorgebrachte trägt, es hegt und pflegt. Wenn du deine Welt aus dem Sinn verlierst, bleibt das auf der Erde nicht ohne Folgen, wie du leider ohne eigene Schuld schmerzlich erfahren musstest.«

Jacob hatte seine Lektion gelernt und diesen Rat sein Leben lang beherzigt. Ebenso auch Wilhelm, der nur wenige Tage nach ihm als vollwertiger Phantanaut in den Kreis der Weltenschöpfer aufgenommen wurde. Sir D'Arcy würdigte seine Leistung zur Rettung der Sinnenwelt um keinen Deut weniger als die seines Bruders. Ihre beiden Traumreiche waren Kaleidoskope aus Märchen und Sagen und die Brüder Grimm blieben diesen bis zum Tod verbunden. Ja, ohne ihr vereintes unermüdliches Bemühen um diese Geschichten einfacher Leute wären viele heute verloren.

Doch in jener Mittsommernacht des Jahres 1798 dachten sie noch nicht so weit. Sie kamen gar nicht dazu. Denn kaum hatte der Navigator die heilige Formel gesprochen, sprang Alroy schon vom Stuhl auf und lief zur Gratulation des neuen Phantanauten um den Tisch herum. »Habe ich dir eigentlich schon gesagt, was der Name deiner Welt bedeutet?«, fragte er.

»Nein. Ich dachte, er ist mir im Traum eingefallen und klingt einfach nur schön«, antwortete Jacob.

»Von wegen! Wahrscheinlich haben die Geschichten meiner Heimat, die ich euch auf der Reise hierher erzählt habe, deine

Phantasie beflügelt. Ríocht Na Sí ist nämlich irisch. Es bedeutet ›Feenland‹ oder ›Märchenland‹.«

Jacob lächelte. »Das passt irgendwie.«

»Ja«, sagte von der anderen Seite sein Bruder. »Es passt sogar sehr gut.«

Auch Wilhelm beglückwünschte Jacob zur Aufnahme in den Zirkel der Phantanauten. Wie es seinem Wesen entsprach, ging er dabei weniger stürmisch als Alroy vor, aber nicht minder herzlich. Er wirkte ein bisschen bedrückt.

»Alles in Ordnung?«, fragte Jacob.

Sein Bruder nickte.

»Bist du traurig, weil mir heute mehr Aufmerksamkeit zuteil wird als dir? Das brauchst du nicht, Guy. Ohne dich hätte ich das Geheimnis des Wandlers nie lüften können und mit deinem Scharfsinn hast du Athrú auch aus unserer Welt verbannt. Für mich bist *du* der Held …«

»Jetzt hör schon mit der Lobhudelei auf! Mich beschäftigt etwas ganz anderes«, fiel Wilhelm ihm ins Wort. Er druckste ein wenig herum, ehe er gestand, was ihm auf dem Herzen lag. »Hoffentlich mache ich dir nicht so viele Sorgen, wie du mir bereitet hast.«

»Bestimmt nicht, Guy. Der Riss im Phantaversum ist gekittet, der böse Zauberer tot und Athrú wieder ein unangenehmer Zeitgenosse in Däumlingsgestalt. Wie ich dich kenne, wird deine Welt erheblich harmloser ausfallen als meine.«

»Nett, dass du mich für einen Langweiler hältst.«

»Du kannst dir ja ein Rumpelstilzchen erschaffen, dass dann vor dir im Boden versinkt.«

»Vielen Dank. Mein Bedarf an garstigen Wichten ist fürs Erste gedeckt. Und an den tollkühnen Jacko reiche ich sowieso nicht heran.«

Jacob stand plötzlich vom Stuhl auf, nahm seinen Bruder ganz fest in den Arm und flüsterte ihm ins Ohr: »Sag so etwas nie wieder, hörst du?« »Ohne dich wäre ich jetzt nicht hier. Ich liebe dich, vielleicht sogar mehr als unsere Mutter. Erinnerst du dich noch, was ich dir vor meiner Abreise versprochen?«

Wilhelm nickte. »Du sagtest, wir würden zusammenbleiben, wenn wir dieses Abenteuer durchstehen.«

»Genau so ist es und genau so wird es auch immer sein. Wir zwei sind ein Herz und eine Seele, Guy. Niemand soll je daran zweifeln. Ich verspreche dir, wenn wir längst zu Staub zerfallen sind, soll die Welt noch mit Respekt und Hochachtung von uns reden, von den unzertrennlichen Brüdern Grimm.«

Jacob und Wilhelm Grimm

Wir wollen uns einmal nie trennen
Jacob Grimm an seinen Bruder Wilhelm, 1805

Die Brüder Grimm bildeten zeitlebens ein Gespann. Schon als Kinder waren Jacob und Wilhelm unzertrennlich und das sollte so bleiben, bis der Tod sie auseinanderriss. Wenngleich sie sich vor allem durch ihre *Kinder- und Hausmärchen* im Gedächtnis der Nachwelt verewigt haben, geht ihr umfangreiches Lebenswerk doch weit darüber hinaus.

Jacob Luwig Carl ist der Erstgeborene des Amtmanns Philipp Wilhelm Grimm und seiner Ehefrau Dorothea Grimm geborene Zimmer. Er kommt am 4. Januar 1785 in Hanau zur Welt, jener hessischen Stadt, in der heute das berühmte Grimm-Denkmal steht. Sein Bruder Wilhelm Carl wird selben Orts am 24. Februar 1786 geboren. Ihnen folgen noch vier weitere Geschwister.

Den größten Teil ihrer Kindheit verbringen sie in dem hessischen Landstädtchen Steinau an der Straße, dem Geburtsort ihres Vaters, der dort seit 1791 die Stellung eines

Amtmanns (heute vergleichbar mit einem Landrat und Richter) für die Ämter Steinau und Schlüchtern bekleidet. Das »Kinderparadies« an der *Via Regia,* der alten Handelsstraße zwischen Frankfurt am Main und Leipzig, bietet Jacob und Wilhelm unerschöpfliche Gelegenheiten, mit großen, staunenden Augen durch Wiesentäler und über Anhöhen zu streifen, ihren Sinn für die Natur zu nähren und unter freiem Himmel ihren Gedanken nachzuhängen. Auch die schulische Ausbildung bei dem etwas merkwürdigen Lehrer Johann Georg Zinkhan kommt nicht zu kurz. Sie lernen bei ihm vor allem Fleiß, Disziplin und eine »Menge ergötzlicher Späße«.

Die Brüder Grimm wachsen in einer Epoche des Umbruchs auf, die sie nachhaltig prägt. Durch die »Große Revolution« (1789–1799) weht von Frankreich her ein Geist der Erneuerung durch Europa. Die Schlagworte *Liberté, Egalité, Fraternité* – Freiheit, Gleichheit, Brüderlichkeit – beflügeln das einfache Volk. Das Zeitalter der Aufklärung bringt Veränderungen mit sich, zum Guten wie zum Schlechten, manches wird erneuert, anderes geht verloren. Irgendwann müssen Jacob und Wilhelm bemerkt haben, dass auch der reiche Schatz an Volkssagen und Märchen dem Vergessen anheimzufallen droht. Er wird vor allem mündlich weitergegeben – oft von den sogenannten »Märchenfrauen«.

Ehe die Rettung dieser Sagen und Märchen den Brüdern Grimm zur Bestimmung wird, verändern schmerzhafte Einschnitte ihr Leben. Dazu gehört gewiss der kurz aufeinanderfolgende Tod des Vaters und der seiner ältesten Schwester Juliane Charlotte, genannt »Tante Schlemmer«. Sie hatte im Grimm'schen Haus gelebt und auf die Entwicklung der Kinder einen nicht unerheblichen Einfluss gehabt.

Als Amtmann war ihr Vater die höchste Autorität in Steinau und dem benachbarten Städtchen Schlüchtern. Nun, da er tot ist, muss die Familie die Dienstwohnung räumen und vorübergehend ins Hutten'sche Armenspital wechseln. Einige Zeit später kann die Witwe zwar die alte Kellerei am Brückentor erwerben, ob sie die schulische Ausbildung ihrer zwei ältesten Söhne noch lange bezahlen kann, erscheint hingegen eher fraglich. Dann aber werden die Brüder von ihrer »Tante Zimmer« unter die Fittiche genommen. Das nicht mehr ganz junge Fräulein Henriette Philippine Zimmer dient in Kassel der hessischen Kurfürstin Karoline als Kammerfrau. Ende September 1798 – nur wenige Wochen nach der im Roman geschilderten, frei erfundenen Reise zum Blautopf also – ziehen Jacob und Wilhelm zu ihr in die Residenzstadt, während die anderen Geschwister mit der Mutter zunächst in Steinau bleiben.

In Kassel beginnt für den dreizehnjährigen Jacob und seinen zwölfjährigen Bruder Wilhelm der Ernst des Lebens. Täglich absolvieren sie sechs Schulstunden und zusätzlich vier bis fünf weitere Stunden bei Privatlehrern. Ihre ländliche Herkunft mag der Grund dafür sein, dass sie zunächst nur mit dem eher geringschätzigen »Er« angesprochen werden, während den

Kasseler Schulkameraden das respektvollere »Sie« zugestanden wird. Ihre Lebensverhältnisse bleiben einfach, sogar entbehrungsreich, doch das tut ihrem Eifer keinen Abbruch.

Schon bald ist Jacob der Primus. Ihm werden 1799 »vorzügliche Fähigkeiten, große[r] Fleiß und ein sehr anrührendes gesittetes Betragen« bescheinigt. Und auch Wilhelm gibt durch »sein[en] Fleiß und seine[!] sittlich gutes Betragen seinen Mitschülern ein Muster«. In ihren natur- und völkerkundlichen Arbeiten lassen sie bereits ihre schöpferische Natur und ihr Interesse für das »Kleine und Unbedeutende« erkennen.

Mit siebzehn geht Jacob ins hessische Marburg, um bei dem nur sechs Jahre älteren Rechtsgelehrten Friedrich Carl von Savigny Jura zu studieren. Etwa zwölf Monate später folgt Wilhelm dem Bruder dorthin. Savigny bringt ihnen die Jurisprudenz – die Wissenschaft der Rechte – nahe, indem er die Vergangenheit wieder aufleben lässt: z. B. das jahrhundertealte Kirchenrecht und das Recht im antiken Rom. Während die Brüder in der großen Bibliothek ihres Förderers und Lehrers schwelgen, wächst auch ihr Interesse an der Geschichte ganz anderer Schriften: Die Dichtungen des deutschen Mittelalters ziehen sie in ihren Bann!

Savigny fördert überdies die Kontakte seiner Studenten mit führenden Vertretern jener Kunstrichtung, die in träumerischer Schwärmerei die deutsche Vergangenheit beschwört. Zu diesen »Romantikern« gehört der Dichter Clemens von Brentano, ein Mann, der zumindest für die Romanfiguren Jacko und Guy Grimm kein Unbekannter mehr ist. Mit Freunden wie ihm teilt man die Liebe zu alten deutschen Volksliedern, Sagen und Märchen, was das künftige Schaffen der Brüder nachhaltig beeinflussen wird. In der hessischen Universitätsstadt Marburg wurzelt wohl nicht allein Jacobs und Wilhelms Ruf als Märchensammler von Weltgeltung, sondern auch der als Sprach- und Literaturforscher ersten Ranges.

Nach dem Studium lassen sich die beiden wieder in Kassel nieder. Sie sind Familienmenschen, daher wohnt bald die ganze Sippe im Haus des Kaufmanns Wille in der Marktgasse 17. Für die nächsten 25 Jahre wird hier der Mittelpunkt ihres Lebens sein.

Während Jacob innerhalb kurzer Zeit in kurfürstlichen Diensten zum Sekretär aufsteigt, bleibt Wilhelm zunächst ohne Anstellung. Um seine Gesundheit steht es nicht zum Besten. Kurieren statt studieren heißt es allzu oft für ihn, weil ihm Kurzatmigkeit und eine Herzerkrankung zusetzen. Dennoch unterstützt er Jacob bei einem neuen Projekt, das sie in diesem Jahr in Angriff nehmen: das planmäßige Sammeln von Sagen und Märchen.

Sie wollen diese bislang fast nur mündlich überlieferten Geschichten zu Papier bringen, durch eine behutsame Bearbeitung lesbar machen und in gedruckter Form herausgeben. Etliche der von ihnen dem Vergessen entrissenen Kleinode werden den Brüdern gewissermaßen frei Haus geliefert von einer als

»Viehmännin« bekannten Marktfrau aus dem Kasseler Vorort Niederzwehren. Dorothea Viehmann bringt den Grimms regelmäßig Eier und Gemüse. Bei diesen Gelegenheiten erzählt sie ihnen nach und nach siebenunddreißig Märchen.

Andere »Märchenfrauen« der Gegend sind die Pfarrerstochter Friederike Mannel aus Allendorf, die Töchter der Apothekerfamilie Wild sowie Jeanette, Amalie und Marie Hassenpflug. Die jungen Damen aus gutem Hause erzählen den gelehrten jungen Herren, was schon seit Generationen in ihren Familien überliefert wurde. Eine der Märchenerzählerinnen hat dabei wohl besonderen Eindruck auf Wilhelm gemacht, aber darauf kommen wir später zurück.

Die Brüder blicken durchaus auch über den hessischen Tellerrand hinaus. Im westfälischen Münsterland etwa leben auf einem Wasserschloss die sechzehn- und achtzehnjährigen Schwestern Annette und Jenny von Droste-Hülshoff, die nicht nur viele Märchen kennen, sondern auch selbst nach solchen suchen. Vor allem Annette, die später eine bekannte Schriftstellerin wird, ist eifrig darum bemüht, den Brüdern neue Geschichten zu vermitteln.

Es sind also hauptsächlich Frauen, die zu dieser Zeit das Erbe alter Lieder und Dichtungen bewahren, wenn auch bei Weitem nicht sie allein. So greifen die Brüder unter anderem auf das schriftliche Vermächtnis des Franzosen Charles Perrault zurück. Er hatte mehr als hundert Jahre zuvor seine Geschichten ebenfalls aus mündlichen Überlieferungen sowie von italienischen Märchensammlern gewonnen, ihm verdanken sie unter anderem die Märchen vom »Gestiefelten Kater« und vom bösen »Ritter Blaubart«.

Bald wird für Jacob und Wilhelm aus der Hingabe eine Aufgabe, nach der sie sogar ihre berufliche Laufbahn ausrichten. Wichtiger als Geld und Ansehen ist für sie freie Zeit. Zeit, die sie für ihre Märchen einsetzen können. Denn mit dem Sammeln ist es ja nicht getan. Die Geschichten wollen auch in eine gefällige Form gebracht werden. Aus verschiedenen Fassungen, welche in die Notizbücher geflossen sind, muss der alte Kern herausgearbeitet werden, sind unpassende Bruchstücke zu entfernen oder später hinzugefügte, eher verwirrende Schlenker zu begradigen. Vor allem Wilhelm ist es, der den Märchen ihren einheitlichen Klang verleiht. Seine enorme Sprachgewalt zeigt sich gerade in der Einfachheit und Klarheit, mit der er herzergreifende Geschichten bisweilen in nur wenigen Zeilen erzählt.

Die äußeren Umstände sind für das Schaffen der Brüder Grimm oft alles andere als günstig. Vor allem ein korsischer Offizier namens Napoleon Bonaparte, der sich 1804 selbst zum Kaiser Frankreichs gekrönt hat, bringt ihr Leben gehörig durcheinander. Seine Grande Armée (Große Armee) zieht durch Europa und verleibt sich am 1. November 1806 auch das Kurfürstentum Hessen ein.

Kurz darauf sind die jungen Gelehrten arbeits-, aber beileibe nicht beschäftigungslos. Sie ziehen sich, wie Wilhelm es im Rückblick beschreibt, »in den Frieden der Wissenschaft zurück« und verfassen über ihre Arbeit eine Reihe von Aufsätzen. Im Grunde sind die von ihnen gesammelten Erzählungen und die altdeutschen Studien zur Literatur- und Sprachgeschichte zwei Seiten ein und derselben Medaille. Über diese Studien sagt Wilhelm, sie hätten dazu beibeitragen, dass »jene lange vergessene Literatur wiedererweckt wurde«.

Nachdem Napoleon seinen Bruder 1807 in Kassel auf den Thron gesetzt hat, darf Jacob als Privatbibliothekar in die Dienste des neuen Königs treten. Die Anstellung kommt ihm gelegen, denn die Mutter ist gerade gestorben und nun muss er die Familie ernähren.

Wilhelm schnuppert eine Zeit lang Großstadtduft in Berlin, sehnt sich aber schon bald wieder nach dem älteren Bruder zurück. Auf der Heimreise trifft er den Dichterfürsten Goethe, dem der junge Grimm ob seiner »Bemühungen zu Gunsten einer lang vergessenen Kultur« schon positiv aufgefallen ist.

Nachdem Napoleon Bonaparte und seine Sippe wieder aus den Ämtern gejagt worden sind, geht es auch mit Wilhelm beruflich voran. Von 1814 bis 1829 bekleidet er den Posten eines Sekretärs an der Bibliothek in Kassel, der ihm ein eigenes Einkommen, viel Freizeit und den unbeschränkten Zugang zu wunderbaren Werken der deutschen Literatur verschafft.

Jacob ist in dieser Zeit beim Wiener Kongress tätig, wo Fürsten und Monarchen versuchen Europa neu zu ordnen. Zuvor haben sie Napoleon gezwungen abzudanken und ihm die italienische Insel Elba als Wohnsitz zugewiesen.

Das napoleonische Zeitalter hat der romantischen Bewegung in Deutschland Auftrieb verliehen. Man will sich endlich von dem erzwungenen Französischsein befreien. Beschwor die Epoche der Klassik noch die Kultur und Kunst der Antike, erblüht die Romantik im Gegensatz dazu nun aus dem Bewusstsein gemeinsamer deutscher Wurzeln. Von nationaler Einheit kann aber noch keine Rede sein. Nach dem Wiener Kongress regieren die Monarchen wieder eifersüchtig über ihre Länder und Ländchen. In der deutschen Sprache hingegen finden viele die ersehnte, weil einigende und stärkende Gemeinsamkeit.

Das Geistesleben, das sich ebenso in der Literatur wie in der Malerei und Musik widerspiegelt, wendet sich zunehmend vom alten Griechenland ab (Klassik), um sich von den heimischen Sagen und Märchen befruchten zu lassen (Romantik). Auch die Brüder Grimm sammeln ihre Geschichten nicht in erster Linie aus Freude an schönen Erzählungen. Vielmehr ist ihre Tätigkeit auch ein Ausdruck des Zeitgeistes. Die Wiederentdeckung des germanischen Altertums und die Erforschung der Geschichte der deutschen Sprache und Dichtkunst ist für sie gleichbedeutend mit der Suche nach einer vergrabenen Schatztruhe, in der sie tiefe, unendlich kostbare Weisheiten vermuten.

Umso erstaunlicher ist die Reaktion, als die Brüder Grimm am 20. Dezember 1812 mit dem ersten Band der *Kinder- und Hausmärchen (KHM)* 86 ihrer bis dahin niedergeschriebenen Erzählungen veröffentlichen und 1815 mit dem zweiten Teil die Sammlung auf 155 Märchen aufstocken. Das Interesse ist zunächst verhalten und mancher, der in der Erstausgabe »seine« Geschichten oder Lieblingsepisoden vermisst, stößt sich mehr an den Lücken als am Inhalt. Andere finden die Erzählweise und die Aufmachung zu wenig kindgerecht. Ein Lästermaul bezeichnet die meisten Märchen sogar als »wahren Schund«, findet aber zumindest einige »ungemein schön«.

Die Brüder Grimm nehmen sich die Kritik zu Herzen. In der Vorrede zur zweiten Ausgabe von 1819 notieren sie: »Daher ist der erste Band fast ganz umgearbeitet, das Unvollständige ergänzt, manches einfacher und reiner erzählt …« Hat anfangs noch Jacob die meisten Märchen niedergeschrieben, beschränkt sich sein Beitrag fortan hauptsächlich darauf, seinem Bruder den Rücken zu stärken und ihn auf neue Märchen hinzuweisen.

Mit dem Erscheinen der zweiten Auflage der *KHM* hat sich das Blatt gewendet: Das Werk wird ins Englische und in andere Sprachen übersetzt. Eine auf fünfzig Märchen begrenzte, kleinere und bebilderte Ausgabe leitet 1825 den Siegeszug der *Grimms Märchen* ein. Bis heute sind ihre Märchensammlungen in 160 Sprachen übersetzt worden und im Jahr 2005 wurden die *Kinder- und Hausmärchen* von der UNESCO – der Organisation der Vereinten Nationen für Bildung, Wissenschaft, Kultur und Kommunikation – in das »Weltdokumentenerbe der Vereinten Nationen« aufgenommen.

Wilhelms weiterer Werdegang ist seinem Naturell entsprechend leiser als der des Bruders, welcher zeitlebens ledig bleibt, als könne keine Frau den Vergleich mit der Prinzessin aus Ríocht Na Sí standhalten. Im Gegensatz dazu schafft es die Apothekerstochter Henriette Dorothea Wild 1825, Wilhelms Herz zu erobern. Wir erinnern uns: Die Wilds gehörten zu jenen Kasseler Familien, die den Brüdern so manches Märchen zugetragen hatten. Aus der Ehe gehen vier Kinder hervor. Seinen Erstgeborenen benennt Wilhelm nach dem geliebten Bruder: Jacob. Die enge Verbundenheit der zwei findet darin einen Ausdruck, der nach Willen des Namensgebers weit in die Zukunft fortdauern soll. Leider stirbt das Kind schon nach acht Monaten.

Obwohl Wilhelm nun Familienvater ist, wohnt sein Bruder weiter bei ihm. 1829 wird das Geschwisterpaar an die Universität Göttingen berufen. Dem durch die Große Revolution heraufbeschworenen Geist der Gleichheit aller Menschen wollen sie eine Stimme geben, als sich der König in Hannover kurz nach seinem Amtsantritt nicht an das vier Jahre zuvor verabschiedete »Staatsgrundgesetz« halten will. Jacob, Wilhelm und fünf weitere Professoren sehen darin einen Verfassungsbruch. Die »Göttinger Sieben« vertreten die Ansicht, dass auch ein

Monarch sich nicht über das Recht stellen darf. Sie unterschreiben eine Protestnote, die bald in ganz Deutschland gelesen wird. Ihr Aufbegehren ist ein mutiges Unterfangen, denn freie Meinungsäußerungen werden in jenen Tagen nicht selten mit Gefängnis geahndet. Die beiden Querdenker Jacob und Wilhelm Grimm trifft es nicht ganz so hart: Sie werden »nur« aus dem Staatsdienst entlassen.

Bald sind sie wieder in Kassel. Das Klima in der Stadt hat sich verändert. Mit den Franzosen wurde auch ein Großteil ihrer Lebenslust vertrieben. Die Sittenstrenge früherer Tage liegt wie eine miefige Glocke über dem Kurfürstentum Hessen. Der Landesherr führt ein strenges Regiment, das nicht so sehr auf Erneuerung setzt, sondern lieber Altes aufwärmt. Wer wie Jacob Grimm unter Napoleons Bruder in Amt und Würden war, wird jetzt verachtet.

Der Prophet gilt eben nichts im eigenen Land – das Sprichwort bekommen die andernorts sehr geschätzten Gelehrten in Kassel schmerzhaft zu spüren. In den Augen mancher sind sie eben immer noch die armen Bürgersöhne, denen einst das »Sie« vorenthalten und nur ein billiges »Er« zugestanden wurde. Anstatt im Juristenberuf Lorbeeren zu ernten, widmen sie sich als Literaturschaffende und -forschende einer brotlosen Kunst. Das will so manchem nicht in den Kopf und so haben die zwei fortschrittlich gesinnten Brüder verständlicherweise Mühe, an ihrer alten Wirkungsstätte neue Wurzeln zu treiben. Kaum gewöhnen sie sich leidlich an ihr Dasein als Privatgelehrte, ereilt sie der Ruf des preußischen Königs Friedrich Wilhelm IV. aus Berlin.

Eigentlich sind die zwei immer sehr bodenständige Gesellen gewesen und nun, als Mittfünfziger, erst recht alles andere als sprunghaft. Trotzdem nehmen sie 1841 von ihrer alten hessischen Heimat Abschied und übersiedeln in die preußische Hauptstadt.

Nun lehren sie an der Friedrich-Wilhelms-Universität (heute Humboldt-Universität), finden Aufnahme in die Preußische Akademie der Wissenschaften und werden mit Aufmerksamkeit und Ehrungen überhäuft. Ihre brüderliche Lebensgemeinschaft bleibt bestehen. Sie teilen weiterhin eine Wohnung und – was ihnen wohl wichtiger ist – eine ständig wachsende Privatbibliothek.

Ihr neuer Lebensmittelpunkt hält die Brüder nicht davon ab, weit über Deutschlands Grenzen hinaus zahlreiche Kontakte zu pflegen. Was uns heute kaum mit Internet und Handy vorstellbar erscheint, bewältigen sie mit Schreibfeder, Tinte und Papier. Ihre Korrespondenz umfasst etwa 2000 Adressaten, mehr als 21 000 Grimm'sche Briefe wurden bislang in einem elektronischen Verzeichnis erfasst.

Als 1848 in Europa die Saat der Revolution erneut ausgebracht wird und überall der Ruf nach Bürger- und Freiheitsrechten zu vernehmen ist, reisen Abgeordnete aus allen Landesteilen zur ersten Deutschen Nationalversammlung in die Frankfurter

Paulskirche. Zu ihnen gehört auch Jacob Grimm. Er träumt von einem geeinten Deutschland, in dem nicht mehr die hohen Herren der Fürstenhäuser den Ton angeben, sondern der kleine Mann, Abgeordnete also, die von der Mehrheit des Volkes gewählt werden. Doch die Zeit ist noch nicht reif dafür. Es scheint, als arbeite sie für die blaublütigen »Riesen« und am Ende sind es wohl die »Däumlinge« in der Nationalversammlung, die mit ihrer Uneinigkeit dem ersten frei gewählten Parlament ganz Deutschlands 1849 den Garaus machen. Jacob ist bereits im Herbst 1848 nach Berlin zurückgekehrt und arbeitet längst wieder an der Seite seines Bruders an ihrem Mammutvorhaben: dem *Deutschen Wörterbuch*.

Das *DWB* – so wird es heute gemeinhin abgekürzt – ist eine uferlose Aufgabe, die ihre letzte Kraft verschlingen und trotzdem noch lange nicht beendet sein wird. Schon 1838 haben sie das *DWB* begonnen, aber es wird erst 123 Jahre später abgeschlossen sein. Nicht ahnend, welchen Stein sie da ins Rollen gebracht haben, schätzen sie den Arbeitsaufwand auf zehn Jahre; sechs bis sieben Bände werden dabei wohl herauskommen. Immerhin soll *Das Deutsche Wörterbuch* von Jacob Grimm und Wilhelm Grimm nicht weniger leisten, als die Herkunft und den Gebrauch *jedes* deutschen Wortes in aller Gründlichkeit zu erläutern. Das schließt auch die schlimmen Worte ein, die als unfein oder gar unflätig gelten – Mitte des 19. Jahrhunderts ein ziemlich mutiges Unterfangen, für dessen Verwirklichung es manche Bedenken zu zerstreuen gilt. Deshalb betont Jacob im Vorwort des 1854 erscheinenden ersten Bandes ausdrücklich:

»Das wörterbuch ist kein sittenbuch, sondern ein wissenschaftliches, allen zwecken gerechtes unternehmen.«

Keine Regeln für Sitte und Anstand will er verkünden – dazu gibt es ja die Bibel –, sondern ganz wissenschaftlich geht er nun ans Werk. Ganz unverblümt wird am Anfang des Alphabets das Stichwort »Arsch« erklärt – »... wir haben das rohe wort roher und breiter gemacht durch wandlung des rs in rsch ...« – und weiß dabei, vielleicht, um das Verpönte etwas gesitteter erscheinen zu lassen, den geachteten Dichterfürsten Goethe zu zitieren. Immerhin kann er zu Lebzeiten die Buchstaben A, B, C und E beenden. Wilhelm verausgabt sich am D.

Fast einhundert Jahre sollen vergehen, bis schließlich am 4. Januar 1961 der 32. und letzte Band des Nachschlagewerks ausgeliefert wird. Einer der etwa 80 Mitarbeiter des *DWB* erklärt den Begriff »Philologie« als »... gelehrtes studium der (namentlich classischen) sprachen und literaturen, sprachwissenschaft ...«, doch im Grunde bedeutet er im griechischen Ursprung schlicht »Liebe zum Wort«. Jacob und Wilhelm Grimm haben die Philologie mit ihrem Mammutwerk in eine ganz neue Dimension gehoben. So sind sie weit über ihre Märchen- und die weniger bekannte Sagensammlung hinaus als fleißige Erforscher und Vermögensverwalter des deutschen Sprachschatzes in die Geschichte eingegangen. Und selbst wenn diese wissenschaftlichen Verdienste von vielen heute kaum mehr wahrgenommen werden, mag sich der eine oder andere doch an Jacob und Wilhelm erinnern, wenn er von ihrem Geburtsort Hanau aus über die Deutsche Märchenstraße nach Bremen fährt und dabei jene Orte und Landschaften durchreist, in denen die von ihnen bewahrten Märchen, Sagen und Schwänke bis heute fortleben. Manche Gemeinden entlang der Route pflegen dieses Erbe durch Einrichtungen wie das Märchen- und Wesersagenmuseum in Bad Oeynhausen oder den Märchenpark in Verden. Oft genügt allein der Ortsname, um die Grimm'schen Bezüge in den Sinn zu rufen – zu Hameln gehört einfach die Sage vom Rattenfänger oder zu Buxtehude das Märchen vom Hasen und vom Igel.

Die uns heute vertraute, sprachlich meisterhafte Gestaltung der *KHM* geht vor allem auf den Schöngeist Wilhelm zurück, der die Sammlung fast bis an sein Lebensende allein betreut und immer wieder überarbeitet. Die letzte »große Ausgabe« von 1857 besteht aus 149 mündlichen Überlieferungen und 61 Werkauszügen aus Büchern und Zeitschriften.

Zwei Jahre später, am 16. Dezember 1859, stirbt Wilhelm in Berlin als geachteter Literaturwissenschaftler, Sagenforscher und Herausgeber zahlreicher mittelhochdeutscher Literaturwerke. Ohne ihn ist Jacob gleichsam nur noch die Hälfte eines »Kontrabanten«, eines Wesens, das sich einzig durch sein Gegenstück ganz entfalten kann. Immerhin fast vier Jahre, bis zum 19. September 1863, läuft seine Lebensuhr noch weiter. In dieser Zeit werden Band II und III des *Deutschen Wörterbuchs* veröffentlicht. »Bei dem Wort Frucht im vierten Band des Wörterbuches«, vermerkt ein Zeitgenosse, »hat ihm der Tod die Feder aus der Hand genommen.« So erfüllte sich das Versprechen, das Jacko im Roman *Der Feuerkristall* dem Bruder gab. Der wahre Jacob Grimm hatte es bereits Jahrzehnte zuvor sehr ähnlich formuliert:

So nahm uns denn in den langsam schleichenden Schuljahren ein Bett auf und ein Stübchen. Da saßen wir an einem und demselben Tisch arbeitend. Danach in der Studentenzeit standen zwei Bette und zwei Tische in derselben Stube. Im späteren Leben noch immer zwei Arbeitstische in dem nämlichen Zimmer – immer unter einem Dach in gänzlich unangefochtenen und ungestört beibehaltener Gemeinschaft unserer Habe und Bücher. Auch unsere letzten Bette, so hat es allen Anschein, werden wieder dicht nebeneinander gemacht sein.

Heute liegen die Brüder, Schulter an Schulter, auf dem alten St.-Matthäus-Kirchhof in Berlin-Schöneberg.

Ralf Isau

Die zeitgeschichtlichen Zitate im Anhang wurden entnommen aus *Die Brüder Grimm in Kassel* (Jörg Adrian Huber, Wartberg Verlag, Gudensberg-Gleichen 2007); *Die Grimms – Kultur und Politik* (Bernd Heidenreich, Ewald Grothe [Hrsg.], 2. überarb. Auflage, Societätsverlag, Frankfurt 2008) sowie aus der *Wikipedia*.

Ergänzende Infomationen zur Serie »Der Zirkel der Phananauten« sind im Web auf der Homepage von Ralf Isau unter www.isau.de/werk/phantanauten/ zu finden. In dem Romanzyklus ist bei Thienemann ebenfalls erschienen:

Der Tränenpalast
Metropoly

Isau, Ralf:
Der Feuerkristall
ISBN 978 3 522 18171 6

Gesamtgestaltung: Helmut Poul Dohle
Umschlagtypografie: Michael Kimmerle
Innentypografie: Sabine Conrad
Schrift: Berling, Tempus ITC
Satz: KCS GmbH, Buchholz/Hamburg
Reproduktion: Medienfabrik, Stuttgart
Druck und Bindung: Friedrich Pustet, Regensburg

5 4 3 2 1° 09 10 11 12

www.thienemann.de
www.isau.de
www.poul.de